SIMONE DORRA

Römermaske

Simone Dorra erblickte 1963 in Wuppertal das Licht der Welt und ist seit 1983 in Baden-Württemberg zu Hause. Die gelernte Buchhändlerin arbeitete zunächst in einem Stuttgarter Verlag und gestaltete dann als Sprecherin und Journalistin Radioprogramme für den Privatrundfunk. Mit ihrem Mann und ihren drei Kindern lebt sie in Welzheim, wo sie heute als Lokaljournalistin für die örtliche Tageszeitung arbeitet.

SIMONE DORRA

Römermaske

Baden-Württemberg-Krimi

SILBERBURG

1. Auflage 2018

Schweickhardtstraße 5a, D-72072 Tübingen.

Lektorat: Michael Raffel, Tübingen.

Umschlaggestaltung: Christoph Wöhler,
Tübingen.

Coverfoto: © Magnus Dorra, Welzheim.

Druck: Gulde-Druck, Tübingen.

Printed in Germany.

ISBN 978-3-8425-2087-5

Morituri te salutant.
(Die Todgeweihten grüßen dich.)

Antiker Salut der römischen Gladiatoren in der Arena an den Kaiser

EIN ANRUF

Kommissar Malte Jacobsen saß auf dem Teppichboden mitten in dem Raum, in dem er ab heute schlafen würde. Er musterte übellaunig die Einzelteile des Bettes, die vor ihm aufgereiht lagen (mitsamt einer erschreckenden Vielfalt unterschiedlicher Schrauben), und wünschte sich für einen langen, peinlichen Moment verzweifelt in das gemütliche Gästezimmer seiner Schwester Heike zurück.

Umzüge waren eine Katastrophe. Und komplett überflüssig. Anstrengend waren sie obendrein, sie kosteten viel zu viel Geld, und sie gehörten abgeschafft.

Er hatte das Gästezimmer in dem schmucken Reihenhaus von Heikes Familie eigentlich schon vor einem Jahr räumen wollen, aber das, was seine Kollegin Melanie Brendel einmal scherzhaft »Nestwärme« genannt hatte, hielt ihn dort fest, mit angenehm weichen und erstaunlich reißfesten Fäden. Weder Kurt noch Heike und genauso wenig sein Neffe Paul gaben ihm das Gefühl, dass er ihnen als Dauergast auf die Nerven ging, ganz im Gegenteil. Er selbst war es gewesen, der schon im Herbst nach seinem ersten Fall in Schwaben damit anfing, sich auf dem Wohnungsmarkt umzuschauen. Zuerst wollte er nach Waiblingen ziehen; das Präsidium lag näher, und er würde nicht mehr jeden Tag mit der S-Bahn zwanzig Minuten zur Arbeit fahren müssen.

Aber die richtige Bleibe zu finden, erwies sich als weitaus schwieriger, als er erwartet hatte. Die freien Wohnungen, die er sich ansehen konnte, waren entweder viel zu groß und kostspielig, oder sie waren auch für seine relativ bescheidenen Ansprüche zu klein (und selbst dann noch häufig zu teuer). Der Wohnungsmarkt in Backnang schien beinahe ebenso abgegrast zu sein wie der in Waiblingen, und für eine Weile schob er den Gedanken an einen Umzug wieder weit von sich; es gab genügend anderes zu tun.

Verbrechen wurden in Schwaben genauso begangen wie in Hamburg. Jacobsen hatte in den letzten zwölf Monaten Einbrüche, Raubüberfälle und zwei Morde aufgeklärt; seine Arbeit bot Ablenkung, um die leidige Frage, wo er in Zukunft seine Zelte aufschlagen sollte, erst einmal zu verdrängen.

Aber im vergangenen April war Heike es gewesen, die ihm den Tipp gab, einen Vermieter anzurufen, der kurzfristig nur zwei Querstraßen weiter drei Zimmer mit Keller, Autostellplatz und Balkon anzubieten hatte. »Bloß für den Fall, dass du was suchst«, hatte sie gesagt. »Nicht etwa, weil wir dich loswerden wollen.« Er glaubte es ihr, ergriff die Gelegenheit aber trotzdem dankbar beim Schopf.

Die Wohnung war hell, freundlich, obendrein vollständig frisch renoviert und hatte genau die richtige Größe. Der Vermieter entpuppte sich als ein gemütlicher alter Schwabe namens Eugen Fromm; er war von Jacobsen ebenso angetan wie von dessen Gehaltsnachweis und Beamtenstatus. Die Miete erwies sich als erfreulich tragbar, der Balkon blickte hinaus auf einen von Bäumen umstandenen Spielplatz, und nach einem halbstündigen Gespräch wurden Jacobsen und Eugen Fromm sich handelseinig. Zwei Tage später lag der Mietvertrag in Heikes Briefkasten.

Und jetzt saß Jacobsen auf dem Boden in besagter Wohnung, betrachtete missmutig den Bretterhaufen, in den sein Bett vor dem Transport aus dem Lager in Hamburg zerlegt worden war, und fragte sich, wie zum Teufel er auf die Idee gekommen war, seine Möbel allein zusammenbauen zu wollen.

Plötzlich klingelte es an der Tür. Jacobsen stemmte sich hoch, unterdrückte einen Seufzer, ging in den Flur und öffnete. Er erwartete, Heike auf der Schwelle vorzufinden, womöglich bewaffnet mit Brot und Salz. Stattdessen stand dort sein Vermieter, in Popelinehosen, sauber gebügeltem Polohemd und Strickweste, eine Weinflasche unter dem Arm.

»Grüß Gott«, sagte Jacobsen matt; ihm war ganz und gar nicht nach Smalltalk zumute.

»Grüß Gott«, erwiderte Eugen Fromm munter. »I han bloß mal schaue welle, ob Sie au zurechtkommet. Ko mer Ihna mit äbbes helfa?«

Jacobsen machte eine vage Geste in Richtung Schlafzimmer.

»Ich wollte gerade das Bett aufbauen, aber ich bin weniger geschickt, als ich dachte«, gestand er.

Eugen Fromm nickte, als hätte er etwas Ähnliches bereits erwartet, und schob sich behutsam an dem hohen Kartonstapel vorbei, der sich an der gesamten Flurwand entlangzog. Im Schlafzimmer angekommen, betrachtete er die Bescherung und gab ein mitfühlendes Zungenschnalzen von sich.

»Des isch aber au en Haufa Arbeit für oin Mo alloi«, meinte er diplomatisch. »I sag Ihna äbbes – mein Hubert kommt glei aus dr Werkschtatt. I sag em, er soll sein Werkzeigkaschte mitbrenga … und dr Lehrbua glei au no.«

Jacobsen sah vor seinem inneren Auge zwei wackere Schwaben, die sich gemeinsam mit seinem Vermieter mit Feuereifer auf sein Bretter- und Schraubenchaos stürzten, und empfand eine Mischung aus Verlegenheit und schuldbewusster Erleichterung. Eugen Fromms Hubert und dieser Lehrbub (wer immer die beiden auch sein mochten) verstanden mit Sicherheit mehr von der Sache als er. Vielleicht würde er heute Nacht doch nicht auf einer Luftmatratze schlafen müssen.

Eugen Fromm verabschiedete sich wenige Minuten später, ein entschiedenes Leuchten der Vorfreude in den Augen, und er ließ die Weinflasche als kleines Begrüßungsgeschenk zurück. Wie Jacobsen feststellte, handelte es sich um einen ordentlichen Trollinger aus der Heilbronner Gegend, und seine Stimmung hob sich noch weiter. Er stellte die Flasche auf ein Regal in der weißen Schrankwand, die bereits ihren Platz im Wohnzimmer gefunden hatte, und beschloss, die Tatsache, dass ihm so unerwartet Hilfe zuteil geworden war, mit einer Zigarette auf dem Balkon zu feiern.

Während er am Balkongeländer stand und in der Tasche seiner Jeans nach dem Feuerzeug fahndete, hörte er irgendwo aus der Wohnung sein Handy klingeln. Er ging wieder hinein und folgte dem Signalton, bis er das gesuchte Gerät in der Tasche seiner Lederjacke entdeckte, die über der Lehne des Wohnzimmersofas lag (wenigstens das musste nicht mehr aufgebaut werden).

Er drückte den Knopf und hob das Handy ans Ohr.

»Jacobsen, hallo?«

Am anderen Ende blieb alles still.

»Hallo? Wer ist denn da?«

Ein unterdrückter Laut, der wie ein Räuspern klang.

»Hallo? Melden Sie sich bitte, oder ich lege jetzt auf.«

Wieder dieses Räuspern. Dann, endlich, eine leise, junge Stimme: »Hallo. Hier … hier ist Lukas.«

Für ein paar Sekunden blieb Jacobsen die Luft weg. Jetzt war er es, der sich räuspern musste, bevor er seine Stimme wiederfand.

»Lukas?«, sagte er leise. »Lukas von Weyen?«

»Genau der. Hallo, Herr Jacobsen. Haben Sie ein bisschen Zeit für mich?«

»Sicher, Lukas.« Malte Jacobsen schloss die Augen. »Klar hab ich Zeit. So viel du willst.«

Herr im Himmel.

***

Vier Tage später steuerte Malte Jacobsen seinen Wagen auf den nördlichen Rand von Backnang zu. Er war fast zwei Jahre nicht mehr dort gewesen, wo er jetzt hinwollte, aber während seines ersten Mordfalles in Schwaben war er diese Strecke oft genug gefahren.

Der Mord an Peter von Weyen. *Lukas' Vater.*

Monatelang hatte dieser Fall die Schlagzeilen in Backnang beherrscht. Kein Wunder, er hatte alles geboten, was die Sensationslust von Journalisten und Lesern gleichermaßen befeuerte. Ein Pfadfinderführer, Schwiegersohn einer der angesehensten Familien der Stadt … ein Mann ohne Fehl und Tadel, der während eines Pfadfinderlagers in der Nähe erhängt an einem Baum gefunden worden war. Die Ermittlungen waren schwierig und kompliziert gewesen, und als Jacobsen und seine Kollegin Melanie Brendel das Gewirr aus Lügen und Missverständnissen endlich entwirrt hatten, blieben Lukas von Weyen und seine Großmutter Klara allein in der großzügigen Villa zurück, in der auch Peter von Weyen bis zu seinem Tod gelebt hatte – beide auf tragische Weise Hinterbliebene und gleichzeitig

Opfer eines Verbrechens, an dem keiner von ihnen auch nur die geringste Schuld trug.

Jacobsen hatte Lukas während der Ermittlungen kennen und schätzen gelernt – nein, eigentlich schon vorher, als Lukas und sein Freund aus Versehen die Terrassentür von Heikes Wochenendhaus eingeworfen hatten, in dem Jacobsen nach seinem Umzug aus Hamburg und vor seinem Dienstbeginn ein paar dringend nötige Urlaubstage verbracht hatte. Da war Peter von Weyen noch am Leben gewesen.

Nach der Aufklärung des Mordes folgte im Spätherbst der Prozess. Malte musste als leitender Ermittler in der Sache aussagen. Er sah, dass Klara von Weyen jeden Tag anwesend war, sprach aber nicht mit ihr; er hätte auch nicht gewusst, was er ihr sagen sollte. Lukas kam kein einziges Mal in den Gerichtssaal, und noch heute war Jacobsen sehr dankbar dafür. Die Beweise waren lückenlos, die Indizien erdrückend. Es dauerte nicht lange, bis der Richter zu einer abschließenden Entscheidung kam; auch das war etwas, wofür man dankbar sein musste, denn die Presse brachte täglich sehr detaillierte Berichte mit Auszügen der Aussagen und immer neuen Zusammenfassungen und Analysen der schockierenden Geschichte. Malte Jacobsen las sie alle, obwohl er ganz genau wusste, dass sie seine Schuldgefühle Lukas und seiner Großmutter gegenüber nur noch verstärkten.

Als Anfang Dezember das Urteil gesprochen wurde, kam Melanie Brendel ins Büro und warf einen kurzen, scharfen Blick auf die Titelseite der »Backnanger Kreiszeitung«, hinter der sich Jacobsen – wie so häufig in den letzten Wochen – vergraben hatte. Dann streckte sie die Hand aus und nahm ihm das Blatt weg.

»Jetzt reicht's, Malte«, sagte sie sanft, aber nachdrücklich. »Du weißt doch ganz genau, dass du nichts für die Sache kannst. Du hast nur die Wahrheit herausgefunden, und das ist dein Job, oder?«

»Klar«, gab Jacobsen zurück. »Und trotzdem sitzen die beiden jetzt auf einem fürchterlichen Scherbenhaufen.«

»Für den du nicht verantwortlich bist.« Melanie schüttelte den Kopf. »Genauso wenig wie ich, übrigens, und ich hab schließlich gemeinsam mit dir ermittelt. Wir haben keine Schuld an diesem Desaster … und wenn sich die Dinge etwas beruhigt haben, wird der Junge das bestimmt begreifen. Genauso wie seine Großmutter.«

Jacobsen hatte Lukas unmittelbar nach der Aufklärung des Mordes an dessen Vater eine Visitenkarte zugesteckt – als Angebot, mit ihm in Verbindung zu bleiben. Aber er konnte sich beim besten Willen nicht vorstellen, dass der Junge jemals wieder Lust verspüren würde, auch nur ein Wort mit ihm zu reden. Deswegen machte er von sich aus keinen Versuch, mit ihm Kontakt aufzunehmen.

Allerdings erkundigte er sich regelmäßig nach ihm bei seinem Neffen Paul, der mit Lukas auf dieselbe Schule ging. Der hatte sich bei der ersten vorsichtigen Anfrage seines Onkels zwar ein wenig gewundert, aber gottlob nicht viele Fragen gestellt, und versorgte ihn seitdem zuverlässig mit Informationen. Deswegen wusste Jacobsen, dass Lukas sein Abitur ein Jahr später machen würde als normalerweise.

»Der Direx hat ihm angeboten, die Klasse zu wiederholen«, hatte Paul ihm Ende April erklärt. »Deswegen ist er auch erst übernächstes Jahr mit dem Abi durch.«

Er hatte Jacobsen unter seinem schräg geschnittenen, blauschwarzen Pony einen vorsichtigen Blick zugeworfen.

»Lukas hat das Angebot angenommen«, hatte er hinzugefügt. »Fand ich vernünftig. Sein letztes Schuljahr war nach dem ganzen Theater ziemlich für die Tonne, weißt du?«

»Kann ich mir vorstellen.« Mehr hatte Jacobsen nicht dazu gesagt, aber er wusste, dass Paul klug genug war, um die richtigen Schlüsse zu ziehen.

An dem Abend, bevor Jacobsen das Gästezimmer im Haus seiner Schwester und seines Schwagers räumte, um in seine erste eigene Wohnung in Backnang zu ziehen, saßen er und sein Neffe allein im frühsommerlichen Garten. Es war spät; Heike und Kurt schliefen schon seit fast einer Stunde.

Sie redeten nicht viel; Jacobsen rauchte eine Zigarette und gönnte sich ein letztes Glas von Kurts weichem Samtrot, und Paul drehte sein Glas mit Orangensaft langsam und unablässig zwischen den Händen. Die Eiswürfel darin klirrten leise.

»Ich finde es ziemlich blöd, dass du ausziehst, Onkel Malte«, sagte er unvermittelt. »Hat es dich genervt, immer mit uns zusammenzuhocken, oder wieso willst du jetzt auf einmal weg?«

Jacobsen betrachtete ihn ein wenig überrascht von der Seite; er wusste, dass Paul ihn mochte, hatte aber offenbar unterschätzt, wie sehr.

»Ich bin ein bisschen zu erwachsen, um ewig bei der Familie zu wohnen«, erklärte er. »Auch, wenn ich mich bei euch total wohlgefühlt habe, ehrlich. Aber es wird höchste Zeit für meine eigenen vier Wände. Und außerdem bin ich ja bloß ein paar Straßen weiter. Du kannst jederzeit vorbeikommen, wenn du willst.«

»Okay. Mach ich bestimmt.«

Paul lächelte, nippte an seinem Glas und schwieg erneut. Jacobsen warf ihm einen weiteren Seitenblick zu; langsam beschlich ihn das Gefühl, dass der Junge noch etwas anderes auf dem Herzen hatte, sich aber nicht traute, damit herauszurücken. Er beschloss, nicht nachzubohren. Schließlich war er nicht im Dienst und das hier wahrlich nicht der richtige Ort für ein Verhör. Er leerte das Glas, drückte seine Zigarette aus und stand auf.

»Ich geh langsam mal wieder rein«, meinte er beiläufig. »Morgen wird es anstrengend, fürchte ich.«

Paul blickte hoch und sah ihm geradewegs in die Augen.

»Lukas hat nach dir gefragt, Onkel Malte«, sagte er leise.

Jacobsen setzte sich wieder hin, behutsam, als könnte der robuste Gartensessel unter ihm zusammenbrechen.

»Lukas?«, erwiderte er, ebenso leise. »Wann?«

»Gestern«, sagte Paul. »Ich meine ... er weiß schließlich, dass du mein Onkel bist, oder? Und wir machen ab und zu mal was zusammen. Ich hab dir ja erzählt, dass er ziemlich cool ist. Seine Oma übrigens auch. Finde ich jedenfalls.«

»Finde ich auch.« Jacobsen atmete tief durch. »Soll das heißen, du warst bei den beiden in der Villa?«

»Immer wieder mal. Ziemlich oft sogar, eigentlich.« Paul strich sich den Pony aus der Stirn. »Lukas wollte nicht herkommen, weil ... na, du weißt schon.«

Jacobsen zuckte leicht zusammen. *Natürlich. Weil er nicht dem Kommissar über den Weg laufen wollte, der durch seine Ermittlungen seine heile Welt auf den Kopf gestellt hatte.*

»Ich hab mit ihm abgehangen, wenn er Lust dazu hatte«, fuhr Paul fort, spürbar erleichtert darüber, dass er seine Information endlich losgeworden war. »Er war eine ganze Weile mies drauf ... nach dem Prozess und allem.

Wir haben immer wieder mal ein paar Games gespielt oder zusammen gelernt. Er ist ein echtes Ass in seinem Geschichts-Leistungskurs. Die nehmen gerade die Römer am Limes durch, und Lukas findet das total spannend.«

»Und wieso hat er nach mir gefragt?«

»Hat er mir nicht gesagt.« Sein Neffe stand auf. »Ich glaub, ich geh jetzt ins Bett.«

»Mach das. Gute Nacht, Paul.«

Er war noch eine ganze Weile im Garten sitzengeblieben und hatte sich den Kopf darüber zerbrochen, wieso Lukas jetzt plötzlich wieder etwas über ihn wissen wollte. Und wann er sich wohl melden würde. In der Nacht darauf hatte er sehr schlecht geschlafen.

***

Er bog in die Einfahrt der Villa ein; die Räder seines Wagens rollten knirschend über den gekiesten Vorplatz. Alles war noch so, wie er es in Erinnerung hatte – der elegante Eingang mit dem Jugendstildekor aus weißem Stuck darüber, die tiefen, schön geschwungenen Fenster, die schmiedeeisernen Balkone und die blühenden Blumenrabatten. Unwillkürlich wanderte sein Blick hinüber zu dem Seitenflügel, in dem sich das kleine Museum des Pfadfinderbundes *Impeesa* befand, das Klara von Weyen vor vielen Jahren so liebevoll eingerichtet hatte. Und er erinnerte sich jäh an den Moment, als die Puppe mit dem Hemd von Klaras verstorbenem Mann Konrad umgekippt auf dem Boden gelegen hatte, von einem wütenden Schlag mit einem Golfschläger getroffen. An den typischen Pfadfinderhut, der über den Boden rollte, und das Klirren von zersplitterndem Glas …

Er riss sich zusammen und schaute stattdessen in Richtung Haustür. Genau in diesem Moment öffnete sie sich, und Lukas kam heraus.

Er hatte ihn fast ein Jahr lang nicht mehr gesehen, und trotzdem konnte es keinen Zweifel geben, wen er vor sich hatte. Der Junge war ungefähr noch einen Kopf gewachsen; früher hatte er das Haar fast schulterlang getragen, jetzt ähnelte seine Frisur seltsamerweise der von Paul – am Hinterkopf und den Seiten präzise kurz geschnitten, mit einem dichten, glatten Schopf darüber, der ihm weich in die Stirn fiel. Allerdings färbte Paul sein braunes Haar blauschwarz, und das von Lukas hatte noch genau das gleiche, helle Goldblond, an das Jacobsen sich erinnerte. Der Babyspeck in seinem Gesicht, der schon vor zwei Jahren auf dem Rückzug gewesen war, hatte klar gezeichnete, fast harte Linien und Flächen zurückgelassen. Der sechzehnjährige Lukas war meilenweit von dem heiteren Jungen entfernt, der er einmal gewesen war, und Jacobsen verspürte einen schmerzhaften Stich, als ihm klarwurde, wie viel die Katastrophe um Lukas' Vater dazu beigetragen hatte, ihn frühzeitig erwachsen werden zu lassen.

Er öffnete die Fahrertür und stieg aus.

»Grüß dich, Lukas«, sagte er. »Bin ich zu spät?«

Lukas warf einen Blick auf seine Armbanduhr. »Nein, genau pünktlich. Danke, dass Sie gekommen sind.«

Er trug keine Pfadfinderkluft – natürlich nicht –, sondern die übliche Uniform der Teens in seinem Alter zur Sommerzeit: ausgebleichte Jeansbermudas, ein weites, rotes Shirt mit irgendeinem Markenlabel auf der Brust, das Jacobsen nicht kannte, und dazu passende rote Chucks. Außerdem hielt er etwas unter den Arm geklemmt, das wie ein Schreibblock aussah.

»Wie geht es deiner Großmutter?«

Lukas hatte Jacobsen bei ihrem Telefongespräch vor vier Tagen erzählt, dass Klara von Weyen krank war – eine kleine Herzschwäche, wenn auch nichts Ernstes – und dass der Arzt ihr geraten hatte, sich zu schonen. Was den Jungen erstaunlicherweise dazu gebracht hatte, ihn anzurufen, um ihn zu bitten, ihm bei einer wichtigen Exkursion für seinen Geschichts-Leistungskurs behilflich zu sein und den Chauffeur für ihn zu spielen, weil er selbst noch keinen Führerschein besaß. *Ausgerechnet.*

»Einigermaßen«, sagte der Junge. »Aber Dr. Trauenhofer verbietet ihr immer noch, Auto zu fahren. Er denkt, sie regt sich zu sehr auf, wenn sie am Steuer sitzt.«

Ein winzig kleines Lächeln, das das vertraut-unvertraute Gesicht für ein paar Sekunden weicher machte.

»Wie lange brauchen wir, was meinen Sie?«

»Nicht lange«, antwortete Jacobsen. »Weniger als eine halbe Stunde, würde ich sagen. Es ist noch früh und Samstag obendrein, da sind noch nicht so viele Leute unterwegs. Und dieses Museumsgelände in Welzheim ist bestimmt nicht gerade überlaufen. Was hast du doch gleich gesagt, wie sich das nennt?«

»Das Ostkastell«, erwiderte Lukas. »Es war ein Teil der römischen Garnison in Welzheim. Damals hatte die Stadt noch keinen richtigen Namen. Später hieß sie Valentia; jedenfalls nimmt man das an.«

»Aha.«

Eigentlich interessierte sich Jacobsen kein Stück für die römische Geschichte am Limes, und seine Lateinkenntnisse entstammten hauptsächlich der Lektüre von Asterixheften … aber wenn Lukas von Weyen sich die Römer als Mittel dazu auserkor, um Frieden mit seiner Vergangenheit zu schließen, würde er an seiner Seite geduldig sämtliche Museen in hundert Kilometern Umkreis abklappern.

»Wollen wir?«

Er setzte sich wieder hinter das Steuer, Lukas stieg neben ihm ein, ließ sich auf dem Beifahrersitz nieder und schnallte sich an. Jacobsen drehte den Zündschlüssel um und fuhr los.

DER BRUNNEN

Wahrscheinlich hätte Jacobsen – der noch nie in Welzheim gewesen war – die Adresse des Ostkastells besser ins Navi eingeben sollen. Allerdings war er der Ansicht, dass diese technische Errungenschaft, so praktisch sie auch sein mochte, zur allgemeinen Verblödung der motorisierten Menschheit beitrug, also hatte er sich die Strecke vorher auf der Karte angesehen (ganz altmodisch aus Papier, nicht online) und war sicher, dass er den Weg auch so finden würde.

Die Fahrt führte durch dichten Wald eine kurvenreiche Straße hinauf und dann nach Welzheim hinein. Dummerweise übersah er das erste Hinweisschild und landete in der Welzheimer Innenstadt. Er gondelte gleich mehrmals eine durch mächtige Blumenkübel künstlich verengte Straße auf und ab, ohne in die richtige Richtung abbiegen zu können, immer wieder vorbei an denselben Geschäften und derselben Kirche. Es war Lukas, der schließlich das rettende Hinweisschild entdeckte und ihn durch eine schmale Seitenstraße, an einem Schulzentrum und einer großen Halle vorbei zum Ziel dirigierte.

Vor ihm lag plötzlich ein kleiner, kiesbestreuter Parkplatz (eigentlich nicht viel mehr als eine Wendeplatte), gekrönt von einem seltsamen, würfelförmigen Gerüst aus Metallstreben. Zu seiner Rechten sah er eine unregelmäßig auf- und absteigende graue Mauer und zwei Türme, zwischen denen ein Tor hindurchführte auf etwas, das aussah wie eine große Wiese.

Er stellte sein Auto ab, stieg aus und merkte erst jetzt, wie warm es geworden war. Der Junihimmel strahlte blitzblau und fast wolkenlos, und nur ein paar übriggebliebene Pfützen auf dem Kiesweg, der hinunter zum Museumsgelände führte – denn genau das war die Wiese –, legten noch Zeugnis davon ab, dass es in der vergangenen Nacht kräftig geregnet haben musste.

Lukas war ihm ein paar Schritte voraus; er strebte eilig auf das Bronzemodell zu, das sich unter dem Metallgerüst befand. Jacobsen ließ sich mehr Zeit. Er verspürte wenig Lust auf eine römische Geschichtsstunde, genoss stattdessen die Sonne auf seinem Gesicht und war es zufrieden, dem Jungen dabei zuzusehen, wie er das Modell und jede der aufgestellten Informationstafeln mit dem Handy abfotografierte und sich auf seinem Block eifrig Notizen machte.

Der »Archäologische Park Ostkastell« (wie die Anlage auf einer der Tafeln genannt wurde, die Jacobsen immerhin flüchtig überflog) wurde vom Parkplatz durch einen tiefen, grasbewachsenen Graben getrennt, in dem genauso wie auf dem Kiesweg noch vereinzelte Wasserpfützen glänzten. Die beiden Türme waren offenbar eine Rekonstruktion des Eingangs zu dem ehemaligen Soldatenlager.

»Die sind 1980 wieder aufgebaut worden«, dozierte Lukas, der unvermittelt wieder neben ihm auftauchte. »An genau derselben Stelle, wo sie früher schon gestanden haben … aber da müssen sie noch höher gewesen sein.«

»Woher weißt du das?«, fragte Jacobsen, wider Willen interessiert.

»Aus einer Infobroschüre«, meinte Lukas. »Hat uns Frau Dr. Schweizer mitgebracht, unsere Geschichtslehrerin. Bis Ende der 1970er Jahre dachte man nämlich, diese Höhe stimmt … aber seitdem sind noch mehr historische Darstellungen gefunden worden, die was anderes beweisen. Da stand dieser Nachbau aber wohl schon. Krass, oder?«

Aus Lukas' Mund klangen die 1970er Jahre so antik, als lägen sie ebenfalls mitten in der Römerzeit. Jacobsen – selbst Jahrgang 1974 – fühlte sich plötzlich erschreckend alt.

Er gab sich Mühe, angemessen beeindruckt dreinzuschauen, nickte wohlwollend und tauchte in den kühlen Schatten der Türme ein. Als er auf der anderen Seite herauskam und sich umdrehte, sah er den Wehrgang zwischen den Türmen, durch ein Holzgeländer gesichert und wahrscheinlich über eine Treppe zu erreichen – die Lukas offenbar bereits hinaufgeflitzt war, ohne dass er es mitbekommen hatte, denn er stand oben und winkte zu ihm herunter.

»Kommen Sie her!«, rief er. »Von hier oben hat man eine megatolle Aussicht über das ganze Gelände!«

Gegen so viel Enthusiasmus war kein Kraut gewachsen. Jacobsen seufzte in sich hinein, machte kehrt und ging an der Toranlage vorbei, bis er die Treppe gefunden hatte – rissige Holzstufen, die steil nach oben führten. Jacobsen machte sich an den Aufstieg, stellte fest, dass er schon nach wenigen Schritten leicht außer Atem geriet, und nahm sich – wie schon so häufig – wieder einmal vor, weniger zu rauchen.

Aber der Junge hatte recht, die Mühe lohnte sich. Als Jacobsen sich oben an das stabile Geländer lehnte, konnte er die gesamte Anlage überblicken. Zwei Kieswege führten über das kurzgemähte Grün und überkreuzten einander in der Mitte. Vom Westtor aus (auf dessen Wehrgang er stand) zog sich eine Mauer schnurgerade an dem Graben entlang zu den Überresten eines Turmes, vorbei an etwas, das aussah wie ein überdachter Brunnen. An dem Turmfundament beschrieb die Mauer einen rechtwinkligen Knick und führte an einer dicht belaubten Baumgruppe vorbei bis zu einer Hecke, die die hinterste Begrenzung des Museumsgeländes bildete und es auch auf der linken Seite abschloss.

Lukas ließ seinen Blick über das ehemalige Ostkastell schweifen wie ein Befehlshaber über die vor ihm versammelten Truppen und blickte dann eine Weile mit zusammengekniffenen Augen auf sein Handydisplay. Schließlich murmelte er einen Satz, aus dem Jacobsen die Worte »Mars« und »Victoria« heraushörte, und machte sich im Laufschritt wieder auf den Weg nach unten. Offenbar kam er – wenn es nicht gerade um den Transport von Backnang nach Welzheim ging – hervorragend alleine zurecht.

Jacobsen folgte ihm in weit gemächlicherem Tempo die Treppe hinunter und auf das Gelände. Die Sonne stand jetzt fast im Zenit, und es war nicht mehr nur frühsommerlich warm, sondern heiß. Er gratulierte sich dazu, dass er seine Lederjacke im Auto gelassen hatte, und überlegte einen waghalsigen Moment lang, ob er sein Hemd ausziehen sollte; allerdings würde er dann etwaige Besucher mit dem fischbauchweißen Oberkörper eines nicht gerade optimal trainierten Kommissars schockieren. In diesem Moment näherten sich hinter ihm gleich mehrere Schritte. Er trat rasch beiseite und wurde von einer Besuchergruppe überholt, die zu seiner Verblüffung von einem Legionär mit Helm, Kettenhemd und einem über die Schultern zurückgeworfenen Wollmantel angeführt wurde. Jacobsen erhaschte noch einen kurzen Blick auf ein junges, erhitztes Gesicht, umrahmt von messingglänzendem Metall, bevor das ganze Rudel an ihm vorüberzog. Bloß gut, dass er das Hemd angelassen hatte.

Er schlenderte vom Westtor aus nach rechts – mochte Lukas sich in Ruhe umschauen, während er selbst den

Archäologischen Park gemütlich einmal umrundete. Das Grüppchen Geschichtsbeflissener hatte es eindeutig eiliger als er; es strebte mit seinem römischen Fremdenführer raschen Schrittes auf die Ruine des Eckturms zu und hatte für den Brunnen keinen Blick übrig.

Jacobsen ging weiter. Als er sich dem Brunnen näherte, hörte er ein leises Geräusch, das er zuerst nicht ganz einordnen konnte – ein Summen, das lauter wurde, als er auf der Höhe des Brunnens war, und wieder leiser, als der Brunnen hinter ihm zurückblieb. Er hielt an, runzelte die Stirn und ließ den Blick einmal in die Runde schweifen. Außer ihm, der Besuchergruppe und Lukas, der dicht an der Wegkreuzung in der Mitte des Areals auf dem Boden hockte und anscheinend irgendetwas fotografierte, war niemand zu sehen. Und das Summen war verstummt.

Er hätte später nie genau sagen können, was ihn dazu brachte, zu tun, was er als Nächstes tat. Aber was auch immer es war – irgendeine Vorahnung oder ein jahrelang antrainierter Instinkt, der mit seinem wachen Verstand überhaupt nichts zu tun hatte: Er ging langsam zurück in Richtung Brunnen und lauschte dabei aufmerksam.

Das Summen wurde wieder lauter.

Jetzt stand er direkt vor dem Brunnen. Es war offenbar ein nachgebautes Modell, ein Viereck aus jeweils drei miteinander vernuteten Holzbrettern auf jeder Seite und vier hölzernen Säulen, die das Dach trugen. Das Summen war jetzt sehr laut, und Jacobsen beugte sich über die Brunnenöffnung.

Der Schacht war mit einem grauen Metallgitter bedeckt, das aus zwei Hälften bestand. Jacobsen sah mehrere sehr solide wirkende Muttern, mit denen sie anscheinend am Platz gehalten wurden. Der Brunnenschacht darunter war bis dicht an das Gitter mit Kies und Erde gefüllt, dunkelbraun und krümelig, und diese Erde war irgendwie lebendig. Nein, nicht die Erde. Es waren Fliegen … ein gelbgrün schillerndes Gewimmel aus unzähligen Fliegen, die über die Erde und die kleinen, weißen Steinchen krabbelten. *Schmeißfliegen.*

Jacobsen beugte sich noch tiefer über das Gitter. Noch etwas anderes war merkwürdig. Die Erde sah nicht so aus, als befände sie sich schon lange in dem Brunnen. Sie sah aus, als hätte man sie erst vor kürzester Zeit hineingeschaufelt und dann das Gitter wieder verschlossen. Jacobsen schlug nach einem der Biester, das ihm träge ins Gesicht schwirrte; seine andere Hand rutschte dabei von der Holzeinfassung des Brunnens ab und prallte mit der Handfläche auf das Metall. Im nächsten Moment war er von einer aufgeregt summenden Wolke aus Schmeißfliegen umgeben, und mit ihnen kam der Geruch. Ein Geruch nach modriger Feuchtigkeit, nach abgerissenen, halb verrotteten Wurzeln … und nach Verwesung.

Jacobsen wich zwei Schritte zurück und schnappte nach Luft, während der Fliegenschwarm sich geruhsam wieder auf der Erde unter dem Gitter niederließ.

Er kannte diesen speziellen Geruch viel zu genau, um sich zu irren. Das erste Mal war er ihm als junger Beamter begegnet, damals noch in Hamburg. Er war in eine Wohnung gerufen worden, deren Bewohner – ein alter, im Haus sehr beliebter Herr – seit Tagen nicht mehr aufgetaucht war. Die Nachbarn hatten angefangen, sich Sorgen zu machen, als er nach einem heftigen, bis auf den Flur hinaus hörbaren Streit mit seinem chronisch klammen Enkel plötzlich weder auf Anrufe reagiert noch ihnen die Tür geöffnet hatte. Der überquellende Briefkasten war ein weiteres Indiz dafür gewesen, dass irgendetwas nicht stimmte. Also rief man die Polizei, die mit einem Streifenbeamten vorfuhr, begleitet von Jacobsen und dem Schlüsseldienst. Es war ein ausgesprochen heißer Tag im August, nach einer ebenso heißen Hochsommerwoche. Als die Tür endlich geöffnet war, war der Gestank nach Verwesung über sie hereingebrochen wie ein klebriger Schwall verseuchtes Wasser. Im Badezimmer der Wohnung hatten sie den vermissten Mann gefunden, eingeklemmt zwischen Wanne und Waschbecken und mit einer trotz aller Zersetzung noch deutlich erkennbaren, tiefen Kopfwunde. Später sollte sich herausstellen, dass der Enkel ihn mit einem schweren Kerzenleuchter aus dem Wohnzimmer bis ins Bad verfolgt und dort erschlagen hatte.

Der Mann war schon fast eine Woche tot gewesen, und es dauerte mehrere weitere Wochen, bis Jacobsen den jämmerlich zusammengesunkenen, entstellten Körper im Schlafanzug nicht mehr ständig vor seinem inneren Auge sah, bis er nicht mehr an das Gesumm der zahllosen Fliegen und an die Maden dachte, die auf dem dunkel verfärbten Fleisch wimmelten … und an den Geruch. Diesen furchtbaren Geruch nach *Tod*.

Und hier war er wieder, deutlich schwächer zwar und halb verborgen unter dem kräftigen Dunst von Erde und Regennässe, aber unverkennbar. Irgendetwas musste unter diesem Gitter, unter dieser Schicht aus Erde und Kies gestorben sein. Oder womöglich schon früher. Bevor es im Brunnen verschwunden war.

Jacobsen schaute sich um. Die Besuchergruppe stand immer noch um die Überreste des Turms versammelt, setzte sich aber gerade in Bewegung, gottlob auf das entgegengesetzte Ende des Museumsareals zu. Und Lukas? Es dauerte einen Moment, bis Jacobsen das rote Shirt mit dem blonden, in der Sonne glänzenden Haarschopf darüber ausgemacht hatte. Der Junge saß ganz hinten an der Hecke auf einer Bank, das Smartphone in der Hand. Für Jacobsen hatte er keinen Blick übrig, und in diesem Moment war der dafür ausgesprochen dankbar.

Er überlegte fieberhaft.

Vielleicht machte er besser nicht die Pferde scheu – ausgerechnet jetzt, wo Lukas von Weyen bei ihm war. Vielleicht hatten ja bloß ein paar verantwortungslose Jugendliche mit einer streunenden Katze ihren brutalen Unfug getrieben und das Tier anschließend der Einfachheit halber im Brunnen verscharrt. Das war schlimm genug, aber nicht so schlimm, um sofort an Ort und Stelle nachzuforschen. Er konnte warten, bis Lukas genügend Informationen für sein Limesprojekt gesammelt hatte. Er konnte ihn ganz harmlos nach Hause bringen und dann zurückkommen, um der Sache auf den Grund zu gehen.

Aber wieso sollte jemand eine Katze in diesen Brunnen stecken? Die konnte man hier doch überall verbuddeln, ganz ohne sich vorher die Mühe machen zu müssen, erst sechs Muttern mit einem Schraubenschlüssel aufzudrehen und zwei Gitter durch die Gegend zu wuchten.

Jacobsen hätte seinem inneren Spürhund liebend gerne einen Tritt dahin versetzt, wo es am meisten wehtat. Aber dummerweise hatte er sich schon zu sehr daran gewöhnt, auf das blöde Vieh zu hören … *weil es meistens recht hatte, verdammt noch mal.*

Er beschloss, wenigstens einen Versuch zu riskieren. Wenn das Gitter noch fest verschraubt war, dann würde er Lukas zuerst in aller Ruhe nach Backnang zurückbringen. Wenn es aber nur locker auf dem Schacht lag …

Er fasste rechts und links in die beiden Gitterhälften, spannte die Muskeln an und zog.

Mit einem lauten Quietschen hoben sie sich; sie waren sehr offensichtlich *nicht* festgeschraubt. Dafür waren sie um einiges schwerer, als er gedacht hatte, und bei dem Versuch, sie aus der Brunnenöffnung zu heben, versetzte er obendrein die Fliegen erneut in Aufruhr. Sie umschwärmten wütend sein Gesicht und verfingen sich in seinen Haaren, während er zwei mühsame Schritte rückwärts machte und die Gitter ihm aus den Händen rutschten, bevor er sie ganz über die Bretterumrandung gehievt hatte. Für ein, zwei Sekunden blieben sie auf der Holzkante in der Schwebe, dann kippten sie nach unten auf den Boden, und eines von beiden schlug ihm dabei schmerzhaft gegen das Schienbein. Jacobsen fluchte herzhaft.

»He, *Sie!* Was machet Sie denn da? Des derfet Sie fei net, gell?«

Jacobsen wandte den Kopf und sah den römischen Soldaten im Laufschritt auf sich zustürmen. Sein Gesicht war noch stärker gerötet als vorhin, diesmal nicht nur vor Hitze, sondern in rechtschaffener Empörung. In der Hand hielt er einen langen Speer, dessen Spitze grell in der Sonne glänzte. Jacobsen ertappte sich bei dem Gedanken, ob das Ding wohl so scharf war, wie es aussah … aber zum Glück machte der falsche Legionär keinerlei Anstalten, ihn damit aufzuspießen. Er pflanzte sich nur vor ihm auf und musterte ihn ärgerlich von oben bis unten. Jacobsen hielt es für angeraten, seinen Dienstausweis, den er stets bei sich trug, aus der Hosentasche zu fingern.

»Malte Jacobsen, Kripo Waiblingen«, sagte er und bemühte sich dabei um den höflichsten Tonfall, den er zustande brachte. »Ist das normal, dass das Gitter über diesem Brunnen nicht festgeschraubt ist?«

Der Legionär stutzte und nahm statt Jacobsen jetzt das amtliche Dokument gründlich in Augenschein.

»Sie ... Sie sen von dr Kripo?«

»Ganz genau«, erwiderte Jacobsen geduldig. »Und ich hab das Gitter nur deswegen angefasst, weil ich wissen wollte, ob es lose sitzt. Also: Ist das normal, dass es nicht festgeschraubt wird?«

»Noi, ganz gwieß net.« Der Legionär schüttelte nachdrücklich den Kopf. »Des Gitter isch dafür da, dass d' Leit net dauernd ihrn Müll da neischmeißet. Jetzt sen des emmerhin bloß no Zigarettekippe ond Bombobabierle, aber nix Größeres meh.«

Er betrachtete die jetzt freiliegende Erde und das schillernde Fliegengewirr und rümpfte die Nase.

»Bah – was isch'n *des?*«

»Das versuche ich gerade herauszufinden«, entgegnete Jacobsen, der sich verzweifelt ein paar Gummihandschuhe herbeiwünschte; er hatte gestern nicht daran gedacht, seinen Notvorrat im Handschuhfach zu erneuern. Da konnte man nichts machen. Er riskierte einen weiteren, vorsichtigen Blick Richtung Hecke und stellte erleichtert fest, dass Lukas immer noch auf der Bank saß. »Wenn sich so viele Schmeißfliegen an einer Stelle versammeln, dann wittern sie Futter. Und ich möchte zu gern wissen, was für eine Art Futter das sein könnte.«

»Vielleicht isch des ja bloß a Katz oder irgenda anders Tierle.«

Während der schwäbische Römer genau den Gedanken äußerte, der Jacobsen auch schon durch den Kopf gegangen war, hielt er den Blick so unverwandt wie misstrauisch auf das Brunneninnere gerichtet. Seine von ihrem Führer jäh und unerwartet im Stich gelassene Besuchergruppe stand in einiger Entfernung und tuschelte, die Köpfe zusammengesteckt. Und Lukas stand genau in diesem Moment auf und kam langsam den Kiesweg entlang auf Jacobsen zu.

»Nichts anfassen, okay?«, sagte Jacobsen hastig und etwas schärfer als beabsichtigt. »Und lassen Sie die Leute nicht an den Brunnen – wenn das da drin bloß eine tote Katze ist, können Sie sich hinterher immer noch lange genug über meine Polizisten-Paranoia lustig machen.«

Verblüffenderweise nickte der Legionär und nahm neben dem Brunnen Aufstellung, den Speer grimmig neben sich aufgepflanzt. Offenbar zeigte die Stimme der amtlichen Autorität Wirkung. Jacobsen setzte sich erleichtert in Marsch und ging Lukas rasch entgegen.

Als er ihn erreicht hatte, spähte der Junge über seine Schulter hinweg, die Stirn gerunzelt.

»Herr Jacobsen – was ist denn da los?«

»Das weiß ich noch nicht ganz genau«, sagte Jacobsen ehrlich. »Aber es könnte sein, dass ich nachher meine Kollegen verständigen muss. Und bis ich sicher bin, würde ich dich bitten, dass du auf dem Parkplatz am Auto auf mich wartest. Machst du das?«

Lukas antwortete nicht, aber seine Augen wurden dunkel und sein Gesicht unter der leichten Sonnenbräune blass.

»Das heißt, Sie ...« Ohne nachzudenken, legte Jacobsen ihm eine Hand auf die Schulter und war vage erstaunt, dass der Junge sie nicht abschüttelte.

»Wie gesagt, ich weiß es noch nicht«, wiederholte er. »Aber sobald ich es weiß, komme ich zu dir und erkläre dir, worum es geht. Versprochen. Und anschließend fahr ich dich sofort nach Hause.«

Lukas musterte ihn, die Augen schmal. Dann nickte er knapp. »Okay.«

Er ging auf die beiden Westtürme zu, ohne sich noch einmal umzudrehen. Als er in dem Durchgang verschwunden war, machte sich Jacobsen wieder auf den Weg zum Brunnen; noch nie hatte er sich so inständig gewünscht, dass er sich irrte. Um Lukas dieses neuerliche Trauma zu ersparen, würde er sich liebend gern zum Narren machen, ohne auch nur einmal mit der Wimper zu zucken.

Der Legionär stand noch genauso da, wie er ihn zurückgelassen hatte. Jacobsen überlegte einen Moment, dann krempelte er sich die Hemdsärmel hoch, beugte sich ein drittes Mal über den Brunnen und tat sein Bestes, die Fliegen zu ignorieren, während er behutsam anfing, die Erde mit den Händen beiseite zu schaufeln.

Es dauerte keine Minute, bis er auf ein Hindernis stieß. Es war groß und stabil ... und er ertastete etwas, das sich anfühlte wie Stoff. Als er die letzte, dünne Schicht, die ihn noch davon trennte, wegstrich, sah er, was es war – ein Ärmel. Höchstwahrscheinlich von einem Anzug. Und als er vorsichtig an diesem Ärmel zog, kam aus der dunklen Erde eine menschliche Hand zum Vorschein ... die Finger weiß, kalt und schlaff.

»Lieber *Herrgott*!«

Der Speer des Legionärs polterte zu Boden; der junge Mann sah aus, als müsste er sich jeden Moment übergeben. Jacobsen biss die Zähne zusammen und schloss kurz die Augen.

»Eindeutig *keine* Katze«, sagte er müde. »Tut mir wirklich leid. Würden Sie die Leute dahinten wegschicken, während ich meine Kollegen verständige?«

GEFUNDEN

Es dauerte eine knappe Dreiviertelstunde, bis die Spurensicherung eintraf. Der schwäbische Römer erwies sich bis dahin als nützlicher Helfer, indem er zuerst seine Besuchergruppe energisch vom Gelände scheuchte und dann so lange den Brunnen bewachte, bis Jacobsen nicht nur in Waiblingen, sondern auch in der lokalen Polizeiwache angerufen hatte.

Die zwei Beamten, die dort Dienst hatten, erschienen prompt und sperrten das Areal rings um den Brunnen großräumig mit Flatterband ab. Einer der beiden nahm die Aussage des Legionärs auf, der mit bürgerlichem Namen Peter Schäuble hieß und so wortreich wie dramatisch von seiner Begegnung mit dem fremden Kommissar berichtete (»… i denk, i guck net recht, da reißt der oifach des Gitter ronder, ond i han denkt, des isch doch Sachbeschädigung, da muss i derzwischaganga!«). Trotz des erlittenen Schreckens schien er seine Beteiligung an dem Drama inzwischen ausgesprochen zu genießen.

Jacobsen – der diese Prozedur schon viel zu oft hinter sich hatte, um sie noch aufregend zu finden – stellte fest, dass sich die Zeit auf beinahe unerträgliche Weise in die Länge zog. Neben der unliebsamen Überraschung, dass er ausgerechnet bei einem vollkommen harmlosen Wochenendausflug unversehens auf eine Leiche gestoßen war, bereitete ihm die Tatsache, dass er mit Lukas von Weyen unterwegs war, zunehmend Kopfzerbrechen. Er hatte dem Jungen ganz wie versprochen Bericht erstattet und sich bei ihm dafür entschuldigt, dass er noch eine Weile würde warten müssen, bis seine Ablösung eintraf. Lukas hatte sich die Geschichte mit seltsam unbewegtem Gesicht angehört, sich höflich bedankt und war sofort damit einverstanden gewesen, sich in den Wagen zu setzen, bis Jacobsen endlich die Gelegenheit hatte, sich um ihn zu kümmern. Trotzdem hatte der ein schlechtes Gewissen. Ihre erste Begegnung nach einem Jahr hätte kaum unglückseliger enden können.

Und dennoch: Es war gewiss nicht so, dass er der lokalen Polizei misstraute, aber er betrachtete das hier bereits ohne jeden Zweifel als »seinen« Fall, und den wollte er in bewährte Hände legen, bevor er den Tatort verließ. Also tigerte er auf dem Kiesweg in der Nähe des Brunnens nervös auf und ab, schaute wiederholt auf die Uhr und war so tief in seine unbehaglichen Grübeleien versunken, dass er den Welzheimer Kollegen erst bemerkte, als der sich dicht neben ihm vernehmlich räusperte.

»Herr … äh … Jacobsen?«

Er betrachtete den Mann. Mittelgroß, rundlich, ein freundliches Gesicht unter einem kurzgeschorenen, grau gesprenkelten Haarkranz. Genau der Typ Polizist, der so ausgelassene wie angetrunkene Jugendliche väterlich dazu bewegte, sich nach Mitternacht ohne fahrbaren Untersatz heimwärts zu trollen, oder der netten, alten Damen die Katze vom Garagendach holte.

»Wie lange wird des Gelände gschperrt sei, was moinet Sie?«

»Kann ich Ihnen unmöglich sagen.« Jacobsen zuckte die Achseln. »Die Leiche muss zuerst einmal aus dem Brunnen geborgen werden, und dann wird man alles nach Spuren von Opfer oder Täter absuchen müssen. Das kann eine ganze Weile dauern.«

Der Kollege sah aus, als senkte sich ein schweres Gewicht auf seine Schultern.

»I moin ja bloß … nächschte Woch fanget hier die Römertäg a, ond da muss vorher nadierlich uffbaut werda. Ond wenn hier die ganze Zeit d' Kripo zugange isch, na wird's vielleicht bissle knapp.« Er kratzte sich unglücklich im Nacken und seufzte. »I fürcht, des gibt Ärger.«

»Ärger?« Jacobsen blinzelte verwirrt. »Mit wem?«

Dem Beamten schien aufzugehen, dass weitere Erklärungen vonnöten waren.

»Wege dene Römertäg, nadierlich«, meinte er. »Die hen mir hier älle drei Johr, a richtig große Sach isch des. Da kommet hischtorische Gruppe aus ganz Deitschland und vo woanderscht, die bevölkeret hier drei Täg lang des ganze Areal. Dann isch hier älles voll. Bloß, wenn die wege dem Verbreche net uff dr Platz derfet …«

»Ach so.« Jacobsen warf einen weiteren Blick auf seine Uhr. »Das werden Sie mit den Kollegen klären müssen, fürchte ich. Die können ja dann auch den Veranstalter und die städtischen Behörden informieren, wenn das die Sache für Sie einfacher macht, Herr …«

»Gottlieb. Franz Gottlieb.« Es sah tatsächlich so aus, als wäre der Welzheimer Beamte erleichtert, dass der Kelch möglicherweise an ihm vorüberging. »Saget Sie mir dann bitte, wer da zuschtändig isch?«

»Mach ich. Versprochen.«

Der Kollege ging davon, und Jacobsen fragte sich, ob seine Uhr wohl stehengeblieben war. *Verdammt noch mal, wo blieben die denn bloß?*

Als hätte das Schicksal ein Einsehen, entdeckte er plötzlich mehrere Fahrzeuge, die auf dem Parkplatz unterhalb des Museumsgeländes vorfuhren. Gleich darauf kamen ein Dutzend Männer in weißen Plastikanzügen den Pfad zum Eingang hinauf, und ihnen voraus marschierte raschen

Schrittes eine Gestalt, die er auf Anhieb erkannte. Er stellte fest, dass sich sein Gesicht unwillkürlich zu einem Lächeln verzog. *Melanie.*

Er ging ihr entgegen.

»Hallo, Malte!«, sagte sie, als sie aufeinandertrafen. »Danke, dass du mir meinen freien Samstag ruinierst, mein Lieber. Wenn man dich alleine auf die Straße lässt, muss man doch wirklich mit allem rechnen.«

»Weil ich sogar am Wochenende über Leichen stolpere, oder was?« Er lächelte wieder; zum Glück sah sie nicht wirklich so aus, als wäre sie verärgert. »Glaub mir, das war nicht meine Absicht. Und außerdem war ich gar nicht allein unterwegs.«

»Echt jetzt?« Ihre haselnussbraunen Augen funkelten belustigt. »Du wirst dir doch nicht heimlich eine Freundin angelacht haben? Die musst du mir aber unbedingt vorstellen!«

Er schüttelte den Kopf; seine gute Laune verflüchtigte sich so schnell, wie sie gekommen war. »Nein, tut mir leid. Ich hab Lukas von Weyen hierhergefahren, für ein Projekt in seiner Schule. Er wollte sich im Ostkastell umsehen. Und während er noch dabei war, bin ich unerwartet … auf die Leiche im Brunnen gestoßen.«

»Lukas?« Ihre Augenbrauen stiegen in die Höhe. »Ihr habt wieder Kontakt? Seit wann denn das?«

»Er hat mich angerufen, vor vier Tagen«, erwiderte Jacobsen. »Ehrlich gesagt hab ich immer noch nicht so ganz begriffen, wieso. Aber er bat mich, für ihn den Chauffeur zu spielen, und ich hab ihm den Gefallen wirklich gern getan. Ich konnte ja nicht ahnen, dass ausgerechnet ein mutmaßlicher Mordfall dabei herauskommt.«

»Nein, das konntest du wohl nicht.« Melanie betrachtete ihn nachdenklich. »Ich gebe zu, das ist in Anbetracht der Umstände ein bisschen … unglücklich.«

»Milde ausgedrückt.« Jacobsen schnaubte leise in sich hinein, dann straffte er den Rücken. »Und weil Lukas jetzt schon seit einer Stunde da oben auf dem Parkplatz in meinem Wagen sitzt, würde ich dich bitten, hier erst einmal die Leitung zu übernehmen, damit ich ihn endlich nach Hause bringen kann.«

»Können das nicht die Welzheimer Kollegen erledigen?« Melanie hielt inne, biss sich auf die Lippen und beantwortete ihre Frage selbst, noch bevor Jacobsen es tun musste. »Nein. Blöde Idee. Du möchtest nicht, dass der Junge vor der Villa aus einem Polizeiwagen steigen muss, oder?«

»Wohl wahr.« Jacobsen nickte ihr dankbar zu. »Lukas meint, seine Großmutter hat seit einiger Zeit ein paar Herzprobleme. Ich bin nicht scharf darauf, ihr schon wieder einen Schock zu versetzen – sie hat genug mitgemacht.«

Melanie nickte, verkniff sich aber jeden weiteren Kommentar. Dass er für Klara von Weyens persönliches Familiendrama nichts konnte, hatte sie ihm schon oft genug versichert. Und sie wusste, dass er die Sache nach wie vor ganz anders sah als sie.

»Zwei Kollegen aus Welzheim sind schon hier. Sie werden dich informieren, und die erste Zeugenaussage haben sie auch schon aufgenommen«, sagte er. »Am besten redest du mit Herrn Gottlieb – dem Kollegen dahinten. Rufst du mich an, wenn du wieder in Waiblingen bist?«

»Klar.«

Sie schenkte ihm ein letztes, ermutigendes Lächeln und machte sich auf den Weg in Richtung Brunnen, wo drei Männer von der Spurensicherung soeben die letzten Reste

Erde aus dem Schacht schaufelten. Jacobsen schaute ihr einen Moment lang nach. Sie wirkte gleichzeitig entspannt und entschlossen, und ihr straff geflochtener, langer Zopf wippte goldbraun glänzend im Sonnenschein. Er ertappte sich bei dem Gedanken, dass er jetzt gern an ihrer Seite geblieben wäre. Sie würde bestens allein zurechtkommen – natürlich würde sie das! –, aber er konnte sich nicht helfen: Es widerstrebte ihm instinktiv, die ersten Fakten erst nachträglich und aus zweiter Hand zu erfahren.

Egal. Jetzt war es Lukas, der den Vorrang hatte.

Er drehte sich um und ging eilig Richtung Parkplatz.

***

Während der Fahrt stellte der Junge nur wenige Fragen. Wusste man schon, wer die Leiche im Brunnen war? Kaum – bisher hatte Jacobsen nicht viel mehr zu sehen bekommen als eine – höchstwahrscheinlich männliche – Hand. Und was würde jetzt als Nächstes geschehen?

»Wir müssen die Ergebnisse der SpuSi abwarten«, erwiderte Jacobsen sachlich. »Noch wissen wir nicht, ob der oder die möglichen Täter Fußabdrücke hinterlassen haben, Stofffasern, Zigarettenkippen – was auch immer. Bis die analysiert sind, das dauert. Und ich hoffe, der Tote hatte Papiere bei sich – das wird es uns deutlich leichter machen, ihn zu identifizieren.«

Er warf Lukas einen kurzen Seitenblick zu.

»Mach dir keine Sorgen. Dich wird wegen dieser Sache ganz sicher niemand behelligen.«

Anders als beim letzten Mal.

Ihre Augen begegneten sich für einen Sekundenbruchteil, dann schaute Lukas rasch weg und zum Seitenfenster hinaus. Der Rest der Fahrt verlief schweigend; für Jacobsen fühlte es sich so an, als hätte der Junge sich nach ein paar vorsichtigen Schritten auf ihn zu nun wieder ganz in sein Schneckenhaus zurückgezogen.

Als er knapp dreißig Minuten später vor der Villa den Motor abstellte, öffnete sich die Eingangstür. Heraus kam nicht die Haushälterin (die Jacobsen halb erwartet hatte), sondern Klara von Weyen selbst. Trotz der sommerlichen Temperatur trug sie eine Strickjacke über ihrem Kleid; sie sah blass und elend aus, und Jacobsen war einmal mehr froh darüber, dass Lukas nicht in einem Streifenwagen nach Hause kam.

»Grüß Gott, Herr Jacobsen«, sagte sie höflich. Ihr Ton wurde erst bedeutend wärmer, als Lukas aus dem Wagen stieg, mit zwei, drei Schritten neben ihr stand und sie auf die Wange küsste. »Hallo, mein Schatz! Wie war's?«

Lukas vermied es einmal mehr, Jacobsens Blick zu begegnen. »Prima. Ich hab jetzt fast alles an Material zusammen, was ich aus Welzheim brauche. Jede Menge gute Bilder, und falls mir doch noch was fehlt, kann ich es googeln, glaube ich.«

»Fein.« Sie lächelte ihren Enkel an und strich ihm einmal kurz und zärtlich über den Kopf.

Ein kurzer, etwas peinlicher Moment der Stille, dann holte Lukas plötzlich so tief Luft, als würde er Anlauf nehmen.

»Oder«, fügte er hastig hinzu, »ich könnte nochmal da hinfahren, zu den Römertagen; die fangen nächste Woche an. Ich hab dir doch davon erzählt, Oma – oder?«

»Aber ja, das hast du.« Klara von Weyen blickte drein, als könnte sie die meisten Fakten zu den Römern am Limes inzwischen auswendig herunterbeten. »Ich weiß nur nicht, ob du Herrn Jacobsen noch einmal einfach so in Beschlag nehmen kannst. Er hat einen sehr … aufreibenden Beruf, nicht wahr?«

Sie schaute Jacobsen an, der immer noch damit beschäftigt war, sich von seiner Verblüffung über Lukas' plötzliche Kehrtwende zu erholen. Ihr Gesicht wirkte ruhig und gelassen; sie war viel zu gut erzogen, um die Ereignisse anzusprechen, die sich im vorigen Jahr in diesem Haus abgespielt hatten. Schon gar nicht vor ihrem Enkel. Sie würde den Kommissar von damals weder kritisieren noch verurteilen – aber er hätte wetten mögen, dass sie dieselbe Mischung aus Zorn, Scham und Beklemmung empfand, die er seit den Geschehnissen damals einfach nicht loswurde, so sehr er sich auch bemühte.

»Ich bin sicher, es lässt sich einrichten«, versicherte er rasch. »Wenn Lukas mir rechtzeitig sagt, wann er zu diesen Römertagen möchte, kriege ich das schon irgendwie organisiert.«

»Sehr freundlich von Ihnen.« Klara von Weyen neigte den Kopf. »Aber jetzt wollen wir Sie wirklich nicht länger aufhalten.«

Jacobsen erkannte den höflich verpackten Wink, nickte Lukas zu und drehte den Zündschlüssel. Der Wagen sprang an, und er fuhr los. Bevor er in die Hauptstraße einbog, warf er noch einmal einen Blick in den Rückspiegel und sah gerade noch, wie sich die Tür hinter Großmutter und Enkel schloss.

***

Er fuhr nach Haus und wechselte im Schlafzimmer – wo seit der konzertierten Aktion seines Vermieters und der beiden fleißigen Helfer nicht nur ein fertig aufgebautes Bett, sondern auch eine Kommode und ein Kleiderschrank standen – das verschwitzte Hemd mit den Erdflecken auf den Ärmeln. Er nahm eine schnelle Dusche und verschlang die zwei Stücke Pizza, die von seiner Bestellung am Vorabend noch übrig geblieben waren. Dann setzte er sich wieder in den Wagen. Er war bereits auf halbem Weg nach Waiblingen, als sein Handy rhythmisch zu summen begann. Er fuhr rechts ran, drückte den Knopf und hob es ans Ohr.

»Ja?«

»Ich bin's, Melanie. Ich bin gerade wieder im Büro gelandet. Und ein paar Ergebnisse haben wir auch schon. Kommst du?«

»Bin gleich da.«

Er gab Gas, fädelte sich wieder in den gottlob nicht sehr dichten Verkehr und parkte den Wagen zwanzig Minuten später neben dem Präsidium. Als er sein Büro betrat, blickte ihm Melanie Brendel erwartungsvoll entgegen. Vor sich hatte sie eine Latte macchiato, daneben lag ein kleiner, flacher Gegenstand in einem durchsichtigen Plastikbeutel.

»Espresso?«, fragte sie augenzwinkernd.

»Unbedingt! Aber den kann ich mir auch selbst holen.« Er machte eine Bewegung Richtung Tür, aber sie winkte lächelnd ab, verschwand nach draußen und war wenige Minuten später wieder da, eine dampfende kleine Tasse in der Hand.

Er griff dankbar danach und nahm einen Schluck; das starke, schwarze Gebräu rann ihm heiß die Kehle hinunter und versetzte ihn in plötzliche Hochstimmung.

»Du bist großartig!«, sagte er und meinte es absolut ernst. »Genau das, was ich gebraucht habe. Und was hast du da?«

Melanie hob die Tüte hoch und ließ sie sachte hin- und herschaukeln.

»Den Ausweis unseres Opfers«, erklärte sie. »Steckte zum Glück in seiner Anzugjacke. Der Mann hieß Simon Adlersfeld, war 52 und wohnhaft in Karlsruhe; ich bin zwar keine Fachfrau, aber so, wie er aussah, ist er ist bestimmt nicht länger als ein, zwei Tage tot. Aber egal, an welchem Tag das war, gestorben sein muss er ziemlich genau um Viertel vor zwölf. Wahrscheinlich nachts.«

»Wie kommst du denn darauf?« Jacobsen starrte sie an. »Hast du das in einer Kristallkugel gesehen?«

Melanie grinste. »Nein, auf seiner Armbanduhr ... ein ziemlich teures Markenteil, übrigens. Das Glas ist zerbrochen und die Uhr stehengeblieben. Und die Kleidung, die er trug, sah ebenfalls nach Markenware aus. Jemand, der sich das leisten kann, läuft nicht ohne Not mit einer kaputten Uhr am Arm herum – es sei denn, er kann überhaupt nirgendwo mehr hinlaufen. Morgen oder spätestens am Montag wissen wir mehr; Onkel Lothar ist irgendwo im Schwarzwald unterwegs und hat offenbar keinen Handyempfang. Wir konnten ihn noch nicht erreichen, und seine Vertretung liegt dummerweise mit einer plötzlichen Sommergrippe flach.«

Ihr Onkel war der Pathologe, der bei den Mordfällen in Waiblingen normalerweise die Autopsien durchführte, Professor Lothar Brendel.

»Irgendwelche sichtbaren Spuren, die uns jetzt schon sagen könnten, wie er gestorben ist?«, erkundigte sich Jacobsen und leerte seine Tasse.

Melanie Brendel lehnte sich in ihrem Bürostuhl zurück. »Ich vermute, das Loch in seinem Rücken hat nicht gerade zu seiner Gesundheit beigetragen«, meinte sie gelassen. »Ich glaube nicht, dass es von einer Kugel stammt. Natürlich müssen wir abwarten, was bei der Autopsie herauskommt, aber ich würde sagen, die Wunde wurde von einer Klinge verursacht. Sie ist ziemlich tief; wahrscheinlich hat die Klinge das Herz durchbohrt.«

Ihr Blick wurde bedauernd.

»Armer Kerl. So, wie's aussieht, hat ihn irgendwer von hinten erstochen. Mit etwas Glück hat er's gar nicht mehr richtig mitgekriegt.«

Jacobsen runzelte die Stirn. »Mit einem Messer, meinst du? Oder könnte es auch ein Speer gewesen sein?«

Er erinnerte sich an den Legionär und an das grelle Aufblitzen der Speerspitze, als er auf ihn zugestürmt war.

»Ein *pilum?*« Melanie schnaubte durch die Nase. »Wie passend – aber bestimmt nicht die Art von Werbung, die die Gemeinde Welzheim sich für ihre Römertage vorgestellt hat. Die werden vor Entsetzen außer sich sein.«

Schon wieder diese Römertage. Der Welzheimer Polizist hatte sie auch schon erwähnt, genau wie Lukas.

Jacobsen setzte sich endlich hinter seinen Schreibtisch. »Kannst du mich mal aufklären? Anscheinend wissen alle über dieses spektakuläre Ereignis Bescheid, bloß ich hab mal wieder keine Ahnung. Was ist denn das?«

»Wie gut, dass du mich kennst«, bemerkte Melanie mit leichtem Spott, »sonst würdest du dich heute noch in Backnang und Umgebung verirren. Wenn du nicht dauernd mit amtlichen Scheuklappen durch die Gegend laufen würdest, dann wüsstest du, dass diese Römertage seit 2003 in Welzheim stattfinden. Großes Trara, mehrere Tage lang, komplett mit einem Bürgermeister, der in einer römischen Toga lateinische Reden schwingt, mit tanzenden Priesterinnen, römischen Truppenaufmärschen, Waffendemonstrationen und Handwerksgruppen, die dem Publikum antike Fertigkeiten vorführen. Letztes Mal war ich auch da; hat mir sehr gefallen. Und weißt du was?«

Sie setzte sich jäh auf, als wäre ihr plötzlich etwas Wichtiges eingefallen.

»Wo wir gerade von *spektakulär* reden: Vor einigen Wochen wurde in Welzheim ein antiker Fund gemacht – ging durch alle Medien, sogar das Fernsehen war da und hat einen ausführlichen Bericht gedreht; den hab ich gesehen, in der Landesschau. Man hat die Maske eines Zenturio entdeckt, ein ganz seltenes Stück … wie die Maske, die sie auf dem Gelände gefunden haben, wo die Varusschlacht stattgefunden hat, weißt du?«

Jacobsen hatte nicht die geringste Ahnung. »Die Varusschlacht war bei Welzheim?«

Melanie verdrehte die Augen.

»Nein, du Bachel. Die war bei Bramsche, genauer gesagt in Kalkriese. Das ist in Niedersachsen, irgendwo in der Nähe von Osnabrück, glaube ich. Aber das Stück, das sie dort gefunden haben, ist bloß noch aus Eisen. Es war einmal mit Silber beschlagen, aber das haben sich wohl die siegreichen Germanen unter den Nagel gerissen.«

Jacobsen konnte es den siegreichen Germanen nicht übelnehmen. Er entschied sich vorsichtshalber, nicht nachzuforschen, was ein *Bachel* war, aber das mit der Maske interessierte ihn allmählich doch.

»Wieso ist das Fundstück in Welzheim so etwas Besonderes?«

»Weil die Silberbeschläge noch dran sind«, erläuterte Melanie, die sich sichtlich für das Thema erwärmte. »Obendrein ist das Ding erstaunlich gut erhalten. So gut, dass man sogar noch feststellen konnte, wem es gehört hat – einem Zenturio Marcus Caelius, der in der Varusschlacht fiel. Das hat man jedenfalls bisher geglaubt, denn seine Familie ließ einen Gedenkstein für ihn aufstellen, in der Nähe von Xanten. Bloß – wie ist die Maske dann nach Welzheim geraten? Und außerdem sind die Römer erst etwa um 150 nach Christus in der Gegend von Welzheim aufgetaucht, und die Varusschlacht war schon viel früher, im Jahr 9 nach Christus. Das dürfte in Archäologenkreisen im Augenblick ganz schön für Aufruhr sorgen.«

Plötzlich hatte Jacobsen eine Idee. Er fuhr rasch seinen Computer hoch und gab *Simon Adlersfeld* in das Fenster der Suchmaschine ein. Als er die angezeigten Ergebnisse sah, pfiff er durch die Zähne.

»Schau an«, sagte er. »Weißt du, wer unser Opfer war? Eine Koryphäe für römische Militärhistorie, Archäologe mit einer Gast-Professur in Freiburg, Sachverständiger für antike Artefakte und in Teilzeit angestellt am Landesmuseum in Rastatt.«

Er warf Melanie über den Bildschirm hinweg einen triumphierenden Blick zu.

»Wenn das Zufall ist, fresse ich einen Besen. Ich brauche dringend Nachhilfe in römischer Geschichte. Glaubst du, du kannst mir diesen Beitrag aus der Landesschau besorgen?«

Sie lächelte ihn an. »Da bin ich ganz sicher.«

Nun konnte er doch nicht widerstehen. »Ich trau mich ja kaum zu fragen – aber was ist ein *Bachel*?«

Melanies Lächeln verbreiterte sich zu einem Grinsen. »Keine Sorge: Wenn du dich genügend informiert hast, dann bist du ganz bestimmt *keiner*.«

AUFGESPIESST

Es waren schon zwei Tage seit dem Leichenfund im Ostkastell vergangen, ehe Malte Jacobsen wieder nach Welzheim fuhr.

Lothar Brendel hatte am Sonntag nach Jacobsens folgenreichem Ausflug in seinem Hotel im Schwarzwald endlich wieder ein ausreichend starkes Netz gehabt, um zu erfahren, dass es eine Leiche zu untersuchen gab. Am Montag hatte er am Seziertisch gestanden und festgestellt, dass Simon Adlersfeld wenige Stunden vor seinem Tod vermutlich einen schwäbischen Rostbraten mit Spätzle und Salat gegessen und dazu Rotwein getrunken hatte, und dass er (ganz wie Melanie es vermutet hatte) an der tiefen Wunde in seinem Rücken gestorben war. Der Pathologe nahm an, dass es sich bei der Tatwaffe nicht um ein Messer handelte, sondern tatsächlich um einen Speer, der mit solcher Gewalt in den Rücken des Opfers eingedrungen war, dass er auf seinem Weg winzige Metall- und Holzsplitter zurückgelassen hatte, die noch gründlich analysiert werden mussten. Und da man am Tatort keinen Speer entdeckt hatte, war es jetzt Jacobsens vordringliche Aufgabe, das *corpus delicti* irgendwo in Welzheim zu finden. Ebenso wie den Mörder. Jacobsen kam aus derselben Richtung wie bei seinem ersten Besuch, nahm die Abzweigung in die Innenstadt diesmal aber mit Absicht. An das Rathaus erinnerte er sich noch und fand das Fachwerkgebäude mit dem neuen Anbau ohne Mühe. Er hatte sich telefonisch angemeldet und wurde von dem Beigeordneten des Bürgermeisters erwartet.

Eine freundliche Sekretärin mit Jeans, Flatterbluse

und fröhlich bunter Brille führte ihn in ein helles, nüchtern eingerichtetes Büro. Der Beigeordnete kam um seinen Schreibtisch auf Jacobsen zu, drückte ihm feierlich die Hand und bat ihn, Platz zu nehmen. Jacobsen schätzte ihn auf Mitte fünfzig; er war mager, trug das Haar fast militärisch kurz und tiefe, besorgte Dackelfalten auf der Stirn.

»Stefan Bronner, angenehm«, sagte der Beamte, was angesichts der Umstände zwar höflich, aber höchstwahrscheinlich eine Lüge war.

»Jacobsen«, sagte Jacobsen und ließ das »Kripo Waiblingen« weg; der Mann wusste schließlich genau, wo er herkam. »Die Kollegen haben Sie ja schon am Samstag darüber unterrichtet, dass wir die Leiche von Professor Adlersfeld in dem Brunnen im Ostkastell gefunden haben.«

»Haben sie«, sagte Stefan Bronner. »Und sie haben obendrein hier in Welzheim mit ihren Untersuchungen schon ziemlich für Aufruhr gesorgt.«

Er räusperte sich, sichtlich nervös.

»Sind Sie sicher, dass es sich um einen Mord handelt?«, fragte er. »Könnte es nicht ... ein Unfall gewesen sein?«

»Könnte es«, bemerkte Jacobsen milde, »aber nur, wenn der Herr Professor es fertiggebracht hat, sich rückwärts und mit viel Schwung in eine römische Speerspitze zu stürzen. Und das ist doch eher unwahrscheinlich.«

Stefan Bronner wurde bleich.

»Ich begreif das nicht«, sagte er kopfschüttelnd. »Der Professor war in den letzten Monaten mehrmals hier. Um den Fundort der Maske in Augenschein zu nehmen, deren Echtheit er für uns bestätigen sollte. Außerdem hat er Herbert Häger befragt – der hat die Maske nämlich gefunden, und er ist der Vorsitzende der LEGIO VIII AUGUSTA, unseres ältesten Römervereins vor Ort. Er hat in Welzheim wahrscheinlich am meisten Ahnung von dem Thema, deswegen hat er Herrn Adlersfeld für die Dauer seiner Recherchen ein Zimmer in seinem Haus angeboten, damit er sozusagen gleich an der Quelle sitzt. Als Allererstes ging die Maske natürlich nach Esslingen, in die Zentrale des Landesdenkmalamtes, wo man sie analysieren und besser konservieren konnte. Diese antiken Stücke sind sehr … empfindlich, wissen Sie? Und als die Analysen durch waren, hat Professor Adlersfeld die Echtheit der Maske bestätigt – bei der Eröffnung der Römertage am Freitag hätte er dazu eine Rede halten sollen, im Beisein des Bürgermeisters und vor der gesamten Stadt!«

Er richtete sich auf, als bereitete er sich darauf vor, eine Attacke zu reiten.

»Weswegen es mir auch unverständlich ist, dass man das Zimmer, in dem der Professor im Haus vom Herbert … von Herrn Häger übernachtet hat, unbedingt noch am Samstag versiegeln musste, und wieso man auch alle anderen Zimmer auf den Kopf gestellt hat, bis hinunter zum Keller. Die Hägers waren außer sich.«

»Bei einem Mordfall müssen wir überall nach Spuren suchen«, erklärte Jacobsen, immer noch gelassen. »Und bis jetzt ist die Mordwaffe noch nicht aufgetaucht – wie gesagt, wir denken, es handelt sich um einen römischen Speer.«

Der Adamsapfel des Beigeordneten hüpfte hektisch auf und ab.

»Und Sie glauben, der befindet sich ausgerechnet im Haus von Herrn Häger?«, platzte er heraus. »Der hätte doch sicher am wenigsten Grund gehabt, dem Herrn Professor als Leder zu wollen!«

»Wir haben gerade erst mit unseren Ermittlungen angefangen«, sagte Jacobsen. »Bislang wissen wir noch nicht, wie viele Feinde Simon Adlersfeld hatte – und ob es speziell hier in Welzheim jemanden gab, der wütend genug auf ihn war, um ihn zu töten. Aber wir werden unser Bestes tun, das herauszufinden.«

Er sah Bronner geradewegs in die Augen.

»Und wir wären Ihnen außerordentlich dankbar, Herr Bronner, wenn Sie uns dabei keine Steine in den Weg legen würden.«

Der Beigeordnete stützte sich mit den Ellenbogen auf seinen Schreibtisch, beugte sich vor und legte die Fingerspitzen aneinander.

»Sie müssen das verstehen, Herr Jacobsen.« Jetzt sprach er in einem gemessen amtlichen Ton, als hätte er sich jäh daran erinnert, dass es seine Aufgabe war, Ruhe zu bewahren und die Fäden in der Hand zu behalten. »Dieser Maskenfund ist für Welzheim eine Riesensache – wir sind nicht umsonst die Limesstadt. Und da sind natürlich auch noch die Römertage – das ist unser größtes Event hier, da kommen Gäste aus ganz Baden-Württemberg zu uns, und dabei habe ich die verschiedenen Römergruppen noch gar nicht eingerechnet. Wir machen uns Sorgen, dass Ihre … äh … Ermittlungen auf die Veranstaltung einen störenden Effekt haben könnten.«

Er räusperte sich erneut.

»Darf ich denn wenigstens davon ausgehen, dass die Aufbauarbeiten ab Mittwoch wie geplant stattfinden können?«

Jacobsen seufzte.

»Wahrscheinlich ja«, sagte er. »Wenn auf dem Gelände des Ostkastells alle verwertbaren Spuren eingesammelt sind, können wir es wieder freigeben. Aber da es in der Nacht vor dem Leichenfund hier gewittert und sehr stark geregnet hat, wird wohl wenig zu finden sein, fürchte ich. Ich sage Ihnen auf alle Fälle rechtzeitig Bescheid.«

Das Gesicht des Beigeordneten hellte sich auf. »Dann haben wir das Schlimmste wohl hinter uns.«

»Das«, meinte Jacobsen, »kommt auf die Sichtweise an. Und das Schlimmste haben wir erst hinter uns, wenn die Tat aufgeklärt und der Täter verhaftet worden ist.« Er stand auf. »Aber trösten Sie sich: Die leidige Sache wird Sie keine Besucher kosten – eher im Gegenteil. Nichts ist so spannend für die Leute wie ein saftiger Mord.«

Er verabschiedete sich und ging. Als er in den warmen Sonnenschein hinaustrat und die Treppen zum Kirchplatz vor dem Rathaus hinunterging, ließ er sich das Gespräch mit Bronner noch einmal durch den Kopf gehen. Dass Welzheim um seine Veranstaltung fürchtete, konnte er verstehen; eine Absage der Römertage wäre für die Stadt eine ausgemachte Katastrophe. Aber wahrscheinlich würde es nicht dazu kommen.

Blieb zu hoffen, dass die wenigen Spuren, die das kräftige Gewitter in der Nacht vor dem Leichenfund hinterlassen hatte, gesichert werden konnten, bevor Bronners »größtes Event« losging und alles, was noch übrig blieb, von als Germanen und Römer kostümierten Vereinsmitgliedern und einer riesigen Besuchermenge niedergetrampelt wurde.

Falls die Kollegen dort überhaupt etwas fanden.

***

Für ein Mittagessen war es noch zu früh, und es widerstrebte ihm, unverrichteter Dinge wieder ins Büro nach Waiblingen zurückzukehren. Also beschloss er, Herbert Häger, den Vorsitzenden des Römervereins, den Bronner erwähnt hatte, etwas genauer unter die Lupe zu nehmen (und bei der Gelegenheit vielleicht etwas Öl auf die Wogen zu gießen, die die Hausdurchsuchung hinterlassen hatte).

Er ließ sich vom Navi in seinem Dienstwagen in die Untermühlstraße dirigieren, wo sich Hägers Firma befand. Das Gebäude überraschte ihn; es sah aus wie eine alte Scheune, von der Dachrinne bis zum Boden mit Weinlaub überwuchert. Die Holzbretter der Außenwand waren dort, wo man sie unter der üppigen Begrünung erkennen konnte, zu einem tiefen Braun nachgedunkelt. Über dem Eingang (der verriegelt war) verkündete ein Schild »Kunstschlosserei Häger, seit 1950«. Der Gehsteig davor war handtuchschmal, aber dahinter entdeckte Jacobsen einen kleinen, asphaltierten Hof, auf dem er parken konnte, und ein weiteres Haus. Es passte von der Bauweise zum Gründungsdatum der Firma, war aber offenbar vor nicht allzu langer Zeit frisch verputzt worden. In die blassgelbe Wand hatte der Hausbesitzer einen großen Römerschild eingelassen, kunstvoll aus schwarzen, roten und goldenen Mosaiksteinen zusammengesetzt, die in der Sonne glänzten. Jacobsen fand die Klingel und läutete.

Eine Weile blieb alles still, dann näherten sich Schritte und die Tür schwang auf. Auf der Schwelle stand ein hochgewachsener, breitschultriger Mann mit einem von grauen Strähnen durchzogenen Haarschopf, einer eindrucksvollen Adlernase und tiefliegenden, dunklen Augen, die Jacobsen misstrauisch musterten.

»Wollen Sie in die Werkstatt?«, fragte er kurz angebunden. »Wenn ja, müssen Sie morgen wiederkommen. Wir haben heute geschlossen.«

»Zum Glück will ich *nicht* in die Werkstatt«, gab Jacobsen zurück. »Ich möchte zu Ihnen – jedenfalls, wenn Sie Herbert Häger sind.«

»Bin ich«, antwortete Häger, diesmal noch etwas knapper. »Und Sie?«

»Malte Jacobsen, Kripo Waiblingen. Ich habe ein paar Fragen.«

»Ach ja?« Die dunklen Augen wurden schmal. »So wie Ihre Kollegen, die vorgestern durch mein ganzes Haus getrampelt sind?«

Er hörte sich an wie ein römischer Senator, der den Überfall räuberischer Barbaren auf seinen Landsitz verurteilte. Jacobsen konnte sich den Mann sehr gut mit einer weißen, purpurn eingefassten Toga vorstellen und hatte das sichere Gefühl, dass es Häger selbst ganz genauso ging.

»Das Opfer des Mordes im Ostkastell hat dem Vernehmen nach zeitweise bei Ihnen gewohnt«, bemerkte er sanft. »Und kleinste Spuren können sehr schnell verschwinden, auch wenn man das nicht beabsichtigt – dazu braucht es nur den wohlmeinenden Einsatz von Besen und Putzlappen. Deswegen hatten die Leute von der Spurensicherung es ein wenig eilig.«

»Auch damit, meinen Keller und mein gesamtes Vereinsarchiv zu durchwühlen?« Häger schien wenig beeindruckt. »Die haben *gladii*, Kettenhemden, Schilde und Schienenpanzer bunt durcheinandergeworfen; das Chaos bis zum Beginn der Römertage wieder zu beseitigen wird mich ein paar schlaflose Nächte kosten. Außerdem haben sie sämtliche *pila* mitgenommen. Als ich gefragt habe, was dieser skandalöse Vandalismus soll, haben sie nur gemeint, die müssten samt und sonders untersucht werden.«

»Womit die Kollegen absolut recht hatten«, sagte Jacobsen ruhig. »Nach Meinung des Pathologen müssen wir davon ausgehen, dass Professor Adlersfeld mit einem Speer von hinten erstochen worden ist. Möglicherweise einem römischen.«

»Und da kommen die ausgerechnet zu *mir?*« Häger schnaubte empört. »Hätte ich Herrn Adlersfeld tatsächlich mit einem *pilum* ermordet, ich würde das Ding wohl kaum anschließend nach Hause schleppen und in meinen Keller stellen. Ganz abgesehen davon, dass ich bestimmt der Letzte bin, der ein Motiv hatte, den Mann umzubringen.«

Jacobsen schnitt eine Grimasse. »Irgendwo müssen wir ja mit der Suche anfangen, Herr Häger. Wie wäre es, wenn wir alles Weitere drinnen klären? Nehmen Sie's mir nicht übel, aber ich komme mir allmählich vor wie ein lästiger Staubsaugervertreter.«

»Na schön.« Hägers Mund verzog sich zu etwas, das immerhin ansatzweise als Lächeln durchging. »Kommen Sie rein.«

***

Jacobsen folgte Häger durch einen langen Hausflur und eine Tür nach rechts in ein großes Wohnzimmer. Auf der Stirnwand prangte über einem riesigen, mit plüschigen Kissen übersäten Sofa ein weiteres Mosaik – diesmal ganz in Goldtönen. Es zeigte einen Adler, der mit steil aufwärts gespreizten Flügeln auf einer Art Podest saß und in den Klauen etwas hielt, das aussah wie ein Rutenbündel. Unter dem Podest zog sich eine ebenfalls aus Mosaiksteinen gebildete, gerade Linie nach unten und verschwand hinter dem ausladenden Sitzmöbel. Und über dem Adler stand in schwarzen, römischen Buchstaben LEGIO VIII AUGUSTA VALENTIA.

»Was ist das?«, erkundigte sich Jacobsen interessiert. »Ihr Vereinssymbol?«

»Das«, erklärte Häger, »ist der *aquila* – der Legionsadler.« Jegliche Aggression war aus seiner Stimme verschwunden; jetzt klang sie geradezu andächtig. »Das wichtigste Symbol der Legion. Zur römischen Kaiserzeit war es aus purem Gold, und sein Verlust galt als die größte Schande. Der Mann, der es der Truppe voraustrug, war der *aquilifer*. Er trug ein Löwen- oder Wolfsfell über dem Helm und erhielt den doppelten Sold seiner Kameraden ... ein Ehrenposten, den man wahrscheinlich an verdiente Unteroffiziere vergab.«

Jacobsen nickte. »Und was hält dieser *aquila* da fest?«

»Das sind die Blitze Jupiters«, erläuterte Häger, der sehr offensichtlich Freude daran hatte, sein Fachwissen vorzuführen. »Manche *aquilae* trugen auch eine Eichel im Schnabel, ebenfalls als Symbol für den höchsten Gott. Leider gibt es heute nur noch Nachbauten – keiner der Legionärsadler hat die römische Epoche überstanden.«

»Schade«, meinte Jacobsen und meinte es durchaus ernst. »Aber dafür kann sich Welzheim ja offenbar jetzt mit einer echten Römermaske schmücken ... auch wenn der Experte, der die Echtheit bestätigt hat, leider unter *sehr* ungeklärten Umständen ums Leben gekommen ist.«

Er seufzte.

»Womit wir wieder bei unserem Mordfall und bei dem Grund wären, wieso ich eigentlich hier bin. – Darf ich mich setzen?«

Häger deutete auf das Sofa. »Bitte sehr.« Seine Empörung schien vollständig verraucht zu sein, wofür Jacobsen ausgesprochen dankbar war. Er zog das Aufnahmegerät aus der Hosentasche, das er für Befragungen immer bei sich trug, legte es auf den gläsernen Couchtisch, der vor dem Sofa stand und schaltete es ein.

»Wie lange kannten Sie Professor Adlersfeld?«

»Er kam vor zwei Monaten das erste Mal her«, erwiderte Häger, »gleich nachdem wir die Maske gefunden hatten … dicht am Ufer der Lein, wo sie am Schützenhaus vorbeifließt. Da steht eine kleine Gruppe aus drei Bäumen, und nach einem schweren Sturm im April hat es einen davon umgehauen. Ich muss zugeben, die Entdeckung war purer Zufall. Ich hab an dem Tag einen Spaziergang gemacht, gemeinsam mit Johannes.«

Jacobsen runzelte die Stirn. »Johannes?«

»Der stellvertretende Vorsitzende unseres Vereins«, erklärte Häger. »Johannes Sandmann. Gründungsmitglied der ersten Stunde, seit zwanzig Jahren dabei. Als wir die Bescherung gesehen haben, musste das mit dem Baum erst vor kurzem passiert sein. Wir haben beschlossen, den Stamm von der Straße zu schaffen – besonders dick war er nicht –, damit die Leute, die vor dem Schützenhaus geparkt hatten, wieder zurückfahren konnten. Da ist ein recht gutes Restaurant drin, wissen Sie.«

»Aha.«

»Also hab ich an der Wurzel angepackt – eigentlich wollte Johannes das tun, aber ich war anderer Meinung. Ich bin ein gutes Stück kräftiger als er – das bringt der Job so mit sich. Johannes ist eher ein Schreibtischtäter.«

Er lächelte, als sähe er eine besonders schöne Erinnerung vor sich. Kein Wunder – die Entdeckung musste für ihn so etwas wie ein Höhepunkt seines bisherigen Lebens gewesen sein.

»Also hab ich den Wurzelballen hochglupft und bin dabei in die Aushöhlung getreten – die war voller Wasser. Dabei han i doch glatt mein Schuh verlore, und als i des Ding rette will, han i plötzlich en dicka Klompa in dr Hand. In dem hat irgendebbes Feschtes gschteckt. I han den Klompa in dem Wasserloch vorsichtig abgschpült – und da war die Maske. Emmer no reichlich verkrutschtet, aber onverkennbar. I han glei gwisst, was des war.«

Die Andacht von vorhin war wieder da – und Jacobsen stellte interessiert fest, dass sich dafür der größte Teil von dem sorgsam gepflegten Hochdeutsch verflüchtigt hatte, um das sich Häger bislang so ausdauernd wie überzeugend bemüht hatte. Das musste am Gefühlsüberschwang liegen.

Häger schien es auch aufzufallen; er räusperte sich, als wäre ihm die Sache etwas peinlich.

»Ich habe den Johannes ins Schützenhaus geschickt, eine Schüssel mit Wasser holen. Wenn so ein altes Stück aus Metall zu lange an der Luft bleibt, fällt es auseinander. Dann haben wir das Teil in der Schüssel vorsichtig heimgetragen. Ich habe die Zentrale des Landesdenkmalamtes in Esslingen verständigt und eine Vereinssitzung einberufen.«

Wie Caesar, der seine Elitetruppen um sich versammelt, dachte Jacobsen und verkniff sich ein Grinsen.

»Professor Adlersfeld ist gleich am nächsten Tag gekommen«, erzählte Häger, »um sich die Fundstelle anzusehen, und die Maske auch. Er hat sie von allen Seiten fotografiert und dann nach Esslingen mitgenommen, um sie dort gründlich zu untersuchen. Was er herausgefunden hat, war sehr bemerkenswert.«

Er betrachtete Jacobsen erwartungsvoll, als könnte er es kaum erwarten, die Pointe seiner Geschichte zu erzählen, bräuchte dafür aber unbedingt das passende Stichwort. Jacobsen tat ihm den Gefallen.

»Was war es?«

»Die Maske war natürlich korrodiert – kein Wunder, schließlich war sie aus Eisen und lag vermutlich schon seit gut 2000 Jahren im Boden. Aber die Silberbeschläge waren noch alle vorhanden. Solche Masken wurden bei Reiterspielen und Parademärschen getragen, und natürlich nur von hohen Diensträngen, zum Beispiel einem Zenturio. Außerdem wurden sie entweder mit einer Plakette als Besitz der Person gekennzeichnet, für die man sie angefertigt hatte, oder mit eingeritzten Zahlen und Buchstaben. Die waren auf der Maske deutlich zu erkennen.«

Häger griff nach einem Notizblock, der auf dem Couchtisch lag, zückte einen Filzstift und schrieb: MCAELIO LEG XIIX.

»Die Achtzehn steht für die achtzehnte Legion«, sagte er. Es klang fast triumphierend, als wäre er drauf und dran, eine Siegeshymne anzustimmen. »Die hat neun nach Christus in der Varusschlacht gekämpft und wurde vollständig aufgerieben, gemeinsam mit der siebzehnten und neunzehnten. Nur ein Zenturio der achtzehnten ist namentlich bekannt.«

Er machte eine Kunstpause. Jacobsen wusste, dass er Häger jetzt den Höhepunkt der Geschichte verderben würde, sprach aber trotzdem.

»Marcus Caelius«, sagte er mit einem Lächeln. »Dem seine Familie bei Xanten einen Gedenkstein gesetzt hat. Und der deswegen eigentlich gar nicht hier in der Gegend gewesen sein kann, nicht wahr?«

Häger starrte ihn an, als wäre ihm direkt vor seinen Augen unversehens ein zweiter Kopf gewachsen. »Das *wissen* Sie?«

»Erst seit kurzem«, antwortete Jacobsen bescheiden.

»Keine Sorge – ich bin sicher, Sie haben mir das Allermeiste zum Thema voraus.«

Häger antwortete nicht; es hatte ihm sichtlich die Sprache verschlagen. In die Stille hinein war plötzlich zu hören, wie sich die Haustür öffnete und rasche Schritte den Flur herunterkamen.

»Challo, Cherbert!«, ertönte eine weiche, etwas rauchige Frauenstimme. »Oh – wir chaben Besuch?«

Jacobsen wandte den Kopf und sah eine Frau im Türrahmen stehen. Mittelgroß und auf höchst ansehnliche Weise kurvig, in einer weich fallenden Bluse, die den Brustansatz freiließ, mit hautengen Jeans an den langen Beinen und eleganten Pumps an den Füßen. Das dichte, blonde Haar verdankte seine Farbe vermutlich nicht ganz der Natur, denn die Augenbrauen waren dunkelbraun. Hohe Wangenknochen gaben dem Gesicht etwas leicht Exotisches, der Mund war voll und rosig, und große, leuchtend blaugrüne Augen musterten ihn interessiert.

Mindestens fünfzehn Jahre jünger als Herbert Häger, schätzte Jacobsen, *wenn nicht zwanzig. Lieber Himmel, was für eine Granate. Wie hat es denn die hierher verschlagen?*

Er riss den Blick widerstrebend von der Erscheinung los und wandte ihn wieder dem Mann hinter sich zu. Der schien ganz genau zu begreifen, was er dachte. Sein historischer Enthusiasmus war wie weggeblasen; mit einem Mal sah er müde aus.

»Darf ich vorstellen?«, sagte Herbert Häger. »Meine Frau Ekaterina.«

ENTDECKUNGEN

»Denkst du wirklich, dieser Herbert Häger könnte Professor Adlersfeld mit einem Speer den Garaus gemacht haben?«

Melanie Brendel zielte mit einer Salzstange auf Malte Jacobsen und ließ das dünne Gebäck dann nach unten sausen. Es bohrte sich zielsicher in ihr Schälchen mit schwäbischem Wurstsalat und blieb darin stecken.

Jacobsen lachte und nahm einen Schluck aus seinem Glas. »Nicht wirklich. Adlersfeld hat ihm bestätigt, dass sein Sensationsfund *tatsächlich* eine Sensation ist. Damit schmückt sein Name vermutlich ab sofort für alle Zeiten in Stein gemeißelt die archäologischen Annalen von Welzheim. Ich wette, davon hat er immer geträumt.«

Sie saßen unter einem riesigen, blau-weiß gestreiften Sonnenschirm in dem Biergarten auf der Waiblinger Schwaneninsel; das gemütliche Freiluftlokal hatte sich seit dem letzten Sommer zu einem ihrer bevorzugten Orte für die Mittagspause entwickelt. Hier konnten sie sich irgendeine leckere schwäbische Spezialität genehmigen, ein kaltes Radler trinken und dabei in aller Ruhe ihre Fälle diskutieren.

»Obendrein«, meinte Melanie, »ist es noch gar nicht erwiesen, dass der Täter aus Welzheim stammt. Wir sind ja gerade erst dabei, das familiäre Umfeld von Adlersfeld und seine Kollegen zu überprüfen. Er war geschieden – vielleicht hatte er eine rachsüchtige Exfrau, die ihm den Tod an den Hals gewünscht hat. Oder einen Assistenten, der ständig hinter ihm aufräumen musste und keinen Deut weniger von archäologischem Ruhm geträumt hat als unser römerverrückter Schlosser. Vielleicht war Adlersfeld genau das Hindernis, das seiner wissenschaftlichen Blitzkarriere im Weg stand.«

»Also schleicht er ihm nach Welzheim nach, lauert ihm nachts im Ostkastell auf und erlegt ihn passenderweise mit einem römischen Speer? Interessante Theorie.«

»Nicht so abwegig, dass sie überhaupt nicht in Frage käme. Gesetzt den Fall, es gibt diesen frustrierten, mordlüsternen Assistenten wirklich.« Jetzt war es Melanie, die lachte.

Jacobsen lehnte sich zurück und biss in seine Laugenbrezel. Er genoss die Wärme, die friedliche Pause und wieder einmal, wie leicht es ihm fiel, mit Melanie zusammenzuarbeiten und sich mit ihr auszutauschen. Er war nie der typische Teamplayer gewesen und in seiner früheren Dienststelle in Hamburg genau deswegen oft angeeckt. »Einsamer Wolf«, so hatten die Kollegen ihn hinter seinem Rücken genannt, und er hatte sich von seinem Vorgesetzten immer wieder wenig hilfreiche Vorträge darüber anhören müssen, wie man sich in eine Gruppe einfügte.

Mit Melanie Brendel dagegen war erstaunlicherweise alles einfach. Sie textete ihn nicht zu, sondern passte sich seiner Stimmung an und konnte genau dann schweigen, wenn er zum Nachdenken Stille brauchte. Sie verübelte es ihm nicht, wenn er kurz angebunden war oder sich – was zum Glück immer seltener vorkam – ihr gegenüber im Ton vergriff. Oft nahm sie seinem Ärger mit einem gezielten Scherz die Spitze und brachte ihn damit zum Lachen. Und obendrein war sie eine verdammt gute Ermittlerin, mit einer sicheren »Nase« für Details und einem scharfen Blick für all das, was Verdächtige oft gern mit aller Macht verbergen wollten.

Er betrachtete sie, während er an seinem Radler nippte. Heute hatte sie auf den straff geflochtenen Zopf verzichtet, den sie sonst im Dienst fast immer trug. Ihr Haar war offen, fiel ihr in weichen Wellen über die Schultern und wurde nur von einem schmalen, weißen Reif gebändigt. Sie trug sehr wenig Make-up. Ihre Haut war rein und glatt wie die eines Kindes, und im Ausschnitt ihrer schlichten, hellblauen Bluse sah er einen kleinen Silberanhänger aufblitzen, dicht unterhalb ihrer Halsgrube. *Verdammt attraktiv, auf ihre ganz eigene Art,* dachte er plötzlich. *Wieso sie solo ist, begreife ich einfach nicht. Eigentlich müssten die Männer doch bei einer solchen Frau Schlange stehen.*

»Malte? *Hal-lo!* Sag mal, hörst du mir eigentlich zu?«

Er blinzelte und stellte fest, dass seine Kollegin ihn beobachtete.

»Was …?« Er räusperte sich. »Entschuldige … Ich war gerade mit den Gedanken ganz woanders.«

»Hab ich gemerkt«, versetzte sie ein wenig spöttisch. »Wohin bist du denn abgedriftet?«

Jacobsen war seinem Geschick dankbar, dass er kaum jemals rot wurde, und griff nach dem ersten Gedanken, der ihm kam, wie nach dem rettenden Strohhalm.

»An die Frau von Herbert Häger«, sagte er. »Die hab ich gestern kennengelernt, als sie mitten in meinem Gespräch mit ihm nach Hause kam. Bei dem Mann hätte ich die typische schwäbische ›Mutti‹ erwartet, aber stattdessen hat er sich eine flotte Russin geangelt, eine blonde Sexbombe namens Ekaterina. Alles andere als sein Jahrgang und aufgebrezelt wie das Schaufenster einer Parfümerie.«

Melanies Augenbrauen kletterten in Richtung Haaransatz. »Er wird sie sich doch nicht im Katalog ausgesucht haben?«

»Keine Ahnung. Eigentlich kommt er mir nicht vor wie ein Mann, der so was nötig hat.« Jacobsen schüttelte leicht den Kopf. »Der falsche Typ.«

Melanie drehte ihr Glas nachdenklich zwischen den Händen. »Was für ein Typ ist er denn?«

»Jemand, der seine Hobbys genauso ernst nimmt wie seine Arbeit«, erwiderte Jacobsen. »Er hat mir erzählt, dass er über ein Jahr gebraucht hat, um einen Lehrling für seine Schlosserei zu finden. Die Kids heute haben keine Lust mehr auf schmutzige Hände, meinte er. Der Junge, der bei ihm eine Ausbildung gemacht hat und jetzt sein Geselle ist, hatte vorher in der Schule massive Probleme – alles andere als ein Überflieger, und Legastheniker obendrein. Aber wenn man ihm ein Stück Metall in die Hand gibt – sagt Häger –, dann geht er damit um, als hätte er nie etwas anderes getan oder auch nur tun wollen. Die Eltern hatten sich wohl erhofft, dass er eines Tages studiert oder wenigstens eine Banklehre macht … dass er jetzt ›bloß‹ Handwerker werden will, hat ihnen gar nicht geschmeckt. Aber in der Schlosserwerkstatt ist er viel besser aufgehoben. Man merkt, dass Häger ihn gern hat, er spricht geradezu väterlich von ihm.«

»Hast du ihn kennengelernt?«

Jacobsen nickte. »Ganz kurz. Er kam vorbei, als ich gerade wieder gehen wollte. Ein langer Lulatsch, der aussieht, als hätte er nicht nur zwei linke Hände, sondern auch zwei linke Füße. Aber die Zuneigung beruht auf Gegenseitigkeit. Er ist seinem Meister schwer ergeben, glaube ich. Und Häger wird schon wissen, was er an ihm hat.«

Er stippte den Rest seiner Brezel in den Obatzten und kaute mit Genuss. Melanie trank ihr Radler aus; er konnte sehen, dass sie überlegte.

»Fährst du heute noch mal nach Welzheim?«, wollte sie wissen.

»Eher nicht«, meinte Jacobsen. »Ich wollte morgen Abend hin, um mir die Vereinsmitglieder von dieser LEGIO VIII vorzunehmen. Tagsüber sind die alle nicht zuhause, obwohl die meisten im Moment Urlaub haben – die sind am Ostkastell, um irgendwelche Aufmärsche für die Römertage zu trainieren. Hab ich jedenfalls bis jetzt von einem runden Dutzend Ehefrauen und Müttern am Telefon gehört. Da lohnt sich das Klinkenputzen erst nach Feierabend – wenn diese Leute vor den Römertagen überhaupt noch mal Feierabend machen.«

Das Museumsgelände war am Vorabend zur Erleichterung der Stadtverwaltung und der Veranstalter offiziell wieder freigegeben worden; Spuren, die auf irgendeinen Täter deuteten, waren nicht gefunden worden. Jacobsen hatte das zwar mehr oder weniger erwartet, war aber trotzdem enttäuscht.

»Dann setz ich dich im Präsidium ab und fahr gleich heute Nachmittag hin«, beschloss Melanie. »Ich kann mich ja mal ein bisschen umhören, nach Herbert Häger, seiner flotten Russin und nach dem Professor.«

»Weil du das Gras besser wachsen hörst als ich?« Jacobsen lächelte.

»Nein.« Melanie lächelte zurück. »Weil man, wenn man auf städtischen Klatsch und Tratsch aus ist, am besten eine Frau schickt. Und dass ich von der Polizei bin, muss ich den Leuten ja nicht gleich als Erstes auf die Nase binden.«

»Dann wünsche ich dir viel Glück. Und ich schau währenddessen mal, was ich über Adlersfelds Kollegen und seine Exfrau herausfinden kann«, sagte Jacobsen. »Sollen wir aufbrechen? Ich hab im Büro noch einen Riesenberg

Papierkram. Wenn ich den jetzt noch abgearbeitet kriege, kann ich endlich damit aufhören, Finkbeiner aus dem Weg zu gehen.«

Stefan Finkbeiner – genauer gesagt der Erste Hauptkommissar Stefan Finkbeiner – war Jacobsens direkter Vorgesetzter in Waiblingen. Sein Schreibtisch war ein Bild mustergültiger Ordnung, weswegen er an Jacobsens kreativem Chaos regelmäßig verzweifelte.

»Hervorragende Idee, Malte.« Melanie winkte der Kellnerin zu, die gerade in ihre Richtung blickte. »Zahlen, bitte!«

***

Eine Stunde später parkte Melanie Brendel den Dienstwagen auf dem Welzheimer Kirchplatz. Sie hatte noch nicht viel Gelegenheit gehabt, sich im Ort umzuschauen; bislang war sie über das Ostkastell nicht hinausgekommen.

Jetzt stieg sie aus dem Auto, betrachtete die dicht belaubten Kastanien vor der Kirche mit dem hohen Turm und die anderen Gebäude, die den gepflasterten Platz einrahmten. Alles war so, wie man es in einer schwäbischen Kleinstadt normalerweise erwartete. Das Fachwerk-Rathaus fehlte ebenso wenig wie der obligate Gasthof; hier war es ein »Grüner Baum«. Zum Eingang führten einige Stufen hinauf, und die Fenster waren mit Blumenkästen voll üppig blühender Geranien geschmückt.

Melanie schlenderte zu dem kleinen, an der Wand angebrachten Glaskasten und überflog die Speisekarte. Ganz wie erwartet gab es gutbürgerliche Küche mit deutlich schwäbischem Einschlag. Sie war sich sicher, dass den örtlichen Schulkindern mittags für kleines Geld eine ordentliche Portion »Schbätzle mit Soß« serviert wurde, und die unvermeidlichen Linsen mit Spätzle und Saiten gab es natürlich auch. *Ich sollte Malte hierher ausführen,* dachte sie mit einem leicht niederträchtigen Grinsen; sie wusste genau, dass sich ihr Kollege an dieses spezielle Traditionsgericht bisher noch immer nicht herangewagt hatte.

Sie wanderte am Rathaus vorbei auf die Straße zu, die sich durch die Innenstadt zog. Es war mittäglich still und fast hochsommerlich warm; ein kurzer Blick auf die Uhr zeigte ihr, dass die Geschäfte noch nicht wieder geöffnet hatten. Wenn sie sich bei den Leuten umhören wollte, musste sie eine andere Möglichkeit finden. Ihr Blick blieb an einem Eiscafé auf der anderen Straßenseite hängen. Die Plätze im Freien waren fast alle besetzt, aber sie erspähte einen einzelnen Tisch, der wahrscheinlich nur deswegen noch frei war, weil er nicht im Schatten stand. Vielleicht war es gar keine schlechte Idee, auszutesten, ob »Il Nuovo Gelato« beim Zitroneneis, das sie am liebsten mochte, ihren hohen Ansprüchen genügte.

Melanie sprintete über die Straße und ließ sich auf dem Stuhl neben dem Tischchen nieder. Als sie ihren weiten Baumwollrock glattstrich, rutschte ihr der Riemen ihrer Handtasche von der Schulter, und die Tasche fiel zu Boden. Als sie sich gerade bücken wollte, kam ihr eine junge Frau zuvor, die offenbar dasselbe Ziel gehabt hatte wie sie. Sie trug ein Hippie-Hängerchen mit reichlich Lochspitze, dazu Bastsandalen. Das Haar auf ihrem Kopf war ein Durcheinander babyweicher, hellblonder Locken, die im Sonnenlicht fast weiß leuchteten, und auf ihrer Stupsnase balancierte ein wenig schief eine pfefferminzgrüne Brille.

»Dankeschön!«, sagte Melanie und nahm die Tasche entgegen.

»Gern gschähe.« Die junge Frau warf einen hoffnungsvollen Blick auf den zweiten Stuhl. »Derf i …?«

»Aber sicher!« Melanie machte eine einladende Handbewegung, und ihr Gegenüber ließ sich mit einem tiefen Seufzer der Erleichterung nieder.

»Mann, isch des heiß heut!«, sagte sie. »Und wäge dene Römertäg weiß i kaum no, wo mir dr Kopf schtoht.«

Vielleicht war das die Chance, auf die Melanie gewartet hatte.

»Von diesen Römertagen hab ich schon viel gehört«, meinte sie. »Gehen die nicht am Freitag los?«

»Worauf Sie sich verlasse kennat«, seufzte die Frau. »Sie sen net von hier, oder?«

»Nein«, entgegnete Melanie mit Bedacht. »Aber für die Römer interessiere ich mich schon, sogar sehr. Wurde hier nicht gerade erst eine Maske aus römischer Zeit entdeckt? Ich hab da einen Beitrag gesehen, in der Landesschau.«

»Den kenn i au«, sagte die Frau. »Den kenne mir wahrscheinlich *älle.*«Sie klang ein wenig grimmig, und Melanie beschloss, vorsichtig nachzuhaken.

»Tolle Geschichte, oder?«, sagte sie. »Dass das Ding nicht etwa von einem Archäologen gefunden wird, sondern von einem – was war der doch gleich – einem Schlosser?«

»Herbert Häger«, versetzte ihr Gegenüber. »Aber ›bloß‹ ein Schlosser isch der net.«

Sie hielt inne und musterte Melanie prüfend über die grüne Brille hinweg; scheinbar wog sie ab, mit wie vielen Details sie gegenüber der so erfreulich interessierten Besucherin herausrücken sollte. Melanie kannte diesen Blick. Da brannte jemand darauf, saftigen Klatsch zu verbreiten, und alles, was es jetzt noch brauchte, war ein sanfter, ermutigender Schubs.

»Wirklich?«, erkundigte sie sich. »Was ist er denn noch so alles?«

»Möchtegern-Römer isch er.« Offenbar waren die Würfel gefallen. »Vor zwanzig Johr hot der sei LEGIO VIII gegründet, ond seitdem schtoht 'r mit oim Bein schtändig in dr Antike. Machmal send des au boide ... und dann denkt 'r, er wär en Römerfürscht, wie Julius Caesar. *Mindeschtens.*«

Melanie schluckte ihr amüsiertes Glucksen hinunter, bevor es sich einen Weg ins Freie bahnen konnte.

»Aber das ist ja auch ein tolles Hobby, meinen Sie nicht?«, fragte sie unschuldig. »Es ist doch schön, wenn Leute sich so begeistert engagieren.«

»Kann scho sei.« Die junge Frau wirkte nicht sehr überzeugt. »Aber seit dr Sach mit dr Maske isch der total abghobe. Der tut älleweil, als hätt er Archäologie schtudiert – dabei hot 'r no net amol Abitur. Sein Vaddr hot des net zuglasse – er hot d' Schlosserei übernehme müsse, wie der alte Opa Häger gschtorbe isch.« Sie zögerte, dann fügte sie hinzu: »Aber er isch an guter Schlosser, des muss i scho zugäba.«

Einen Moment lang herrschte Schweigen; Melanie hoffte, dass die überraschende Informationsquelle, auf die sie so unvermutet gestoßen war, nicht schon wieder versiegt war. Bevor sie ihr allerdings mehr entlocken konnte, trat eine Kellnerin an den Tisch und fragte nach ihren Wünschen. Die junge Frau bestellte einen Erdbeermilchshake, Melanie entschied sich für eine große Portion Zitroneneis.

»Das mit den Römertagen muss ja wirklich viel Arbeit sein«, wagte sie sich wieder vor, nachdem die Kellnerin verschwunden war.

»Des kennet Sie fei laut saga!«, meinte die junge Frau. »Die ganze Leit, die da kommet, wellet ja au ebbes essa.

Ond uff de Römerdäg gibt's lauter Sach, wo dazu passet – Fladenbrot ond Olive, Weckle mit Römerbrate ond so Zeugs. Mir brutzlet des elles im Schpeisezelt, ond i komm drei Täg nimmer zom Nasitze.«

»Glaub ich gern.«

Die Kellnerin kam zurück, stellte den Milchshake vor ihrem Gegenüber ab und servierte Melanie ein Glasschälchen mit drei appetitanregenden weißen Kugeln. Melanie tauchte ihren Löffel hinein, probierte und seufzte genussvoll. Das Zitroneneis war *köstlich* … mindestens so gut wie in ihrer Lieblingseisdiele in Waiblingen, wenn nicht sogar ein bisschen besser.

»Dieser Herr Häger wird sich dann wohl auf den Römertagen ordentlich feiern lassen, oder?«, fragte sie beiläufig und nahm sich noch einen Löffel voll Eis.

»Ganz gwieß!« Die junge Frau sog energisch an ihrem Strohhalm. »Ond sei Frau au. Die isch bei de Prieschterinna, die bei dr Eröffnung ihre antike Tempeltänz veranschtaltet. Kei große Sach, die marschieret bloß zu Flötemusik vom Band em Kreis rom ond wedlet mit ihre Schleier. Ond dann sitzt se die ganze drei Täg an ihrem Schtand ond verkauft selbschtgmachte Silberschmuck. Irgendäbbes abschpüle oder putza han i die noch nie gsähe. Die macht sich ihre Händ ned schmotzig.«

»Ach – er ist verheiratet?« Melanie frohlockte innerlich. *Glück gehabt.*

»Isch er.« Die junge Frau beugte sich vor, inzwischen völlig im Bann der eigenen Geschichte. »Ond sei Holde isch aus Russland! Dass er ausgrechnet die gnomme hat, des verschtoht hier koiner.«

»Aus Russland – was Sie nicht sagen!« Melanie schnappte wunschgemäß nach Luft.

»Der alte Kerle ond so a jonge Frau!« Der Erdbeermilchshake war inzwischen halb leer, das Reservoir an Tratsch aber offenbar noch lange nicht. »No drzu oine, wo schtändig rompoussiert ond ällem, was Hose ahat, schöne Auge macht. Der Professor, der hier gwäse isch, um des mit der Maske zu überprüfe, der hat bei ihr ond dem Häger em Haus wohne derfa. Und die hat den abaggert, da isch oim vom Zuschaue schwindlig gworda.«

Wie interessant.

Melanie tat so, als würde ihr plötzlich etwas einfallen.

»Sagen Sie mal … dieser Professor … hieß der nicht Adlersfeld? Und hat man den nicht letztes Wochenende tot aufgefunden, auf dem Gelände, wo jetzt die Römertage stattfinden?«

»Oglaublich, gell?« Ihr Gegenüber nickte dramatisch. »Ergendäbber hat den Ma em Bronna verbuddelt. Ond vorher hat er en römische Speer in dr Rücke kriegt! So äbbes hier, wo mir fascht no nie en Mord ghet hen!«

Melanie senkte sensationslüstern die Stimme. »Und Sie meinen, dieser Professor und die Russin … die hatten eine Affäre?«

»Des han i net gsagt!«

Ihrem Gegenüber schien – wenn auch reichlich verspätet – aufzugehen, dass sie gerade lauter lokale Geheimnisse vor einer Wildfremden ausbreitete und dass sie sich dabei womöglich um Kopf und Kragen redete. Sie fuhr leicht zusammen, so dass ihre grüne Brille ins Rutschen geriet, sog energisch den Rest aus ihrem Glas und hob abwehrend beide Hände.

»I sag bloß, dass der Herr Professor an scheener Ma gwäse isch ond dass die Ekaterina des au ganz genau gwisst hat. Aber der Häger … der hat gar nix gmerkt. Der war viel zu begeischtert von seirer Maske, ond von dem Professor au.«

Sie warf einen Blick auf die Kirchturmuhr und stand hastig auf.

»Tut mir leid, i muss ganga«, sagte sie. »Mir müsset afange, des Zelt ond die Grills am Oschtkaschtell uffzumbaua. I zahl drenna an dr Theke. Ade!«

»War schön, mit Ihnen zu plaudern«, sagte Melanie heiter. »Schönen Tag noch!«

Sie sah der jungen Frau nach, die raschen Schrittes im Café verschwand, dann wandte sie sich wieder ihrem Zitroneneis zu; zwei von den drei Kugeln waren schon halb geschmolzen. Sie löffelte das Glasschälchen langsam leer, während sie versuchte, aus dem, was sie von ihrer redseligen Tischnachbarin gehört hatte, die richtigen Schlüsse zu ziehen.

Ekaterina Häger war offensichtlich im Ort alles andere als beliebt. Das musste nicht zwangsläufig bedeuten, dass sie ihrem Mann untreu war; Melanie kannte sich mit giftigem Klatsch von dieser Sorte viel zu gut aus, um sämtliche Details für bare Münze zu nehmen. Aber möglicherweise war nicht *alles* nur boshaftes Geschwätz; vielleicht enthielten die Gerüchte ja auch ein Körnchen Wahrheit. Vielleicht hatte die Frau des Schlossers ja tatsächlich mit dem Professor angebandelt.

Und Römermaske hin oder her – wenn das stimmte, dann hatte Herbert Häger vielleicht *doch* ein Motiv.

SCHILDE HOCH

Am nächsten Morgen erstattete Melanie ihrem Kollegen im Büro Bericht über die Begegnung im Eiscafé. Jacobsen lauschte aufmerksam und wiegte anschließend zweifelnd den Kopf.

»Deine gute Nase in allen Ehren«, meinte er, »aber wie ernst können wir diese Sorte Dorftratsch nehmen? Ich meine – *so* exotisch ist eine russische Ehefrau heutzutage ja nun auch nicht mehr.«

»Ganz sicher nicht«, entgegnete Melanie. »Aber wenn sie aus dem Durchschnitt in so einer doch relativ kleinen Stadt heraussticht wie eine Orchidee im Stiefmütterchenbeet, dann schon. Wer irgendwo ganz neu ist, der passt sich klugerweise an. Das hieße im Fall von Ekaterina Häger, dass es nicht ausreicht, sich im Verein ihres Mannes zu engagieren. Sie sollte Kuchen für den Gemeindebazar stiften, Fleischküchle für das Kirchenpicknick braten und auf dem Weihnachtsmarkt Seite an Seite mit den lokalen Ladys Waffeln backen. Am allerbesten, ohne dass man sie vorher lange bitten muss. Und noch wichtiger – sie darf sich nicht zu schade sein für die Sachen, für die sich niemand gerne freiwillig meldet. Verstehst du, was ich meine? ›Die macht sich die Händ net schmotzig‹ ist in Schwaben ein ziemlich vernichtendes Urteil.«

»Wieso?« Jacobsen hob die Augenbrauen. »Weil nur *der* Schwabe ein richtiger Schwabe ist, der auch richtig ›schafft‹?«

»Komm schon, Malte.« Melanie klang ein wenig ungeduldig. »So kompliziert ist das ja nun wirklich nicht. Ekaterina mischt sich nicht unters Volk und packt auch nicht mit an. Stattdessen spielt sie auf den Römertagen Priesterin und verkauft an ihrem eigenen Stand selbstgemachten Silberschmuck. Offenbar herrscht die allgemeine Meinung vor, sie hält sich für etwas Besseres. Und da sind die Schwaben ein bisschen empfindlich.«

»Nicht nur die Schwaben«, bemerkte Jacobsen. »Also gut – dann müssen wir das wohl weiterverfolgen. Vor allem, wenn es wahr sein sollte, dass sie etwas mit Adlersfeld angefangen hat. Das hätte ihrem Mann ganz bestimmt nicht gefallen.«

»Es könnte auch interessant sein, herauszufinden, ob der Professor nicht der Einzige war, mit dem sie eine Affäre hatte, seit sie in Welzheim lebt«, fügte Melanie hinzu. »Wenn du nachher die Vereinsmitglieder befragst, kannst du ja mal den einen oder anderen Köder auswerfen. Vielleicht beißt jemand an.«

»Vielleicht.« Jacobsen nickte. »Übrigens – was die Exfrau von Adlersfeld angeht, die können wir mit an Sicherheit grenzender Wahrscheinlichkeit ausschließen. Sie heißt Caroline Ashton, lebt seit der Scheidung wieder in England und ist ziemlich vermögend – also hat es nie Ärger wegen Unterhaltsansprüchen gegeben. Im Gegenteil, die beiden haben sich vor zehn Jahren ›in gegenseitigem Einvernehmen‹ getrennt, wie man so schön sagt. Und Adlersfeld hat bislang noch jedes Weihnachtsfest bei ihr auf der Insel verbracht. Als ich gestern mit ihr telefoniert habe, war die Dame ehrlich erschüttert. Und ein Alibi hat sie auch; sie war im Urlaub in Schottland, hat am letzten Freitagabend in einem Nobellokal in Edinburgh zu Abend gegessen und dafür mindestens ein Dutzend Zeugen.«

»Also vergessen wir die Exfrau«, sagte Melanie. »Und wie sieht es mit dem ruhmsüchtigen Assistenten aus?«

»Mies – leider.« Jacobsen seufzte. »Ich hab gestern nicht nur mit Caroline Ashton telefoniert, sondern auch mit der Uni in Freiburg und dem Landesmuseum in Rastatt. Adlersfelds akademischer Ruf war makellos, sämtliche Kollegen sind voll des Lobes und rechtschaffen entsetzt über seinen Tod. Der Mann, mit dem er in Rastatt direkt zusammenarbeitet – ein gewisser Dr. Stefan Straubing – ist nicht sein Assistent. Er ist Restaurator und kann sich für die eigene Arbeit genügend Medaillen an die Brust heften, um nicht an Minderwertigkeitskomplexen zu leiden. Außerdem kommt er erst irgendwann nächste Woche zurück nach Deutschland. Seit Anfang Juni ist er nämlich in Österreich, in der Nähe von Wien. Da befindet sich ein großes antikes Römergelände, haben die mir gesagt. Er hat da irgendeine Ausstellung mit vorbereitet, und dafür gibt es bestimmt reichlich Zeugen.«

»In Carnuntum wahrscheinlich.« Melanie nickte zustimmend. »Riesiger Komplex, komplett mit Amphitheater, Therme und Museum.«

»Woher weißt du so was bloß immer?«

»Das meiste hab ich mir angelesen«, sagte seine Kollegin. »Aber in Carnutum war ich tatsächlich schon. Tolles Gelände, landschaftlich wunderschön und herrliches Klima, wie in Italien. Würde dir bestimmt auch gefallen.«

»Mag sein.« Jacobsen gab ein leicht frustriertes Schnauben von sich. »Allerdings bin ich ziemlich sicher, dass ich nach diesem Fall von den Römern die Nase erst mal gestrichen voll habe.«

»Kopf hoch!« Melanie grinste. »Mit etwas Glück weißt du heute Abend ja schon mehr. Vielleicht hat sich irgendein kleiner Legionär in Herbert Hägers steilen Zahn Ekaterina verknallt und den Professor für einen Rivalen gehalten, dem man ein *pilum* durch das *sternum* jagen muss.«

Sie kannte sogar »Asterix bei den Briten« gut genug, um diesen Gag anzubringen. Jacobsens Laune besserte sich ein wenig, und er grinste schwach zurück.

»Das muss ich ihm dann allerdings erst beweisen«, meinte er. »Auch wenn er statt des Brustbeins den Rücken erwischt hat. Was heißt ›Rücken‹ eigentlich auf Lateinisch?«

»*Tergum*«, erwiderte Melanie und stand auf. »Weißt du was? Ich hol dir jetzt einen Espresso. Du siehst so aus, als hättest du ihn nötig.«

***

Es kam ganz so, wie Malte Jacobsen es vorausgesehen hatte: Als er an diesem Abend nach Welzheim fuhr, war keines der Vereinsmitglieder der LEGIO VIII anzutreffen. Zum Glück öffnete ihm schon nach der zweiten vergebens angesteuerten Adresse die Mutter von Peter Schäuble die Tür, dem jungen »Legionär«, dem er am vergangenen Samstag begegnet war.

»Vo dr LEGIO isch grad koiner drhoim«, erklärte sie ihm. »Die sen älle am Oschtkaschtell, marschiera.«

Also bedankte er sich, stieg wieder ins Auto und machte sich auf den Weg – diesmal eine andere Strecke, die ihn nicht durch das Wohngebiet zu dem winzigen Parkplatz oberhalb der Kastelltürme führte, sondern an älteren Häusern mit langgezogenen, abschüssigen Gärten vorbei, die sich zu seiner Linken aneinanderreihten wie Perlen auf einer Schnur. Rechts von ihm fielen frühsommergrüne Wiesen sanft ab zum Saum eines Waldes, der sich als dunkles Band durch das Tal zog; irgendwo dahinter floss die Lein.

Als er den Wagen unterhalb des Kastellgeländes parkte, bot sich ihm ein interessanter Anblick: Auf der abschüssigen Wiese direkt neben ihm marschierte eine Formation Legionäre gemessenen Schrittes vom Waldrand her den Hang hinauf – auch wenn er von den Soldaten nicht viel mehr sah als ihre säuberlich parallel vor der Brust und über den Köpfen gehaltenen Schilde. Er meinte sich dunkel daran zu erinnern, dass man diese Formation beim römischen Militär »Schildkröte« genannt hatte. *Jede Wette, dass Melanie ihm erklären konnte, was das auf Lateinisch hieß.*

Ein paar Meter vor der Truppe stand eine hochgewachsene Gestalt in Helm, Kettenhemd, Mantel und Sandalen, beide Arme in die Höhe gereckt. Jacobsen stieg aus und hörte, dass die Gestalt etwas rief. Als er der Truppe langsam entgegenging, konnte er auch verstehen, was es war.

»*Cursum!*«, rief die Gestalt, und die Formation wurde deutlich schneller – was allerdings zur Folge hatte, dass die strikte Anordnung der Schilde bedenklich durcheinandergeriet. Was dem Mann, der da offensichtlich die Befehle gab, nicht entging und ihn sichtlich in Aufregung versetzte. »*Consistite!* Oooond … *scuta dorsum*! Andi, bisch du no ganz rächd?! *Scuta dorsum*, net *scuta sursum!*«

Häger. Der im Eifer des Gefechtes zwar nicht sein Latein, aber dafür wieder einmal sein Hochdeutsch vergessen hatte.

Jetzt hatte Jacobsen ihn erreicht und räusperte sich vernehmlich.

»Herr Häger?«

Der Schlosser fuhr herum, sichtlich eine unwirsche Bemerkung auf den Lippen. Als er den Kommissar erkannte, würgte er sie ungesagt hinunter.

»Guten Abend, Herr Jacobsen. Tut mir leid, Sie kommen gerade ein bisschen … ungelegen.«

»Das sehe ich.« Jacobsen lächelte beschwichtigend. »Was heißt denn *scuta dorsum?*«

»Schilde runter«, erklärte Häger, dessen Blutdruck angesichts der Tatsache, dass er etwas aus seinem persönlichen Fachgebiet erklären durfte, glücklicherweise rasch wieder sank. »*Scuta sursum* bedeutet ›Schilde hoch‹. *Consistite* heißt ›Halt‹, und bei *Cursum* fällt die Truppe, wenn alles klappt, in Laufschritt. Aber leider klappt noch *nicht* alles. Und da wir morgen direkt nach der Eröffnung hier eine Marschübung vorführen wollen, wird die Zeit ein bisschen knapp.«

»Das verstehe ich natürlich«, sagte Jacobsen. »Aber dummerweise muss ich nach wie vor einen Mord aufklären – und ich brauche sämtliche Alibis Ihrer Vereinsmitglieder für den letzten Freitagabend zwischen 21 Uhr und Mitternacht. So weit hat unser Pathologe nämlich inzwischen den Todeszeitpunkt von Professor Adlersfeld eingegrenzt.« Dass die Polizei dank Adlersfelds zerbrochener Armbanduhr genau wusste, wann er gestorben war, behielt er für sich.

»Ach so.« Häger musterte ihn stirnrunzelnd. »Mein Alibi brauchen Sie nicht mehr, oder?«

»Nein.« Jacobsen schüttelte den Kopf. »Ihre Frau hat mir ja gestern schon bestätigt, dass Sie während dieser Zeit zuhause waren.«

»Na schön.« Häger seufzte schicksalsergeben. »*Abite*, Jungs. Wir machen Pause, bis der Herr Kommissar mit seinen Fragen durch ist, okay?«

Eine halbe Stunde später hatte Jacobsen alle Vereinsmitglieder abgehakt; ein mordlüsterner Legionär, auf den Melanie heute früh im Präsidium im Scherz gehofft hatte, war (leider) nicht dabei, und augenscheinlich auch kein hoffnungsloser Anbeter der aufreizenden Ekaterina. Die eine Hälfte der Truppe hatte sich zur fraglichen Zeit für eine ausgedehnte Billardpartie im Welzheimer Café »Mocca« aufgehalten. Die andere Hälfte hatte das städtische Jugendzentrum für eine ausgelassene Geburtstagsfeier mit reichlich Alkohol besucht. Beide Gruppen waren erst weit nach Mitternacht wieder nach Hause gekommen, was die diversen Angehörigen sicher bestätigen würden.

Das einzige Vereinsmitglied (außer Häger natürlich), das weder Billard gespielt noch Geburtstag gefeiert hatte, war Johannes Sandmann, der stellvertretende Vereinsvorsitzende. Allerdings hatte er ebenfalls ein Alibi; er war auf dem Weg von Alfdorf nach Welzheim abends um elf mit seinem Wagen liegengeblieben, weil die Lichtmaschine den Geist aufgegeben hatte.

»Über zwei Stunden hab ich auf den Pannendienst warten müssen«, sagte er, »bei dem schlimmsten Gewitter, das ich je erlebt hab. Ich dachte, gleich geht die Welt unter, und als der Mann vom ADAC endlich kam, bin ich ihm vor Erleichterung fast um den Hals gefallen.«

Er war mittelgroß und hager, mit schütterem, graublondem Haar, schwerlidrigen, grauen Augen und einer Metallrandbrille, die unter dem Legionärshelm ständig auf seiner schmalen, langen Nase ins Rutschen geriet. Und anders als Häger, der sich in der Öffentlichkeit so gern bemühte, diesen Eindruck zu erwecken, stammte er tatsächlich nicht aus Schwaben.

»Ich bin ›reigschmeckt‹, genau wie Sie«, meinte er mit einem schrägen Lächeln, als Jacobsen ihn fragte. »Eigentlich bin ich in Frankfurt geboren und aufgewachsen, und da hab ich auch studiert. Aber ich lebe schon zwanzig Jahre in Welzheim. Das hier ist ein schönes Fleckchen, um sich niederzulassen.«

Jacobsen schaute sich um; die Sonne stand inzwischen sehr tief und goss ihr strahlendes Licht über die Wiesen. Auf dem Museumsgelände erhoben sich zahlreiche Zelte und Marktstände, und fast überall wurde noch gearbeitet; Stimmen drangen zu ihm herüber, und irgendwo lachte jemand laut und ausgelassen. Die beiden Türme des Portals wirkten vor einem golden leuchtenden Himmel wie ein dramatischer Scherenschnitt.

»Da haben Sie recht«, sagte er. »Aber wenn hier nicht jemand ermordet worden wäre, fände ich es noch schöner.«

***

Es war gegen neun Uhr, als Jacobsen endlich nach Hause kam. Die Energie, sich etwas zu kochen, hatte er nicht mehr. Ein paar Minuten lang spielte er mit dem Gedanken, Melanie anzurufen und sie zu fragen, ob sie vielleicht Lust auf ein Glas Trollinger und eine ordentliche Portion Kässpätzle in der Waiblinger Weinstube hatte, in der sie schon ein paarmal zusammengesessen hatten. Er wog das Handy immer noch unschlüssig in der Hand, als plötzlich der Klingelton losging.

Vielleicht hatte er ja Glück, und sie war auf genau dieselbe Idee gekommen.

»Jacobsen.«

»Hallo, Herr Jacobsen. Ich bin's, Lukas.«

»Oh. Guten Abend, Lukas.« Jacobsen ließ sich auf dem Sofa nieder; für den Moment war sein leerer Magen vergessen. »Kann ich irgendwas für dich tun?«

»Es geht um die Römertage.« Die junge Stimme klang

ein wenig zögernd. »Als Sie mich letzten Samstag heimgefahren haben, da dachte ich ...« Er brach ab, als wüsste er nicht recht, wie der Satz weiterging.

»Du dachtest, ich bringe dich nach Welzheim, damit du dir das Spektakel aus der Nähe ansehen kannst«, meinte Jacobsen. »Und eigentlich solltest du dich daran erinnern, dass ich nichts dagegen einzuwenden hatte. Hab ich immer noch nicht – gesetzt den Fall, deine Großmutter ist einverstanden. Geht es ihr inzwischen ein bisschen besser?«

»Ja. Und natürlich ist sie einverstanden.« Jetzt hörte sich Lukas um einiges eifriger an. »Aber ... ich meine, haben Sie denn wirklich Zeit? Wegen ... wegen diesem Mord, meine ich.«

»Wir stehen bei den Ermittlungen noch ganz am Anfang«, sagte Jacobsen. »Ich denke, dass niemand von mir erwartet, den Fall ausgerechnet dieses Wochenende aufzuklären. Sag mir, an welchem Tag du fahren möchtest, dann hole ich dich ab.«

»Wäre Samstag okay? Morgens um zehn vielleicht?«

»Klar wäre das okay. Die Eröffnung am Freitag möchtest du dir nicht ansehen?«

»Doch, schon.« Lukas klang ein wenig bedauernd. »Aber da kann ich nicht. Wir haben Sippenstunde.«

Natürlich. Einmal Pfadfinder, immer Pfadfinder.

»Klar«, sagte Jacobsen. »Dann bleibt's bei Samstag.«

Wieder eine dieser kurzen, bedeutungsvollen Pausen, die er bei Lukas inzwischen schon gewöhnt war.

»Sie ... Sie könnten auch zur Sippenstunde kommen, wenn Sie mögen. Wir kochen zusammen, draußen auf dem Gelände. Sie wissen ja, wo das ist.«

»Ich erinnere mich«, sagte Jacobsen leise.

Er erinnerte sich ganz genau. An den Regen, der an jenem Tag gefallen war. An das Knistern und den Rauch des Kochfeuers und die neugierigen Fragen der Wölflinge. Und an den Jungen, der neben ihm an einem Baum lehnte, sehnsüchtig von einer Wanderung mit seinem Vater in Lappland erzählte und dabei weinte, ohne es richtig zu merken.

»Im Gegensatz zu dir werde ich auf alle Fälle bei der Eröffnung in Welzheim sein«, antwortete er. »Dienstlich, nicht privat. Tut mir wirklich leid – vielleicht ein andermal, Lukas. Aufgeschoben ist nicht aufgehoben.«

»Ja«, sagte Lukas. Aber Jacobsen wusste, dass er enttäuscht war. »Schönen Abend noch.«

»Wünsch ich dir auch, Lukas. Bis Samstag.«

Es knackte in der Leitung. Jacobsen legte das Handy auf den Couchtisch und blieb eine ganze Weile sitzen, ohne sich zu rühren.

Endlich gab er sich einen Ruck, fahndete nach der Liste des Pizzadienstes und entdeckte, dass sie zwischen einer Ausgabe der »Backnanger Kreiszeitung« und einer längst nicht mehr aktuellen TV-Zeitschrift steckte. Seine Schwester und sein Schwager hatten ihm zum Einzug einen nagelneuen, großen Flachbildfernseher geschenkt. Seit er hier wohnte, war der meistens abgeschaltet geblieben; Jacobsen schaute nur die Nachrichten regelmäßig, fand das Programm der meisten Sender zum Abgewöhnen und verlegte sich – wenn ihm überhaupt die Zeit und Muße dazu blieb – stattdessen lieber auf ein paar ausgesuchte DVDs oder Dokumentationen.

Er überflog lustlos das Angebot der Speisen und stellte fest, dass er weder auf Pizza noch auf Burger mit pappigen Pommes oder mexikanische Enchiladas Appetit hatte.

Stattdessen holte er die Zigaretten aus seinem Aktenkoffer und trat hinaus auf den Balkon. Die Sonne stand wie ein glühender Ball am Himmel; vor ihm breiteten sich die zahlreichen Häuser und Gärten des ruhigen Wohngebietes aus wie ein bunter Flickenteppich. Direkt nebenan wurde gegrillt, und ein kräftiger Duft nach marinierten Steaks stieg ihm in die Nase. Er zündete sich eine Zigarette an und sehnte sich plötzlich überraschend heftig nach Heike, nach Kurt und Paul.

»Ich bin ein bisschen zu erwachsen, um ewig bei der Familie zu wohnen«, hatte er zu Paul gesagt, kurz bevor er ausgezogen war. Aber immerhin gab es diese Familie noch, und sie wohnte gerade einmal eine Straße weiter.

Er drückte die Zigarette in dem kleinen Glasaschenbecher aus, der auf dem Balkontisch stand, ging hinein, nahm das Handy vom Tisch und wählte.

»Voigt.«

»Hallo, *Lütte.*«

»Malte!« Seine Schwester klang hocherfreut. »Ich hab gerade an dich gedacht! Wir sitzen draußen im Garten, mit einer Zucchini-Quiche und einem eisgekühlten Rosé. Magst du nicht vielleicht rüberkommen?«

Er spürte, wie sich ein Lächeln auf seinem Gesicht ausbreitete.

»Sehr, sehr gern, *Lütte.* Ich bin gleich da.«

VEREINSMEIER

Am Samstagmorgen einen Parkplatz in der Nähe des Ostkastells zu finden erwies sich als ein Ding der Unmöglichkeit. Als Jacobsen gegen halb elf in Welzheim eintraf, brachte er mit viel Glück seinen Wagen in einer Lücke auf dem Kirchplatz unter und machte sich mit Lukas zu Fuß auf den Weg zum Museumsgelände. Mit ihnen war anscheinend die halbe Stadt unterwegs; Familien mit Kinderwagen und unternehmungslustige Touristen bevölkerten gleichermaßen die Gehsteige, und als Jacobsen das Eintrittsgeld für sich und den Jungen bezahlen wollte, musste er sich minutenlang in einer Schlange anstellen.

Er hatte die Eröffnung der Römertage am Vorabend wider Erwarten tatsächlich unterhaltsam gefunden. Ein langer Zug römischer Bürger und Soldaten war durch die Innenstadt marschiert, der Bürgermeister in weißer Toga vorneweg. Von dessen lateinischer Rede und der anschließenden Weihezeremonie, in der ein »Priester« feierlich die römischen Gottheiten anrief und Weihrauch in ein Tempelfeuer rieseln ließ, verstand Jacobsen zwar kein Wort, aber er begriff durchaus, warum dieses aufwändige Kostümtheater den Leuten so viel Spaß machte. Als sich die Menschenmenge nach der Eröffnung auflöste, hatte der Beigeordnete Stefan Bronner ihn zufällig erspäht und ihm den Bürgermeister vorgestellt – der Mann wirkte erstaunlich jung und eigentlich eher wie ein Bankangestellter, der seine Lehre gerade erst hinter sich hatte. Die Tatsache, dass sein antikes Kostüm zu seinem Äußeren überhaupt nicht passte, nahm er sichtlich mit Humor.

»Gehört zum Job«, meinte er lächelnd, während er

seine üppigen Togafalten zurechtzupfte. »Der Stadt tut es auch gut. Es kann nicht schaden, wenn wir nicht allzu oft und allzu tief im Dornröschenschlaf versinken. Aber seit die Waldbahn wieder regelmäßig von Schorndorf herauffährt, ist es hier sowieso schon viel lebendiger geworden. Dieses Wochenende fährt sie übrigens auch, sogar mit Dampflok – sind Sie privat hier? Dann kaufen Sie sich doch ein Ticket, es lohnt sich!«

»Ich bin eigentlich wegen der Römertage gekommen«, erklärte Jacobsen. »Die Dampflok wird wohl warten müssen.«

»Und natürlich sind Sie vor allem dienstlich unterwegs, nicht wahr?« Das gutgelaunte Gesicht des Bürgermeisters wurde ernst. »Schlimme Sache, dieser Mord an Professor Adlersfeld. Wir haben uns alle sehr über seine positive Expertise gefreut, und dass er heute nicht bei uns sein kann, ist eine echte Tragödie, weswegen wir die Präsentation der Maske jetzt erst einmal verschoben haben. Ich wünsche Ihnen, dass Sie die Tat möglichst rasch aufklären können. Und unserer Stadt wünsche ich es ganz genauso – das verstehen Sie sicher.«

Jacobsen verstand es nur zu gut. Alles, was einen Schatten auf die Römertage und die neueste archäologische Sensation warf, konnte der Gemeinde schwere Probleme bereiten. Genauso wie ihm, wenn er mit seinen Ermittlungen nicht allmählich vorankam.

Er war mit einem festen Händedruck verabschiedet worden und nach Hause gefahren. Und jetzt, einen Tag später, wanderte er mit Lukas durch das Westportal mit den beiden Türmen und in den Sonnenschein hinaus, vor sich ein buntes, antikes Panorama.

Auf beiden Seiten des Kiesweges erhoben sich Stände,

an denen man all das bekam, was nach Meinung der Veranstalter (und der Händler) zur römischen Antike gehörte oder sich zu einem solchen Anlass zumindest gut verkaufen ließ. Lukas interessierte sich für Plastikhelme, Holzschwerter und -schilde genauso wenig wie Jacobsen, wurde aber magisch von einem Tisch angezogen, hinter dem ein Mann in Handwerkerkostüm römische Münzen anfertigte.

»Welche Münzen machen Sie?«, wollte er wissen.

»Denare und Sesterzen aus Bronze«, erklärte der Handwerker in gemütlich fränkischem Dialekt. »Ganz, wie man sie hier am Ostkastell auch gefunden hat.«

Er legte einen einfachen Münzrohling auf den Unterstempel, platzierte den Oberstempel darauf und schlug einmal rasch und geschickt mit dem Hammer zu. Dann hielt er Lukas die frisch geprägte Münze hin – drei Zentimeter im Durchmesser, die Vorderseite mit einem Profil-Portrait samt Lorbeerkranz geschmückt.

»Schau mal – das ist Kaiser Trajan. Um 117 nach Christus konntest du damit überall im römischen Reich bezahlen. Und ein *Centurio cohortis* hat davon im Jahr immerhin 5000 Stück verdient, wenn er hier am Limes Dienst geschoben hat.«

Lukas wog die Münze in der Hand, dann hob er den Kopf und lächelte den Handwerker spitzbübisch an. »Unter Maximinus Thrax im dritten Jahrhundert kriegte er aber schon 30 000. Wahrscheinlich hatten die römischen Soldaten keine Lust mehr auf die wilden germanischen Barbaren.«

Der Handwerker musterte ihn beeindruckt und pfiff durch die Zähne. »*Allmächd* – ein Fachmann! Recht hast du – der arme Maximinus hat versucht, seine Truppen mit Extra-Sold an den Limes zu locken. Hat ihm aber nicht viel genützt. Und dann war die Herrschaft der Römer irgendwann vorbei – das ist bei diesen Imperien immer so, weißt du?«

Als Lukas ihm die Münze zurückgeben wollte, schüttelte er den Kopf.

»Behalt sie ruhig, du Experte«, sagte er. »Als Andenken an die Römertage.«

Lukas bedankte sich strahlend, holte seinen Geldbeutel heraus und verstaute den Sesterz so behutsam darin, als wäre er ein kostbarer Schatz – was für ihn vermutlich zutraf. Während sie weitergingen, wich das glückliche Lächeln nicht aus seinem Gesicht; Jacobsen schob seine Gedanken an den vertrackten Fall energisch beiseite und freute sich darüber.

Er hatte sich an der Kasse ein Faltblatt mitgenommen, auf dem die einzelnen Programmpunkte aufgelistet waren. Lukas interessierte sich für die Vorführung einer römischen *ballista*, die in zehn Minuten auf der Wiese hinter dem Gelände stattfinden würde, Jacobsen wollte sich das Exerzieren der LEGIO VIII ansehen, das gleich danach an der Reihe war. Er wollte wirklich gern wissen, ob es Herbert Häger gelungen war, seine Truppe noch rechtzeitig in Reih und Glied zu bringen.

Auf dem Weg zur Wiese registrierte Jacobsen aus den Augenwinkeln einen Stand, an dem es glitzerte und funkelte. Er schaute genauer hin und entdeckte hinter dem samtbespannten Tresen mit Schmuck Ekaterina Häger, in ein himmelblaues Schleiergewand gehüllt, das blonde Haar zu einer (vermutlich römischen) Frisur hochgesteckt und mit den eigenen Erzeugnissen reichlich dekoriert. Sie versuchte gerade, einer jungen Frau eine silberne Armspange zu verkaufen, und hatte offenbar Erfolg damit. Als ihre

Kundin gezahlt hatte und mit einem kleinen Papiertütchen in der Hand von dannen zog, erspähte Ekaterina ihn und winkte ihm eifrig zu.

»Cherr Jacobsen!«

Jacobsen winkte knapp zurück und hoffte, dass der Kelch an ihm vorüberging. Aber nun hatte auch Lukas sie bemerkt; seine Augen wurden rund und sein Mund öffnete sich. Jacobsen seufzte lautlos in sich hinein. *Pech gehabt.*

»Grüß Gott, Frau Häger«, sagte er. »Wie laufen die Geschäfte?«

»Wunderbar!«, entgegnete sie fröhlich, »kein Wunder, bei dem cherrlichen Wetter. Sie finden ja vielleicht auch etwas chier … für Ihre Freundin vielleicht, wenn Sie eine chaben? – Und wer ist dieser bildchübsche Junge?«

Lukas, der sie immer noch anstarrte, wurde knallrot.

»Lukas von Weyen«, sagte er rasch. Offenbar hatte er durchaus nichts dagegen, von ihr bemerkt zu werden.

»Cherzlich willkommen, Lukas!« Jetzt richtete sie ihren Charme wie einen starken Scheinwerfer direkt auf ihn. »Du chast aber *bestimmt* eine Freundin, oder? Ich chab Ketten und Ringe chier, die fände sie bestimmt cherrlich … Magst du dir etwas aussuchen?«

»Vielleicht später.« Jacobsen hielt es für höchste Zeit, einzugreifen, ehe sein Schützling dem Zauber der russischen Sirene vollends erlag. »Im Moment haben wir was anderes vor. Auf Wiedersehen!«

Er ignorierte ihren enttäuschten Blick und marschierte strammen Schrittes weiter; kurz darauf hatte der Junge ihn eingeholt. Er sah aus, als wäre ihm ein wenig schwindelig. *Kein Wunder,* dachte Jacobsen ironisch. *Mit sechzehn schießen die Hormone schließlich weit stärker ins Kraut als mit dreiundvierzig.*

»Wer war *das* denn?«, fragte Lukas.

»Die Dame ist absolut nicht dein Jahrgang«, versetzte Jacobsen entschieden. »Und verheiratet ist sie obendrein. Außerdem wolltest du dir doch die *ballista* ansehen – oder bist du plötzlich scharf auf selbstgemachten Schmuck?«

»Eigentlich nicht.« Lukas grinste. »Sie wissen aber schon, dass ich eigentlich keinen Anstandswauwau brauche, oder?«

»Aber sicher.« Jacobsen grinste zurück. »Ich bin überzeugt, du kannst sehr gut auf dich selbst aufpassen.«

Einträchtig brachten sie das letzte Stück des Weges bis zu der Wiese hinter dem Museumsgelände hinter sich, wo die *ballista* bereits aufgebaut war. Sie sahen eine Viertelstunde lang zu, wie der Soldat einer römischen Infanterietruppe aus Österreich die riesige Schleuder immer wieder spannte und damit Steinkugeln erstaunlich weit über die Wiese fliegen ließ. Dann gestand Lukas, dass er eigentlich wenig Lust auf exerzierende Römer hatte. Stattdessen wollte er lieber das Zelt suchen, in dem Herbert Hägers Geselle Andreas Bieber für das Publikum am Amboss stand; Jacobsen würde ihn dort abholen, und danach konnten sie gemeinsam in einem der beiden Speisezelte etwas essen gehen.

Der Junge war bereits verschwunden, als die LEGIO VIII aus der Richtung der Türme auf die Wiese zumarschierte. Herbert Häger schritt martialisch vorneweg, eine – wie Jacobsen zugeben musste – ausgesprochen ansehnliche Erscheinung mit seinem mit Messingbeschlägen verzierten Brustpanzer und dem goldschimmernden, von einem roten Zierkamm überragten Helm. Er ließ die Legionäre Aufstellung nehmen und gab mit lauter Stimme die ersten Kommandos.

»*Scuta sursum!*«

Die Schilde gingen hoch.

»*Ad dextram!*«

Die Truppe schwenkte geschlossen nach rechts.

»*Pergite!*«

Die Männer setzten sich in Marsch. Diesmal scherte niemand aus der Reihe aus; offenbar hatte sich das lange Training zuletzt doch gelohnt.

»Beeindruckend, oder?«

Jacobsen wandte den Kopf. Der Mann, der ihn angesprochen hatte, war unbemerkt neben ihn getreten – mittelgroß, in ausgeblichenen Jeans und einem weißen Hemd mit aufgekrempelten Ärmeln. Das etwa schulterlange, rotblonde Haar trug er zurückgekämmt und im Nacken zu einem kurzen Zopf zusammengenommen, und er hatte ein schmales, sommersprossiges Gesicht mit einer steilen Einkerbung zwischen den Augenbrauen. Außerdem zog sich eine relativ frische Schramme quer über seine Stirn, und die Haut rings um das rechte Auge war gelblich verfärbt.

»Ja, wirklich«, erwiderte Jacobsen. »Ich hab die Jungs am Mittwoch üben sehen – da ging das aber noch nicht so glatt wie heute.«

»Wenn es ernst wird, würden die sich im Leben nicht trauen, auch nur einen falschen Schritt zu tun«, bemerkte der Mann. »Herbert der Allmächtige hat seine Heerscharen fest im Griff – wie immer.«

Seine Stimme klang ein wenig scharf. Jacobsen betrachtete ihn von der Seite und beschloss, sich auf seinen Instinkt zu verlassen.

»Ich mag mich ja irren«, meinte er beiläufig, »aber kann es sein, dass Sie und Herr Häger nicht die allerbesten Freunde sind?«

»Könnte man so ausdrücken«, antwortete der Mann.

»Obwohl – bis vor zwei Jahren waren wir noch ein Herz und eine Seele. Da war ich nämlich noch in seinem Verein – wie die acht Jahre davor auch, übrigens.«

»Und was hat Sie bewogen, auszutreten?«

»Hägers Cäsarenwahn«, sagte der Mann. »Der Mann betrachtet die LEGIO VIII nämlich als sein ganz privates *Imperium Romanum*. Und wer es wagt, seine Entscheidungen anzuzweifeln – oder gar Vorschläge zu machen, die nicht mit seiner Ansicht übereinstimmen, wie die Dinge zu laufen haben –, der zieht sich seinen kaiserlichen Zorn zu.«

»Das heißt, er hat Sie als Verräter betrachtet, weil Sie anderer Meinung waren als er?«, fragte Jacobsen mit wachsendem Interesse.

»Gewissermaßen.« Sein Gesprächspartner warf ihm einen prüfenden Blick zu. »Sie sind doch der Polizist, der die Ermittlungen zu diesem Mordfall hier in Welzheim leitet, oder? Ich hab Sie gestern bei der Eröffnung mit dem Bürgermeister sprechen sehen.«

»Stimmt, das bin ich. Kommissar Malte Jacobsen, Waiblingen.«

»Und ich bin Frank Lincke«, sagte der Mann. »Ich unterrichte hier am Limes-Gymnasium. Latein, Oberstufe.«

Wie passend.

»Sie sind also aus der LEGIO VIII ausgetreten, weil Sie mit Herbert Hägers Führungsstil nicht zurechtkamen?«, erkundigte sich Jacobsen, bemüht, seinen Informanten wieder zurück auf die Spur zu bringen.

»Ganz genau.« Lincke zog eine Grimasse. »Für ihn war ich plötzlich Brutus, die Iden des März und sämtliche Dolchstöße inklusive. Dass es da gar nicht so wenige Leute gab, denen sein pompöses Theater und sein despotischer Führungsstil genauso zum Hals heraushingen wie mir, machte die Sache für ihn endgültig zu einer Palastrevolte. Außerdem haben mit mir zusammen immerhin zehn Mann dem Laden den Rücken gekehrt. Das war ein ganz schöner Aderlass.«

Jacobsen, der wusste, dass die LEGIO VIII insgesamt nur fünfunddreißig Mitglieder zählte, stimmte im Stillen zu.

»Ein halbes Jahr später haben wir dann die CIVES ET FABRI REGIONALES gegründet – den zweiten Römerverein hier vor Ort. Nomen est omen – bei uns gibt es keine Legionäre und keine Aufmärsche, wir konzentrieren uns auf die Bürger und Handwerker der damaligen Zeit. Wir haben zum Beispiel einen tollen Schuhmacher in unseren Reihen; der führt hier auf den Römertagen die Herstellung römischer Sandalen vor. Ausgebildeter Museumspädagoge ist er auch noch. Sie müssen unbedingt bei ihm vorbeischauen, solange Sie hier sind.«

Jacobsen nickte flüchtig; er versuchte immer noch, das soeben Gehörte in sein Gesamtbild einzuordnen.

»Herbert Häger hat überhaupt nicht erwähnt, dass es noch einen zweiten Römerverein in Welzheim gibt«, sagte er.

»Und das wundert Sie?« Lincke schnaubte verächtlich. »Wenn es nach Herbert dem Allmächtigen geht, würde die CIVES überhaupt nicht existieren … weswegen er sich alle Mühe gibt, uns so gründlich wie möglich zu ignorieren. Die LEGIO VIII ist für ihn *primus*, aber ganz bestimmt nicht *inter pares*. Alles andere als das.«

Er schüttelte leicht den Kopf.

»Und nachdem Häger nun auch noch diese vermaledeite Maske entdeckt hat, hält er sich selbst endgültig für den einzig wahren Vertreter des Römertums in Welzheim. Von diesem Trip kommt er sein Lebtag nicht mehr herunter.«

»Zumal es sich bei dieser vermaledeiten Maske auch noch um ein antikes Original handelt«, sagte Jacobsen. »Das hat Professor Adlersfeld ihm immerhin bestätigt, nicht wahr?«

»Ja«, bestätigte der Lehrer; die Falte zwischen seinen Augenbrauen wurde noch tiefer. »Leider hat er das.«

Jacobsen betrachtete ihn aufmerksam. »Wäre es Ihnen persönlich denn lieber, wenn die Maske eine Fälschung wäre?«

»Als ob es irgendwen interessiert, was mir lieber wäre!« Lincke sprach mit zorniger Bitterkeit. »Gegen den Ruf von Adlersfeld käme ich sowieso nicht an. So, wie die Dinge stehen, spielt es überhaupt keine Rolle, ob Häger ihn bestochen hat oder ob seine scharfe Ekaterina nachts so lange in das Gästebett des Herrn Professor gestiegen ist, bis der vor lauter Geilheit echt und falsch nicht mehr auseinanderhalten konnte. Welzheim wird sich weder seinen Helden noch seinen neuesten archäologischen Ruhm wieder wegnehmen lassen. Schon gar nicht von mir.«

»Sie vergessen, dass der Herr Professor letzten Freitag gestorben ist«, erwiderte Jacobsen ruhig. »Irgendjemand hat ihn von hinten erstochen, auf diesem Gelände, und seine Leiche in den Brunnen da drüben gestopft. Und damit spielt für mich *alles* eine Rolle, was hier in den letzten Wochen passiert ist, solange es mit ihm zu tun hat.« Er hielt Linckes Blick unverwandt fest. »Vielleicht sogar Sie.«

Lincke wurde unter seinen Sommersprossen ein wenig bleich; vielleicht hatte er das Gefühl, mehr gesagt zu haben, als es ihm guttat. Aber dann zuckte er die Achseln.

»Ich habe nichts zu verbergen«, sagte er. »Sie dürfen

mich jederzeit ansprechen, wenn Sie wollen. Ich wohne im Römerweg. Allerdings muss ich jetzt los – ich habe ein Zelt mit einem römischen *scriptorium* und in zehn Minuten eine Vorführung.«

»Dann wünsche ich Ihnen viele interessierte Zuschauer, Herr Lincke«, sagte Jacobsen freundlich. »Ach, übrigens … Was ist mit Ihrem Gesicht passiert? Ärger mit einem frustrierten Schüler?«

Der Lehrer schnaufte hörbar durch die Nase. »Reines Ungeschick«, erwiderte er kurz angebunden. »Und ich prügle mich nicht, weder mit den Kids in meiner Klasse noch mit sonst jemandem. So was hab ich nicht nötig.«

Er wandte sich ab und ging schnell davon. Jacobsen ließ sich Zeit damit, ihm zu folgen. Er blickte auf die Wiese hinaus, ohne richtig hinzusehen; dass die LEGIO VIII ihre Vorführung beendete und an ihm vorbei wieder Richtung Tor marschierte, bekam er nur noch halb mit.

***

Das Zelt mit der Schwertschmiede befand sich ziemlich genau an der Kreuzung der beiden Wege auf dem Museumsgelände. Jacobsen stellte überrascht fest, dass es fast überfüllt war. Als er eintrat, konnte er vor lauter Köpfen nicht erkennen, was vor sich ging, aber er hörte das laute Klirren von Metall auf Metall.

Er schlängelte sich langsam durch die Menge und fand endlich Lukas, der ganz vorne in der ersten Reihe stand, und er sah Andreas Bieber, der ein schmales Werkstück, das an seinem Ende rot glühte, auf einem Amboss festhielt. Er ließ in regelmäßigen Bewegungen einen Hammer darauf heruntersausen und drehte das Werkstück dabei schnell hin und her; dabei bildete sich deutlich erkennbar die Spitze einer Schwertklinge.

»Herr Jacobsen?«

Jetzt hatte Lukas ihn auch entdeckt. Während er lächelnd auf ihn zutrat, blickte Andreas Bieber von seiner Arbeit auf, und im nächsten Moment begegneten sich seine und Jacobsens Augen. Der erhobene Hammer blieb für ein paar endlose Sekunden in der Luft hängen; dann wandte sich der junge Mann ab und der Hammer schwang wieder abwärts. Der Kopf prallte seitlich gegen den Amboss, worauf das Werkstück ins Rutschen geriet, herunterfiel und im Gras landete, direkt vor Biebers Füßen.

Ein kleiner Funkenregen stob hoch, und die trockenen Halme gerieten sofort in Brand. Ein erschrockenes Seufzen ging durchs Publikum. Bieber griff rasch nach einem Eimer mit Wasser, der in Reichweite stand, löschte das Feuer und ließ das Werkstück in den Eimer fallen. Er hielt kurz inne, als müsste er sich sammeln, dann griff er nach einem neuen Stück Metall von dem Stapel Rohlinge, die hinter ihm lagen, und hielt es zum Erhitzen in die Feuerschale, die ihm als Esse diente. Seine Lippen waren schmal vor Ärger.

Lukas betrachtete den Vorfall offenbar höchstens als dramatische Extra-Einlage. Nun, da sie vorüber war, verkündete er unbekümmert, dass er wirklich langsam Hunger hätte. Jacobsen, der immer noch über das Gespräch mit Frank Lincke nachgrübelte, erhob keinen Widerspruch, und kurz darauf landeten sie im größeren der beiden Speisezelte. Jacobsen stellte sich zum zweiten Mal an diesem Tag in eine lange Schlange und besorgte Steaks im Brötchen, frittierte Kartoffelspalten mit Knoblauchsauce und ein Schälchen mit eingelegten Oliven. Er lud Lukas ein, und der bestand im Gegenzug darauf, die

Getränke zu kaufen. Als sie fertig gegessen hatten, war es kurz vor drei.

Sie schlenderten noch fast zwei Stunden über das Gelände. Jacobsen bekam tatsächlich den Schuhmacher zu sehen, den Lincke erwähnt hatte, außerdem schauten er und Lukas einem *museiarius* zu, der ein kompliziertes Portrait aus Mosaiksteinen zusammenfügte. Sie erkundeten ein Zelt, das einen antiken Mithras-Tempel darstellen sollte, und tranken, kurz bevor das Gelände für diesen Tag geschlossen wurde, an einem Stand noch eine Kleinigkeit – Lukas einen eisgekühlten Orangensaft mit einer Prise Zimt, Jacobsen einen (sehr kleinen) Becher Rotwein mit Gewürzen und Honig, der angenehm exotisch schmeckte und *mulsum* hieß.

Als sie den Kirchplatz erreichten, waren alle anderen Autos außer dem von Jacobsen verschwunden. Es hatte sich wohltuend abgekühlt, und während der Heimfahrt döste Lukas auf dem Beifahrersitz ein paar Minuten ein. Jacobsen legte ein gemächliches Tempo vor und genoss die Stille nach dem Trubel am Ostkastell.

Sie waren schon fast in Backnang, als Lukas plötzlich etwas sagte.

»Dieser Schmied war toll.« Seine Stimme war immer noch ein wenig schläfrig. »Wie der mit seinem Hammer umgehen konnte – unheimlich geschickt. Aber wissen Sie, was komisch war?«

»Nein«, antwortete Jacobsen. »Was denn?«

»Als ich in sein Zelt kam, war da noch keiner außer mir«, sagte Lukas. »Wahrscheinlich, weil die meisten beim Mittagessen saßen. Ich hab ihm zugeschaut, und wir haben uns ein bisschen unterhalten. Er hat mir von seiner Lehre erzählt, und ich ihm, dass ich Pfadfinder bin. Irgendwie sind wir auf den Mord zu sprechen gekommen ... obwohl ich gemerkt hab, dass ihm das Thema gar nicht gefiel. Kann man ja auch verstehen, oder?«

»Natürlich.«

»Ich hab ihm gesagt, dass ich dabei war, als Sie die ... Leiche von dem Professor gefunden haben. Und dass ich glaube, dass Sie den Fall ziemlich schnell aufklären werden. Ich hab ihm auch erzählt, dass ich Sie kenne und mit Ihnen zusammen auf dem Römermarkt bin. Vielleicht ... vielleicht wollte ich ja ein bisschen angeben.« Jetzt klang er eindeutig verlegen.

»Schon gut.« Jacobsen lächelte. »Und was ist dann passiert?«

»Komischerweise hat er danach überhaupt nicht mehr mit mir geredet«, meinte Lukas. »Kein einziges Wort. Ich hatte das Gefühl, dass es ihm am liebsten gewesen wäre, wenn ich verschwinde.«

Sieh mal einer an. Erst Frank Lincke, der Herbert Häger sehr eindeutig noch immer einen unversöhnlichen Groll entgegenbrachte. Und jetzt Andreas Bieber, der beim Anblick des Kommissars vor Schreck fast ein Zelt in Brand steckte.

Er musste sie eindeutig noch einmal gründlich unter die Lupe nehmen. Alle beide.

Vielleicht kam dann ja endlich etwas Bewegung in den Fall.

SUCHEN UND FINDEN

Den Sonntag nach seinem Besuch auf den Römertagen verbrachte Jacobsen mit Heike, Kurt und Paul im »Wonnemar« in Backnang. Sie schwammen gemeinsam, saßen auf der Liegewiese und dezimierten den Inhalt von Heikes üppig gefüllter Kühltasche. Erst, als Jacobsen abends (mit einem leichten Sonnenbrand) wieder in seine Wohnung zurückkam, hatte er Gelegenheit, sich seine Notizen zum Welzheimer Fall noch einmal anzusehen. Er betrachtete die handgeschriebenen Blätter und dachte nach.

Da war Herbert Häger, der sich mit dem Fund einen Platz in den archäologischen Annalen seiner Heimatstadt gesichert hatte. Hatte Adlersfeld möglicherweise etwas mit der aufreizenden Ekaterina angefangen, und Häger war eifersüchtig genug gewesen, um den Rivalen zu beseitigen?

Dummerweise hatte Ekaterina ihrem Mann ein wasserdichtes Alibi gegeben. Das konnte ein Indiz dafür sein, dass nie eine Affäre stattgefunden hatte; aber vielleicht hatte die hübsche Russin auch einfach nur ein schlechtes Gewissen gehabt, und das Alibi war eine Art Wiedergutmachung. Wie auch immer – solange Jacobsen nicht nachweisen konnte, dass sie gelogen hatte, fiel der Schlosser als Mordverdächtiger aus.

Frank Lincke war ein weiterer interessanter Kandidat. Dass er Häger nicht ausstehen konnte, lag auf der Hand; Jacobsen war sicher, dass der verbitterte Lateinlehrer ihn bei der Vorführung der LEGIO VIII ganz gezielt angesprochen hatte, um seinen ehemaligen Vereinsvorsitzenden in ein schlechtes Licht zu rücken. Doch war er verbittert und hasserfüllt genug gewesen, um einen Mord zu begehen? Und außerdem – was nützte es Lincke, Adlersfeld umzubringen? Damit war er Häger nicht los. Es sei denn natürlich, es gelang ihm, den Mordverdacht erfolgreich auf den Schlosser zu lenken. Der allerdings ein wasserdichtes Alibi hatte. Immer noch.

Und warum hatte Hägers Geselle Andreas Bieber sich bei Jacobsens Anblick so erschrocken? Denn dass er das hatte, daran bestand für Jacobsen kein Zweifel. Aber wieso? Weshalb jagte ihm die Begegnung mit einem Polizisten Angst ein? Schließlich hatte auch er ein Alibi, weil er in der Mordnacht mit fünfzehn Mitgliedern der LEGIO VIII Billard gespielt hatte. Oder war es ihm vielleicht gelungen, sich unbemerkt aus dem Café zu schleichen – um was zu tun? Den Professor zu töten, der immerhin dafür gesorgt hatte, dass sich sein Meister seit Neuestem im Glanz des Ruhmes sonnen konnte? Ziemlich unwahrscheinlich.

Jacobsen seufzte und schob die Notizen beiseite.

Er musste mehr über Simon Adlersfeld herausfinden. Die Kollegen in Karlsruhe hatten die Wohnung des Professors auf den Kopf gestellt, aber nicht viel gefunden, was ihm weiterhelfen konnte. Sie hatten das spartanisch eingerichtete und makellos ordentliche Drei-Zimmer-Appartement als die Bleibe eines Menschen geschildert, der wenig Privatleben besaß. Wahrscheinlich war der Professor in seiner Arbeit aufgegangen und hatte seine Wohnung höchstens als Basisstation genutzt, in der er nach seiner Arbeit in Rastatt übernachtete. Und er war viel unterwegs gewesen, hatte Ausgrabungsstätten besucht und Funde bewertet; zahlreiche dicke Ordner in dem kleinen Büro der Wohnung legten Zeugnis dafür ab. Die Kollegen in Rastatt hatten Adlersfelds Unterlagen ebenfalls bereitwillig zur Verfügung gestellt, ebenso wie die Mitarbeiter der Zentrale des Landesdenkmalamtes in Esslingen, für das Adlersfeld die meisten seiner Bewertungen vorgenommen hatte. Es würde Tage dauern, das ganze Material durchzusehen. Und wenn Jacobsen Pech hatte, konnte damit höchstens bewiesen werden, was er bisher eigentlich schon wusste: Die römische Maske war ein authentisches Original, weswegen niemand in Welzheim einen Grund gehabt hatte, Adlersfeld zu ermorden. Und damit war er so schlau wie zuvor.

Jacobsen steckte die Notizen in seine Aktentasche zurück. Es hatte wenig Zweck, sich fruchtlos den Kopf zu zerbrechen; er würde noch einmal mit Ekaterina Häger reden müssen. Außerdem war es wichtig, herauszufinden, ob Lincke ein Alibi und ein ausreichendes Motiv hatte und ob das Alibi von Andreas Bieber so wasserdicht war, wie es bislang aussah.

Aber erst morgen.

***

Als er sich am nächsten Tag im Büro gerade einen der Ordner aus Esslingen vornehmen wollte, klingelte das Telefon.

»Dr. Stefan Straubing hier«, sagte eine freundliche, tiefe Stimme am anderen Ende der Leitung. »Spreche ich mit dem Kommissar, der in der Mordsache Simon Adlersfeld ermittelt?«

»Genau mit dem«, erwiderte Jacobsen. »Und Sie sind nicht zufällig der Restaurator im Landesmuseum Rastatt?«

»Genau der.« Die tiefe Stimme klang leicht amüsiert. »Die Kollegen haben mir per E-Mail mitgeteilt, dass Sie sich gern mit mir unterhalten würden.«

»Stimmt«, sagte Jacobsen. »Aber lieber persönlich als am Telefon. Sagen Sie – sind Sie nicht im Moment in Österreich? In Carnuntum?«

»Da war ich bis vor zwei Stunden«, sagte Dr. Straubing. »Aber dann bekam ich einen Anruf von meiner Frau; die ist in unserem Haus die Treppe hinuntergefallen und hat sich wahrscheinlich ein Bein gebrochen.«

»Oh – das tut mir leid.«

»Ja, aber inzwischen geht es schon wieder«, meinte der Restaurator. »Im Moment ist sie in der Klinik, und abgesehen von dem Knochen und ein paar blauen Flecken ist alles noch ganz. Aber ich muss wahrscheinlich ein, zwei Wochen Urlaub nehmen und mich um sie kümmern, und im Moment stehe ich in Wien am Flughafen. In einer Viertelstunde muss ich zum Gate, und ich lande um zwei in Stuttgart. Wenn Sie möchten, kann ich zu Ihnen nach Waiblingen aufs Präsidium kommen, bevor ich nach Hause fahre.«

Das würde ihm viel Zeit ersparen.

»Wenn Ihre Frau nichts dagegen hat, dass sie länger auf Sie warten muss …«

»Wie gesagt, die ist im Moment noch in der Klinik, und ihr Bein wird eingegipst«, sagte Straubing munter. »Vor heute Abend kann ich sie sowieso nicht abholen. Und außerdem wäre sie die Allererste, die mich zur Schnecke macht, wenn ich in Simons Fall nicht so schnell wie möglich aussage. Er ist in unserem Haus jahrelang ein- und ausgegangen, und wir mochten ihn beide sehr gern. – Reicht es, wenn ich um drei bei Ihnen bin?«

»Aber natürlich.«

»Prima – bis dann.«

***

Dr. Straubing kam auf die Minute pünktlich. Als die Tür zum Büro sich öffnete, stand ein Bär von einem Mann mit massiven Schultern und einer eisengrauen, fast schulterlangen Haarmähne auf der Schwelle; Jacobsen schätzte ihn spontan auf Anfang fünfzig und fast zwei Meter Größe. Er musterte unwillkürlich Straubings Hände. Die waren riesig, und es fiel ihm schwer, sich die feinen Werkzeuge, die Restauratoren meist bei ihrer diffizilen Arbeit benutzten, in diesen klobigen Fingern vorzustellen.

Sein Besucher bekam den zweifelnden Blick ganz offensichtlich mit. Das breite, verwitterte Gesicht verzog sich zu einem Lächeln.

»Ich wette, ich weiß, was Sie denken«, sagte er. »Wieso ist irgendjemand waghalsig genug, einem Kleiderschrank mit solchen Riesenpfoten irgendetwas Kostbares anzuvertrauen, das man kaputtmachen kann?« Er ließ sich in dem Besuchersessel nieder und streckte die langen Beine von sich. »Als ich mich vor gut dreißig Jahren für eine Lehrstelle als Feinmechaniker beworben habe, wollte mein Chef mich eigentlich postwendend wieder nach Hause schicken. Der dachte, auf einer Baustelle wäre ich besser aufgehoben.«

»Und wie haben Sie ihn überzeugt?«, wollte Jacobsen neugierig wissen.

»Ich hab vor seinen Augen ein Mikroskop auseinandergenommen und wieder zusammengesetzt«, grinste Straubing. »Danach war er sofort damit einverstanden, mich auszubilden. Ich hab nach der Lehre ein paar Jahre in dem Beruf gearbeitet, aber irgendwann wurde mir das Ganze zu langweilig. Und ich hatte immer schon Interesse an Geschichte – je älter, desto besser. Aus einem Klumpen Erde und Rost ganz vorsichtig etwas herauszuschälen, was vor 2000 Jahren mal ein römischer Zenturio in der Hand gehabt hat – das ist unheimlich spannend.«

»Möchten Sie einen Kaffee?«, erkundigte sich Jacobsen. Wenn der Mann die eilige Heimreise zu seiner verunglückten Frau schon extra für eine Aussage bei der Polizei unterbrach, dann konnten ein paar Gastgeberqualitäten bestimmt nichts schaden.

»Nett von Ihnen, aber nein.« Straubing schüttelte den Kopf. »Ich hatte am Flughafen schon drei, und irgendwann reicht es mit dem Koffein. Mir wäre es ehrlich gesagt lieber, Sie könnten mir etwas darüber erzählen, wieso mein Freund Simon tot in einem Brunnen im Welzheimer Ostkastell gelandet ist.«

Sein Blick war plötzlich scharf, und für ein paar Sekunden hatte Jacobsen das irritierende Gefühl, dass jetzt er von seinem Gegenüber unter die Lupe genommen wurde anstatt umgekehrt. Er raffte rasch seine Professionalität zusammen.

»Wenn ich das wüsste, Dr. Straubing«, sagte er ruhig, »dann wäre es nicht nötig gewesen, dass Sie sich herbemühen. Denn dann wäre der Fall gelöst.«

»Auch wieder wahr.« Der Restaurator nickte. »Also – wie kann ich Ihnen helfen?«

»Wie viel haben Sie von der Entdeckung dieser Römermaske mitgekriegt?«, fragte Jacobsen. »Hat Simon Adlersfeld Ihnen von seinen Untersuchungen in Welzheim erzählt?«

»*Direkt* mitgekriegt habe ich nicht so viel«, erklärte Straubing. »Nachdem das Landesdenkmalamt von der Sache Wind bekommen hatte, ist Simon sehr rasch nach

Welzheim gefahren. Die von der Zentrale in Esslingen schicken ihn häufig los, wenn so was passiert – und diesmal umso mehr, weil es sich wohl wirklich um einen Sensationsfund gehandelt hat, und Simon hat – Simon *hatte* sehr viel Erfahrung mit Artefakten aus der Zeit der Römer am Limes. Das heißt, wenn das Ding gefälscht wäre, hätte er das sicherlich früher oder später herausgefunden.«

»Früher oder später? Wie lange dauert so etwas?«

»Kommt darauf an, wie offensichtlich der Befund ist«, meinte Straubing. »Die Maske ist – soweit ich weiß – in Esslingen gelandet. Sie war deutlich erkennbar als das, was sie ist, aber ziemlich sicher mit Erde verkrustet und mit korrodierten Metallschichten verbacken. An der Machart kann man anhand von historischen Darstellungen und Vergleichswerten bestimmen, aus welcher Epoche sie höchstwahrscheinlich stammt – wenn man diese Schichten entfernt hat und sämtliche Details sehen kann. Und man muss natürlich Metallproben nehmen, um festzustellen, woraus sich die Legierung des guten Stücks zusammensetzt.«

»Damit man weiß, aus welcher Zeit das Metall stammt?« Jacobsen stellte fest, dass das Thema ihn nicht nur in kriminologischer Hinsicht zu interessieren begann.

»Auch«, erwiderte Straubing, »aber nicht nur. Wenn zum Beispiel jemand ein zu junges Metall zum Fälschen verwendet, das Blei-Isotope enthält – was meistens der Fall ist –, dann ist er schnell entlarvt. Denn Blei-Isotope sind radioaktiv, und das etwa ein Jahrhundert lang. Und bei Metallen aus dem Mittelalter findet man die manchmal mit eingeschmolzenen Spuren von Gegenständen, die es in der Römerzeit noch gar nicht gegeben hat – einmal hat man bei einer solchen Probe sogar die Überreste von Spielkarten entdeckt.«

»Und wie kann man dann sicher sein, dass ein Gegenstand aus der Antike stammt? Und wirklich von den alten Römern?«, fragte Jacobsen.

»Die Schmiede der damaligen Zeit konnten Metalle noch nicht so bearbeiten, wie das heute geschieht«, erklärte Straubing. »Sie waren darauf angewiesen, dass das Ausgangsmaterial, das sie aus den unterschiedlichen Minen bekamen, für das taugte, was sie herstellen wollten. Aus einer Mine in Elba stammte beispielsweise ein Erz, das sich besonders gut für Waffen eignete. Wobei diese Mine sicherlich nicht die einzige gewesen ist – man darf nicht vergessen, das Imperium Romanum war riesig.«

Jacobsen erinnerte sich daran, dass er eigentlich nach Simon Adlersfeld gefragt hatte, und entschloss sich (wenn auch ein wenig widerstrebend), das Gespräch wieder in die richtige Richtung zu steuern.

»Hat Professor Adlersfeld Ihnen gegenüber irgendetwas von Streitigkeiten in Welzheim erwähnt?«, erkundigte er sich. »War vielleicht irgendjemand mit seiner Untersuchung nicht einverstanden?«

Dr. Straubing runzelte leicht die Stirn. »Nein, wieso? Die in Welzheim klopfen sich wegen seiner Expertise bestimmt immer noch vor Begeisterung gegenseitig auf die Schultern. Obwohl …«

Er unterbrach sich.

»Jetzt, wo Sie mich darauf ansprechen: Kurz bevor ich nach Wien geflogen bin, haben Simon und ich noch einmal telefoniert. Und er meinte, in der Welzheimer Lokalpresse gebe es so etwas wie einen Sturm im Wasserglas. Irgendein vergrätzter Mitbürger würde dem Glückspilz, der die Maske entdeckt hat, mehr oder weniger unterstellen, er hätte sie selbst verbuddelt, um sich wichtig zu machen. Und der Mann würde in einer ganzen Reihe von Leserbriefen ordentlich vom Leder ziehen. ›Ein beleidigter Lateinlehrer, der dem Hobby-Archäologen ohne Abitur den Ruhm nicht gönnt.‹ So hat sich jedenfalls Simon ausgedrückt. Und der hatte nicht nur ein scharfes Auge für antike Fundstücke, sondern normalerweise auch für Menschen.«

Jacobsen spitzte die Ohren. Das klang verdächtig nach Frank Lincke.

»Hat Professor Adlersfeld diese Vedächtigung ernst genommen?«

»Nicht wirklich.« Straubing zuckte die Achseln. »Für ihn zählten letztlich nur die Untersuchungsergebnisse aus der Zentrale in Esslingen; wenn man in unserer Branche sauber arbeiten will, hält man sich besser an die Fachleute, anstatt sich von den Verschwörungstheorien irgendwelcher Lokalgrößen beeinflussen zu lassen.«

Jacobsen hob die Augenbrauen. »Das heißt, enthusiastische Laien haben für Sie grundsätzlich keine Ahnung?«

»So weit würde ich nicht gehen«, erwiderte Straubing gelassen. »Viele von den Leuten, die sich für die alten Römer begeistern, haben nie studiert und kennen sich trotzdem erstaunlich gut aus. Simon meinte, der Mann, der die Maske entdeckt hat, würde schon länger die Theorie vertreten, dass die Römer schon früher als 150 nach Christus am Limes gewesen sind, zumindest für kurze Zeit ... und in den letzten zwei, drei Jahren gab es in Welzheim ein paar kleinere Funde, die diese Theorie immerhin bedenkenswert machen.«

Jacobsen machte sich eine geistige Notiz, in Adlersfelds Unterlagen gezielt nach Hinweisen auf diese früheren Funde zu fahnden – und sich im Welzheimer Heimatmuseum danach zu erkundigen.

»Und falls Ihnen der Sinn nach mehr Praxis steht«, fuhr Dr. Straubing fort, »dann gibt es in Pliezhausen – das ist in der Nähe von Reutlingen – einen Schmied, der Ihnen lange Vorträge über die Beschaffenheit des Metalls halten kann, aus dem die Schwerter, die Speere und Messer der römischen Armee bestanden haben. Der ist Mitglied in einem hochachtbaren Römerverein, hat den ganzen Keller voll mit ausgezeichnet nachgeschmiedeten Waffen und beschickt Ausstellungen damit. Ein wirklich interessanter Mann und ein unangefochtener Experte für alles, was mit Hammer und Amboss zu tun hat. Sogar der Name passt.«

»Wieso?«, fragte Jacobsen. »Wie heißt er denn?«

»Wieland«, sagte Straubing, und sein Gesicht verzog sich zu einem breiten Grinsen. »Matthias Wieland.«

Jacobsen segnete die Tatsache, dass er sich wenigstens noch nebelhaft an die nordischen Sagen erinnerte, die er als Junge gelesen hatte, und grinste zurück. »Stimmt, das passt. – Haben Sie nach dem Telefonat, das Sie erwähnt haben, noch Kontakt mit Professor Adlersfeld gehabt?«

Straubing schüttelte den Kopf und blickte bedauernd drein. »Nein, leider nicht. Ich war in Carnuntum ziemlich beschäftigt mit der Ausstellung und hab erst wieder von ihm gehört, als meine Frau mich angerufen und mir erzählt hat, dass er tot ist.« Er schüttelte leicht den Kopf. »Ich kann immer noch nicht so ganz begreifen, dass er nicht mehr da sein soll.«

Ein energisches Piepsen drang aus der Tasche seiner Jacke, und er zog ein Handy heraus.

»Ja? – Oh, hallo Schatz! – Ja, ich bin gerade in Waiblingen, auf dem Polizeipräsidium. – Was? Es war nur ein Haarriss im Wadenbein? Und du darfst jetzt doch schon nach Hause? – Dann setz ich mich gleich ins Auto. Lass dich von einer Schwester in die Cafeteria bringen und gönn dir was Feines; ich fürchte, es dauert ein bisschen, bis ich da bin.«

Er drückte den Knopf und steckte das Handy wieder ein.

»Meine *domina domestica* ruft«, sagte er. »Offenbar will man sie doch früher aus der Klinik entlassen, und mit ihrem Gips sollte sie besser nicht allein durch die Gegend fahren. Ist es in Ordnung, wenn ich jetzt aufbreche, oder wollen Sie noch irgendwas wissen?«

»Nichts, was nicht warten kann«, antwortete Jacobsen. »Und Sie sind ja auch telefonisch zu erreichen, denke ich.«

»Jederzeit«, meinte Straubing, stand auf und förderte gleichzeitig eine Visitenkarte zutage, diesmal aus der anderen Jackentasche. »Hier ist meine dienstliche Nummer in Rastatt drauf, und meine private auch. War schön, Sie kennenzulernen, Herr Jacobsen.«

»Gleichfalls«, erwiderte Jacobsen. Der Mann gefiel ihm. »Eine Frage hätte ich allerdings noch – eine allerletzte, bevor Sie sich auf den Weg machen.«

»Was denn für eine?« Straubing schaute aus der beeindruckenden Höhe seiner fast zwei Meter aufmerksam zu ihm hinunter.

»Wenn Sie Simon Adlersfeld mit einem Satz beschreiben müssten – wie würden Sie das tun?«

Straubing brauchte nicht lange, um zu antworten.

»Er war ein hervorragender Archäologe, ein ernsthafter, integrer Wissenschaftler und ein wirklich guter Freund«, sagte er. »Er wird mir sehr fehlen.«

»Danke«, sagte Jacobsen. »Auf Wiedersehen, Dr. Straubing. Und fahren Sie vorsichtig – ein Unfall in der Familie reicht.«

»Werd ich machen.« Straubing lächelte ihm noch einmal zu, dann ging er hinaus.

Jacobsen blieb eine ganze Weile still sitzen, dann suchte er sich die Telefonnummer der Presseabteilung im Polizeipräsidium Aalen heraus und griff zum Hörer.

»Sie haben doch einen ePaper-Zugang zur Waiblinger Kreiszeitung, oder?«, erkundigte er sich, als er den richtigen Kollegen an der Strippe hatte. »Ja? Und zur Welzheimer Zeitung auch? – Wissen Sie zufällig, wann da immer die Leserbriefe erscheinen? – Samstags, meinen Sie? – Prima. Dann hätte ich gern eine PDF der letzten acht Samstagsausgaben. Wie schnell kriege ich die? – Gleich? Noch besser. Dankeschön!«

Es dauerte keine zehn Minuten, bis er das Gewünschte herunterladen und aufrufen konnte. Er begann beim ältesten Datum (der Samstag drei Tage nach dem Fund der Maske) und ging leer aus. In der Ausgabe eine Woche später wurde er allerdings fündig.

Es nimmt schon ein wenig wunder, hieß es da in einem sehr ausführlichen Leserbrief, *dass ausgerechnet jemand, der sich selbst für den einzig wahren Vertreter des Römertums in Welzheim hält, ein Artefakt entdeckt haben soll, das dermaßen allen Erkenntnissen über die Römer am Limes widerspricht. Abgesehen von den privaten Erkenntnissen des bewussten Vertreters natürlich, der seit Jahr und Tag so stur wie unbelehrbar behauptet, die Römer seien schon mehr als hundert Jahre früher in Welzheim gewesen. Woran er das festmacht? An ein paar vereinzelten Funden in den letzten zwei, drei Jahren, deren zeitliche Einordnung kaum bereits als gesichert gelten kann. Aber Hauptsache, das historische Weltbild dieser (von sämtlicher akademischen Bildung gänzlich unbeleckten) »Koryphäe« stimmt. Man wird abwarten müssen, ob nach der Varusschlacht der Zenturio Marcus Caelius die Reitermaske allen Ernstes bei der Flucht an Welz-*

heim vorbei quasi »im Galopp verloren« hat oder ob sich das Ganze als Schildbürgerstreich herausstellt. Was für unsere schöne Limesstadt doch ein bisschen peinlich wäre – wenn auch kaum für diesen selbsternannten Fachmann. Dem ist wohl überhaupt nichts peinlich.

Der Brief war wie erwartet mit »F. Lincke« unterzeichnet; Jacobsen war sich aber schon vorher sehr sicher gewesen, von wem diese Anhäufung gezielt formulierter Gehässigkeiten stammte. *Der einzig wahre Vertreter des Römertums in Welzheim.* Genau den gleichen Ausdruck hatte der Lehrer bei ihrer Unterhaltung auf den Römertagen verwendet und damit Herbert Häger gemeint. Und Jacobsen war davon überzeugt, dass dies nicht der letzte Leserbrief zum Thema geblieben war.

Noch konnte er Herbert Häger nicht wirklich einschätzen. Aber das, was er bisher über den Schlosser wusste, sprach eigentlich gegen die giftigen Unterstellungen, die er von Frank Lincke gehört und nun auch gelesen hatte. »Ein beleidigter Lateinlehrer, der dem Hobby-Archäologen ohne Abitur den Ruhm nicht gönnt«, hatte Simon Adlersfeld so spontan wie zutreffend gemutmaßt. Hatte nicht nur sein Freund Stefan Straubing dieses niederschmetternde Urteil von ihm gehört, sondern auch Frank Lincke selbst? Hatte Adlersfeld ihn gekannt und ihm das vielleicht sogar mitten ins Gesicht gesagt, und hatte der Lehrer dann aus gekränkter Eitelkeit zum Speer gegriffen? Er war lange genug Mitglied der LEGIO VIII gewesen, um zu wissen, wo er ein *pilum* herbekam.

Während Jacobsen sich zur nächsten Samstagsausgabe der Welzheimer Zeitung weiterklickte, ertappte er sich plötzlich bei dem sehnsüchtigen Wunsch, dass Frank Lincke kein Alibi hatte.

TIEFER GESCHÜRFT

Als Jacobsen am nächsten Tag erneut nach Welzheim fuhr, fiel ein leichter Sommerregen. Diesmal verirrte er sich nicht, sondern fand den Römerweg auf Anhieb – er gabelte sich erst und zog sich dann in einem Bogen bis zu einer kleinen Baumgruppe. Die schmucklose, weiß getünchte Doppelhaushälfte von Frank Lincke befand sich fast am Ende, hinter einem Garten, der durchaus das eine oder andere Blumenbeet vertragen hätte. Aber wahrscheinlich hatte der Lateinlehrer keine Frau und überdies Wichtigeres im Kopf, als Rosen zu pflanzen. Jacobsen ging über einen mit Platten belegten, schmalen Weg zu der Tür auf der rechten Seite und läutete.

Es dauerte eine Weile, bis jemand kam. Allerdings stand nicht Lincke auf der Schwelle, sondern eine mollige, ältere Frau mit Kopftuch und Kittel, die Jacobsen mit einem zutiefst misstrauischen Blick musterte.

»Ja, bitte? Was wellet Sie?«

Jacobsen zückte seinen Dienstausweis.

»Jacobsen, Kripo Waiblingen«, sagte er höflich. »Ist Herr Lincke zuhause?«

Das Misstrauen verringerte sich um keinen Deut, sondern verstärkte sich eher noch.

»Der isch henda im Büro ond schafft«, sagte die Frau. Es hörte sich an, als hielte sie es für eine Zumutung, dass die Polizei es wagte, ihren – und Linckes – sorgsam geregelten Tagesablauf durcheinanderzubringen.

»Dann seien Sie doch so nett und bringen mich hin«, meinte Jacobsen, nach wie vor unerschütterlich höflich. »Ich muss ihm ein paar Fragen stellen.«

Die Frau schoss einen weiteren vernichtenden Blick auf ihn ab, drehte sich wortlos um und stapfte voraus, durch einen langen, dunklen Korridor, in dem es durchdringend nach Putzmittel roch. Am Ende des Korridors führte ein Durchgang zu einem großen Raum, dessen Wände vom Boden bis zur Decke mit vollgestopften Bücherregalen bedeckt waren. An der Rückseite stand ein großer Schreibtisch, auf dem sich Papierbögen stapelten, und dahinter saß Frank Lincke, eine Lesebrille auf der Nase. *Ein Abbild des Fleißes und der Gelehrsamkeit,* dachte Jacobsen ironisch.

»Der Ma isch vo dr Polizei«, raunzte die Frau, als Lincke aufblickte.

»Danke, Frau Gerber«, sagte Lincke. »Sind Sie für heute fertig?«

»No net ganz.« Was sehr offensichtlich allein Jacobsens Schuld war. »I mach jetzt des Bad.«

Womit sich die Frau an Jacobsen vorbeischob und wieder im Korridor verschwand. Gleich darauf war Wassergeplätscher und energisches Schrubben zu vernehmen.

»Ihr persönlicher Rottweiler?«, erkundigte sich Jacobsen sanft.

Lincke grinste schwach.

»Meine Zugehfrau«, erklärte er. »Seit meiner Scheidung vor vier Jahren sorgt sie dafür, dass das Chaos hier nicht überhandnimmt. Sie ist sehr zuverlässig.«

»Und Sie sind sehr beschäftigt, wie ich sehe«, antwortete Jacobsen. »Keine Sorge, ich werde Sie nicht lange stören. Ich würde gern wissen, wo Sie sich an dem Abend aufgehalten haben, an dem Simon Adlersfeld ermordet wurde.«

»Im Café ›Mocca‹«, entgegnete Lincke wie aus der Pistole geschossen. »Bis ungefähr um halb zwölf, glaube ich. Dann bin ich nach Hause gefahren.«

Jacobsen hob die Augenbrauen.

»Und ich dachte, Sie wären im Streit von der LEGIO VIII geschieden«, sagte er. »Soweit ich weiß, hat an dem Abend die Hälfte der Mitglieder dort Billard gespielt.«

»Das stimmt.« Lincke verzog leicht den Mund. »Aber gestritten habe ich mich nur mit Herbert dem Allmächtigen. Gegen die Jungs seiner Truppe hab ich nicht das Geringste; ein paar davon sind immer noch meine Schüler.«

Jacobsen zog die Liste, die er mitgebracht hatte, aus der Tasche und reichte sie über den Schreibtisch.

»Das sind die Namen von den LEGIO-Mitgliedern, die nach eigener Aussage den Abend im Café ›Mocca‹ verbracht haben«, meinte er. »Können Sie bestätigen, dass die alle wirklich da waren?«

Lincke rückte seine Lesebrille zurecht, überflog die Liste und runzelte die Stirn.

»Sollten Sie das nicht lieber das Personal des Cafés fragen?«

»Haben wir natürlich schon«, sagte Jacobsen. »Aber Sie kennen sie alle persönlich, also frage ich jetzt Sie.«

Lincke fuhr mit dem Finger an den Namen entlang.

»Warten Sie mal … Peter Schäuble … ja, hab ich gesehen. Der hat an dem Abend am Billardtisch alles abgeräumt. Mit dem Queue kann er eindeutig besser umgehen als mit dem *pilum.*« Ein ironischer Seitenblick. »Frank Scherberg, Jens Haderer auch … Michi Steinle … ja, der war auch da und hat eindeutig mehr Kurze gekippt, als ihm gutgetan hat … Marcel Hauser, Stefan Ebersbacher, Tom Armbruster, Max Weller, Kevin Stäber, Kevin Schmitz … der ist vor lauter Knutschen mit seiner Freundin kaum zum Billardspielen gekommen … und Andreas Bieber. Der hat auch fast gar nicht gespielt. Stattdessen hat er die ganze Zeit in einer Ecke gehockt und sich an seinem Bier festgehalten. Scheinbar war ihm irgendeine Laus über die Leber gelaufen.«

»Hm.« Jacobsen überlegte. »War er noch da, als Sie nach Hause gefahren sind?«

»Kann ich nicht mit Sicherheit sagen.« Lincke verzog erneut den Mund. »Das Café war brechend voll, da ist es gut möglich, dass ich ihn zwischendurch mal aus den Augen verloren habe. Aber er hat nicht so ausgesehen, als wäre er besonders unternehmungslustig.«

»Na schön.« Jacobsen seufzte. »Hat *Sie* irgendjemand gesehen, als Sie nach Hause gekommen sind? Waren Sie allein?«

»Wie gesagt, ich bin geschieden«, versetzte Lincke. »Die einzige Frau, die hier regelmäßig ein und aus geht, ist Elise Gerber – und die haben Sie eben kennengelernt. Nachts um halb zwölf putzt sie eher selten. – Aber ich habe das Haus nicht mehr verlassen, falls es das ist, was Sie wissen wollen. Schon gar nicht, um einen Archäologen umzubringen.«

Er tastete nach der Schramme auf seiner Stirn, warf Jacobsen einen kurzen Blick zu und nahm die Hand herunter.

»Stattdessen bin ich im Dunkeln in meinem eigenen Flur vor einen Türrahmen gelaufen und hab mir dabei die Visage demoliert. Wahrscheinlich hätte ich das dritte Weizen im Café ›Mocca‹ doch nicht mehr trinken sollen. Danach hatte ich noch viel weniger Lust, irgendwo anders hinzugehen, das dürfen Sie mir glauben. – War's das jetzt? Ich hab hier noch einen Haufen Latein-Klausuren zu korrigieren.«

»Erst einmal war's das, ja. Sollte ich noch irgendetwas wissen wollen, komme ich auf Sie zu.« Jacobsen nickte.

»Ein kleiner Tipp noch: Wenn Sie motorisiert unterwegs sind, sollten Sie in Zukunft vielleicht bloß *ein* Weizen bestellen – wenn überhaupt.«

»Huch!« Lincke grinste breit. »Hab ich ein Glück, dass Sie nicht bei der Verkehrspolizei sind, was?«

»Sie haben Glück, dass Sie keinen Unfall gebaut haben«, konterte Jacobsen gelassen. »Und dass Sie nicht angehalten worden sind. Wobei – Glück ist relativ. Wären Sie in eine Kontrolle geraten, könnten die Kollegen wenigstens Ihr Alibi bestätigen.«

Das Grinsen war wie weggeblasen, und Linckes Gesicht verfinsterte sich. »Dann bin ich also verdächtig?«

»Werden wir sehen«, sagte Jacobsen. »Je nachdem, was bei den weiteren Ermittlungen herauskommt. Wie gesagt, wenn ich noch mehr Fragen habe, hören Sie von mir. Auf Wiedersehen, Herr Lincke.«

Er ging den Korridor hinunter, als die Zugehfrau gerade mit dem schmutzigen Putzwasser aus dem Badezimmer kam, und vermied es um Haaresbreite, über den Eimer zu stolpern und eine Überschwemmung anzurichten. Er ignorierte das empörte Schnauben der Dame, trat ins Freie und zog die Tür hinter sich zu.

Nein – Frank Lincke war eindeutig noch nicht aus dem Rennen.

***

Inzwischen hatte der Regen aufgehört. Jacobsen entschloss sich, sein Glück noch einmal bei Ekaterina Häger zu versuchen, Vielleicht konnte er das Alibi ins Wanken bringen, das sie ihrem Mann gegeben hatte – oder endlich herausfinden, ob zwischen ihr und Adlersfeld etwas gelaufen war.

Er fuhr zur Schlosserei, stellte den Wagen ab und ging um die Werkstatt herum zum Wohnhaus. Als er klingelte, öffnete ihm Ekaterina Häger fast sofort die Tür, einen hoffnungsvollen Ausdruck auf dem Gesicht, der wieder erstarb, als sie ihn erkannte.

»Cherr Jacobsen! Suchen Sie meinen Mann? Der ist leider nicht zuchause.«

»Kein Problem«, meinte Jacobsen. »Ich wollte sowieso zu Ihnen.«

»Zu mir?« Für einen Moment schaute sie so erschrocken drein wie ein Reh im Scheinwerferlicht. Dann nahm sie sich zusammen. »Kommen Sie cherein, bitte.«

Er wurde nicht in das große Wohnzimmer geführt, das er schon kannte, sondern in die Küche. Die war mit rot lackierten Möbeln und allerlei edlen Extragerätschaften eingerichtet. Jacobsen entdeckte eine *Kitchen Aid* (so eine hatte sich seine Schwester Heike vor zwei Jahren von ihrem Kurt schenken lassen) und einen *Thermomix* (ohne den Heike seit einem Jahr, wie sie gerne versicherte, nicht mehr auskam). Offenbar hatte Herbert Häger kein Problem damit, für seine Frau Geld auszugeben; Jacobsen bezweifelte, dass bei Ekaterinas Schmuckgewerbe genügend heraussprang, um diese luxuriösen Haushaltshelfer zu finanzieren. Am Fenster hingen üppig gerüschte Spitzengardinen, auf dem Tisch standen ein Teller Kekse, ein Becher Tee und ein großer, silberner Samowar.

Ekaterina Häger sah, wohin er schaute, und lächelte schwach.

»Der chat früher meiner *Babuschka* gehört«, erklärte sie. »Meiner Großmutter. Ich chab ihn aus Russland mitgebracht, als ich chierchergekommen bin. Möchten Sie auch einen Tee, Cherr Jacobsen?«

»Danke, nein.« Er schüttelte den Kopf. »Ich trinke lieber Kaffee.«

»Dann koche ich Ihnen einen.« Sie machte sich prompt an einer Kaffeemaschine zu schaffen, die genauso imposant und kompliziert aussah wie das Gerät im Präsidium. »Latte? Cappuccino? Einen Espresso vielleicht?«

»Ein Espresso wäre schön.«

Er ließ sich auf einem der beiden Küchenstühle nieder und sah ihr zu, während sie das Pulver in die Maschine löffelte und Wasser nachgoss. Sie trug etwas, das man vermutlich als »Hausanzug« bezeichnete, aus einem weichen, fliederfarbenen Nickistoff und mit allerhand Glitzerzeug besetzt, das in den Versandhauskatalogen seiner Mutter früher immer »Steinchenzier« geheißen hatte. Ihr Haar war zu zwei dicken, blonden Zöpfen geflochten, und sie hatte überraschenderweise heute auf jedes Make-up verzichtet. So wirkte sie viel jünger – fast wie ein kleines Mädchen, das in der Küche seiner Mutter gewissenhaft Hausfrau spielte.

Außerdem sah sie so aus, als hätte sie vor nicht allzu langer Zeit geweint. Hatte sie sich vielleicht mit Herbert Häger gestritten und gehofft, dass er es wäre, als sie Jacobsen die Tür öffnete?

Eine kleine, dampfende Tasse wurde vor ihn hingestellt. Er trank einen Schluck – der Espresso war wirklich gut – und bedankte sich; Ekaterina nahm ihm gegenüber Platz und umschloss ihren Teebecher so fest mit beiden Händen, als müsste sie daran Halt suchen.

»Was kann ich für Sie tun?«

»Ich würde gern noch einmal auf den Tag zurückkommen, an dem Simon Adlersfeld getötet wurde«, sagte Jacobsen. »Als ich das erste Mal hier war, sagten Sie, Ihr Mann sei den ganzen Abend hier gewesen.«

»War er auch.« Er registrierte mit Interesse, dass ihre Fingerknöchel sekundenlang weiß wurden. »Das wissen Sie doch. Tagsüber chat er in der Werkstatt gearbeitet, an einem Torgitter für einen Fabrikanten aus Stuttgart.« Leichter Stolz schlich sich in ihre Stimme. »Eine Sonderanfertigung, sehr teuer. Mein Cherbert ist ein Künstler, wissen Sie? Und als er danach cherüberkam, chab ich ihm sein Abendessen serviert. Danach … danach chat er ein paar Stunden in seinem Arbeitszimmer gesessen; er musste die Römertage vorbereiten. In der Zeit chatte er besonders viel am Chals.«

»Und was haben Sie inzwischen gemacht?«

»Ich chabe ferngesehen«, sagte sie. »Im Wohnzimmer.«

»War die Wohnzimmertür offen oder geschlossen?«

»Geschlossen.« Ihre Wimpern flatterten nervös, dann starrte sie wieder in ihre Teetasse. »Es war eine Sendung mit viel Musik, und ich wollte nicht, dass Cherbert gestört wird. Er mag zuchause keinen Lärm.«

Jacobsen beugte sich vor.

»Aber dann«, meinte er, »könnte Ihr Mann doch ohne weiteres das Haus verlassen haben, ohne dass Sie es gemerkt hätten. Oder nicht?«

»Das kann ich mir nicht vorstellen.« Ihr Ton war entschieden. »Die Tür zu seinem Arbeitszimmer … sie quietscht schrecklich laut, wenn man sie auf- und zumacht. Wenn er zwischendurch cherausgekommen und gegangen wäre, chätte ich das gechört, trotz dem Fernseher. Ganz sicher.« Sie versuchte ein Lächeln, das kläglich misslang. »Ich sage ihm dauernd, er soll endlich die Scharniere ölen.«

Jacobsen beschloss, den Ochsen bei den Hörnern zu packen.

»Hatten Sie Streit mit Ihrem Mann, Frau Häger?«

Wieder dieser panische Rehblick von vorhin. »Nein – wie kommen Sie darauf? Es ist alles in Ordnung. Wir chaben uns nicht gestritten. Wir streiten fast nie.«

»Aber vielleicht gab es ja einen Grund«, beharrte er. »Wenn man den Leuten hier in Welzheim glaubt, waren Sie von Professor Adlersfeld äußerst … angetan. Und immerhin hat der Mann nach dem Fund der Maske eine ganze Weile in Ihrem Haus gewohnt. Vielleicht haben Sie ja mit ihm geflirtet. Er hat immerhin ziemlich gut ausgesehen. Und vielleicht ist ja auch noch ein bisschen mehr passiert. Ein bisschen zu viel für Ihren Mann, um es noch zu tolerieren.«

Ekaterina Häger wurde erst bleich, dann knallrot.

»Diese … diese chinterchältigen *spletnitzy!*«, explodierte sie, und plötzlich standen ihre Augen voller Tränen. »Diese gechässigen Klatschbasen! Was erzählen die Ihnen bloß über meinen Mann und mich? Davon dürfen Sie kein einziges Wort glauben! Ich … ich bin eine anständige Frau!«

»Dann haben Sie also nie mit Simon Adlersfeld geschlafen?«

Ekaterina Häger antwortete nicht. Stattdessen zog sie ein Papiertaschentuch aus der Jacke ihres Hausanzuges und schluchzte so hysterisch wie geräuschvoll hinein. Jacobsen wartete eine ganze Weile geduldig darauf, dass der Ausbruch nachließ, bevor er einsah, dass er erst einmal keine weitere Antwort bekommen würde. Er wünschte sich sehnsüchtig Melanie herbei. Der wäre das hier bestimmt nicht passiert. Und ihm hätte es eigentlich auch nicht passieren dürfen. Er konnte eindeutig weit weniger gut mit dem weiblichen Teil der menschlichen Bevölkerung umgehen, als er gedacht hatte.

»Ich melde mich wieder bei Ihnen, wenn ich noch Fragen habe«, sagte er matt, bezweifelte aber, dass sie auch nur ein Wort davon mitbekam.

Dann stand er leise auf und ging.

***

Es blieb ihm erst einmal erspart, Melanie von dieser peinlichen Episode zu erzählen; als er ins Präsidium zurückkam, fand er eine Notiz vor, die ihn darüber informierte, dass sie beim Zahnarzt war. Außerdem werde sie die nächsten drei Tage in Aalen verbringen, auf einer Schulung zum Thema »Cybermobbing«. Also schrieb er aus dem Gedächtnis nieder, was er von Ekaterina Häger und Frank Lincke erfahren hatte, und ging noch eine Stunde die Unterlagen von Simon Adlersfeld durch. Dann schaltete er den Computer aus und machte sich auf den Heimweg. Anstatt wie sonst so oft den Lieferservice in Anspruch zu nehmen, fuhr er an einem griechischen Restaurant vorbei, in dem er von Zeit zu Zeit mit Heike und ihrer Familie aß, und nahm sich Souvlaki, Tzatziki und einen Salat mit nach Hause.

Er saß gerade mit seinem Menü und einer kalten Flasche Bier beim Abendessen, als sein Handy klingelte. Er schluckte den Salat hinunter und meldete sich.

»Jacobsen.«

»Hallo, min Jung! Hier ist Geert.«

»Geert? Mensch, Alter – gibt's dich auch noch?«

Geert Terheugen war in Hamburg sein Kollege gewesen. Als Jacobsen als junger Ermittler seinen Dienst antrat, hatte er ihn – sozusagen – an die Hand genommen; er war sein direkter Vorgesetzter, und in insgesamt fünfzehn Jahren hatten sie gemeinsam viele Fälle gelöst. Nach dem tragischen Entführungsfall von Beeke Brehm, der Jacobsen so sehr aus dem Gleichgewicht gebracht und letztendlich zu seiner Versetzung nach Waiblingen geführt hatte, war Terheugen in den Ruhestand gegangen. Für Jacobsen war er eine vertraute, hochwillkommene Stimme aus der Vergangenheit, und seine Freude, sie so unvermutet zu hören, war ebenso groß wie ehrlich.

»Geht's dir gut?«, wollte er wissen.

Terheugen lachte. »Wie soll's einem Mann in meinem Alter schon gehen?«, antwortete er. »Jenseits der siebzig ist man über jeden Morgen froh, an dem man noch aufwacht. Einmal im Jahr sehe ich meinen Hausarzt, der schnackt was von weniger essen und etwas Vorsicht mit der Galle, aber sonst hat er nichts an mir auszusetzen. Wie geht's *dir*, min Jung?«

»Ganz gut«, sagte Jacobsen. »Ich kann mich nicht beschweren.«

»Ich hab den Fall letztes Jahr verfolgt«, meinte Terheugen. »Den mit dem ermordeten Pfadfinder. Dafür, dass sie dich extra nach Schwaben verfrachtet haben, damit du es etwas ruhiger angehen lässt, war das ein ganz schön dicker Brocken. Hast dich aber ordentlich geschlagen, finde ich.«

»Kann schon sein«, erwiderte Jacobsen verbindlich. »Allerdings ist bei der Sache ein ganz schöner Scherbenhaufen zurückgeblieben.«

»Und das beschäftigt dich immer noch, stimmt's?«

»Ja, natürlich.« Geert kannte ihn gut genug; es hatte wenig Zweck, dem alten Mann irgendetwas vorzumachen. »Zum Sohn des Opfers – ein ziemlich bemerkenswerter Junge, mittlerweile ist er sechzehn – hatte ich einen ziemlich guten Draht. Damit ist nach den Ermittlungen natürlich erst einmal Schluss gewesen. Ich hab ihm noch meine Visitenkarte gegeben, und ich hätte mir wirklich gewünscht, dass er wieder Kontakt zu mir aufnimmt, damit ich ... damit *wir* mit der Sache abschließen können. Aber mehr als ein Jahr war absolute Funkstille. Jetzt hat er sich wieder gemeldet und ist bei unserer ersten gemeinsamen Unternehmung gleich in meinen nächsten Mordfall hineingestolpert. Echt dumm gelaufen.«

»Habt ihr jemals über die Sache letztes Jahr gesprochen? Ich meine, so ein richtiger Männer-Schnack?«

Jacobsen lächelte unwillkürlich. *Männer-Schnack* war ein Ausdruck, den Geert Terheugen immer schon gern benutzt hatte. Er erinnerte sich an so manchen Männer-Schnack in dem liebevoll renovierten Bauernhof des Kollegen im Speckgürtel von Hamburg – vor dem Kaminofen, in dem ein Feuer flackerte, mit einem Glas Wein und einem guten Essen, das Geerts Frau Inken anschließend auf den Tisch brachte, damit der (damals noch um einiges dünnere) Malte »'n büschen was auf die Rippen« bekam.

»Dazu war noch keine Gelegenheit«, sagte er.

»Dann solltest du aber eine finden«, versetzte Geert energisch. »Sonst schleppst du die Geschichte noch ein paar Jahre mit dir rum. Solche Altlasten schaden auf Dauer der Arbeit, min Jung. Und dir auch.«

»Ich werde tun, was ich kann«, versprach Jacobsen. »Und dann besuchst du mich, und ich erzähle dir, wie es gelaufen ist. Ich hab eine neue Wohnung, und in der ist immer ein Bett für dich frei.«

»Mach ich sehr gern«, sagte Geert. »Im Moment ist es ein bisschen schlecht ... Inken hat schlimm mit ihrem Rücken zu tun, und ich lass sie nicht so gern allein. Vielleicht im Herbst, was meinst du?«

»Herbst klingt prima«, sagte Jacobsen. »Ruf mich an,

wenn es ihr besser geht, dann finden wir bestimmt einen Termin. Und grüß sie von mir, ja?«

»Wird erledigt«, erwiderte Geert. »Mach's gut, min Jung.«

Jacobsen legte auf und widmete sich wieder seinem Abendessen. Der Salat war weg, und von den Souvlaki waren nur noch zwei leere Holzspieße und ein einsames Fleischstückchen übrig, als das Handy erneut klingelte. Er seufzte leicht genervt und hob es ans Ohr.

»Jacobsen.«

»Hier ist Lukas.«

Das musste eine Fügung des Schicksals sein. Obwohl er sonst gar nicht an so etwas wie Schicksal glaubte.

»Hallo, Lukas. Was kann ich für dich tun?«

»Ich hatte da so eine Idee … Meine Oma hat mir einen Dutch Oven geschenkt, und ich hab ihn noch nie ausprobiert. Ich dachte, bevor ich mich bei meiner Sippe mit dem Ding blamiere, sollte ich vielleicht einen Testlauf machen.«

Jacobsen runzelte die Stirn. »Was ist ein Dutch Oven?«

»Ein Topf aus Gusseisen. Den stellt man auf ein Bett aus Eierkohlen, legt noch mehr Kohlen auf den Deckel, und dann kann man in ein paar Stunden ein tolles Essen darin kochen. Braten, Gemüse, alles Mögliche. Jedenfalls wenn es funktioniert.« Die Stimme des Jungen klang hoffnungsvoll. »Ich dachte, dass Sie vielleicht Lust hätten, das Ding mit mir zusammen einzuweihen, in der großen Jurte. Die steht nämlich gerade auf unserem Lagerplatz bei der Villa. Ich könnte uns auch einen richtigen Pfadfinder-Tschai machen. Wenn Sie wollen.«

»Dann bin ich also dein Versuchskaninchen?«

Jacobsen wusste, dass es ironisch klang, und ärgerte sich über sich selbst. *Sei nicht so ein Dösbaddel,* hörte er plötzlich Geerts Stimme in seinem Hinterkopf. *Wenn das nicht die ultimative Chance für einen anständigen Männer-Schnack ist, dann weiß ich auch nicht.*

»Und wann soll dieser Testlauf stattfinden?«, fragte er.

»Freitag, dachte ich«, sagte Lukas. »Ich kauf auch alles ein. Können Sie um sieben?«

»Ich denke schon«, erwiderte Jacobsen. »Aber du solltest vielleicht deiner Großmutter Bescheid sagen, dass ich komme.«

»Das hab ich schon«, versicherte Lukas. »Und sie hat nichts dagegen. Sie will sogar was von dem Essen probieren – wenn wir's hinkriegen, natürlich.«

»Natürlich.« Jacobsen lächelte. »Also dann bis Freitag.«

»Bis Freitag.«

Jacobsen legte das Handy weg. Er griff nach der Zigarettenschachtel, die auf dem Tisch lag, und ging hinaus auf den Balkon.

Danke, Geert, mein Alter, dachte er. *Mit etwas Glück hab ich diese Geschichte wirklich hinter mir, wenn du mich im Herbst besuchen kommst.*

Er blies blauen Rauch in die milde Frühsommerluft, erfüllt von plötzlicher Zuversicht.

UNTER DEM DECKEL

Als Jacobsen drei Tage später seinen Wagen auf dem Vorplatz der Villa in Backnang abstellte, war er sich – trotz aller Hoffnung – immer noch nicht schlüssig, ob das Ganze wirklich eine gute Idee war.

Während er ausstieg und durch den sonnenbeschienenen Park auf den kleinen Lagerplatz des Pfadfinderbundes *Impeesa* zuging, plagte ihn die Furcht, dass er mit Lukas einen ganzen Abend zusammensitzen könnte, ohne dass einer von ihnen den Mut zum Einstieg in das überfällige Gespräch fand. Und der Gedanke an mehrere Stunden lähmendes Schweigen trieb ihm den Schweiß auf die Stirn.

Ich muss dem Jungen die Wahl überlassen, worüber er reden will, dachte er. *Und wenn er wirklich bloß was mit mir kochen möchte, muss ich das akzeptieren.*

Jetzt lag das kleine, grasige Rund vor ihm, auf dem die Jurte stand. Davor war eine Feuerschale aufgebaut, in der ein großer, dunkelgrauer Topf stand. An der Schale lehnte ein Papiersack mit Eierbriketts. Die Eingangsplane der Jurte war einladend zurückgeschlagen, aber bevor Jacobsen eintreten konnte, kam Lukas ins Freie.

»Hallo, Herr Jacobsen – schön, dass Sie gekommen sind!«

Der Junge trug – ganz wie erwartet – seine Pfadfinderkluft mit dem grünen Hemd, der schwarzen Lilie von *Impeesa* auf goldenem Grund und dem blau-gelb geringelten Halstuch. Er sah aufgeregt aus und beinahe ein bisschen erleichtert.

Jacobsen lächelte unwillkürlich. »Hast du gedacht, ich kneife in letzter Sekunde?«

»Nein.« Lukas schüttelte den Kopf. »Ich dachte, Ihnen kommt vielleicht Ihr neuester Fall dazwischen. Sie haben doch bestimmt im Moment furchtbar viel zu tun.«

»Das stimmt zwar, aber nicht heute Abend.« Jacobsen spürte, dass er sich langsam entspannte. Am besten ließ er die Dinge ganz einfach auf sich zukommen. »Was willst du denn kochen in deinem Dutch Oven?«

»Ich bring die Sachen mal eben raus«, sagte Lukas. »Drinnen ist noch eine zweite Feuerschale, an die wir uns setzen können, während alles gar wird. Ist das okay für Sie?«

Sein Blick war leicht nervös. Jacobsen wurde klar, dass er sich nicht als Einziger über den Verlauf dieses Treffens den Kopf zerbrochen hatte.

»Gute Idee«, sagte er. »An einem Feuer hab ich schon lange nicht mehr gesessen.«

Lukas' Augen leuchteten auf. »Den Tschai hab ich schon fertig. Wollen Sie vor dem Kochen einen, oder sollen wir noch warten?«

»Erst einmal kümmern wir uns um deinen Topf«, entschied Jacobsen. »Ich bin echt neugierig, was dabei herauskommt.«

»Alles klar.«

Lukas verschwand in der Jurte und tauchte fast sofort mit einem prall gefüllten Weidenkorb wieder auf. Jacobsen entdeckte einen Beutel Zwiebeln, einen mit Kartoffeln, drei Lauchstangen, rote und gelbe Paprika und mehrere Gewürzgläser. Nur den Inhalt eines großen, zugeknoteten Stoffbeutels konnte er nicht identifizieren.

»Was ist da drin?«

Lukas hob den Beutel vorsichtig aus dem Korb und knotete ihn auf. Eine voluminöse Plastikschüssel mit Deckel kam zum Vorschein.

»Spareribs«, sagte er. »Hab ich schon gestern mariniert, mit Öl, Gewürzen und Honig.«

»Ich bin beeindruckt«, sagte Jacobsen ehrlich. »Und was machen wir jetzt?«

»Gemüse putzen«, erwiderte Lukas. »Ich hab Brettchen und Messer hier. Haben Sie Lust, Kartoffeln zu schälen?«

»Meinst du, ob ich Lust habe oder ob ich das kann?« Jacobsen grinste. »Keine Sorge, ich bin ein verdammt guter Kartoffelschäler. Sagt jedenfalls meine Schwester. Und ich kann Zwiebeln hacken wie ein Weltmeister.«

Nach einem Platz zum Arbeiten musste er nicht lange suchen. Rechts von der Jurte war ein grob behauener Holztisch aus Kiefer aufgebaut, daneben standen Hocker aus abgesägten Baumstümpfen. Jacobsen nahm Messer und Brettchen entgegen, machte sich ans Werk und gab die wunschgemäß geschälten und gewürfelten Kartoffeln in eine mit Wasser gefüllte Schüssel. Als Nächstes schnitt er ein halbes Dutzend Zwiebeln klein, während Lukas den Lauch und die Paprikas putzte und in einen Berg schmaler Ringe verwandelte.

Danach hatte Jacobsen erst einmal nichts mehr zu tun und sah zu, wie Lukas den Topf sorgsam mit Olivenöl ausstrich. Zuerst gab er die abgetropften Kartoffelwürfel hinein, dann legte er die Topfwände kreisförmig mit einem Teil der marinierten Spareribs aus und schichtete das restliche Gemüse (das er mit Salz, Pfeffer und frischem Rosmarin gewürzt hatte) abwechselnd mit den übrigen Spareribs in die Mitte. Am Ende war der Topf bis unter den Rand gefüllt. Lukas träufelte noch etwas Olivenöl darüber, dann legte er den Deckel darauf.

»Und das sollen wir alles alleine essen?«, fragte Jacobsen. »Diese Menge reicht bestimmt für deine ganze Sippe.«

Lukas lachte.

»Die kriegt ja auch den Rest«, erklärte er. »Morgen Abend planen wir hier das Winterhalbjahr, und ich bin sicher, danach ist nichts mehr übrig.«

Er hatte die Eierbriketts bereits in die Feuerschale gefüllt und angezündet, bevor sie angefangen hatten, das Gemüse zu putzen. Jetzt glühten sie unter einer dünnen, weißen Ascheschicht rosig heiß, und Jacobsen half ihm, den schweren Topf darauf abzustellen. Mit einer eisernen Feuerzange hob Lukas Eierbriketts aus der Schale und verteilte sie auf den Deckel, bis er fast vollständig davon bedeckt war.

»Das war's erst mal«, sagte er. »Jetzt haben wir etwa drei Stunden Zeit, bis alles durch ist. Hoffe ich jedenfalls.«

»Warten wir's ab«, meinte Jacobsen gelassen. »Wenn es länger dauert, ist das auch nicht schlimm; ich hab heute Abend sonst nichts mehr vor.«

»Schön«, sagte Lukas und sah aus, als meinte er das wirklich. »Möchten Sie jetzt vielleicht einen Tschai?«

»Sehr gern.«

Sie überließen den Dutch Oven sich selbst und gingen in die Jurte. Lukas hatte sich offenbar Mühe gegeben, eine möglichst behagliche Atmosphäre zu schaffen. In der Mitte brannte ein kleines Feuer in einer zweiten Feuerschale, der Grasboden war mit Teppichen ausgelegt, und auf einem niedrigen Schemel standen eine große Thermoskanne und zwei Henkelbecher. In einer Ecke der Jurte entdeckte Jacobsen zwei zusammengerollte Schlafsäcke.

Er drehte sich zu Lukas um. »Ich wusste gar nicht, dass ich zum Übernachten eingeladen bin!«

»Sie dürfen hinterher natürlich auch nach Hause fahren,

wenn Sie wollen«, sagte Lukas rasch. »Ich dachte bloß ... falls es doch länger dauert als erwartet. Und außerdem ...« Er lächelte spitzbübisch. »Wenn Sie hierbleiben, kann ich noch ein bisschen Rotwein in den Tschai tun. Bei den Rovern machen wir das eigentlich immer so.«

»Schauen wir mal«, sagte Jacobsen.

Er wusste, dass Rover – Pfadfinder über 17 – in den meisten Bünden die einzige Altersgruppe waren, die überhaupt Zugang zu Alkohol hatte. Er wollte sich aber lieber noch nicht festlegen. Vielleicht war der Junge – gesetzt den Fall, dass das Gespräch tatsächlich noch auf die dramatischen Ereignisse des vergangenen Jahres kam – später ja ganz froh, wenn er wieder verschwand. Mit oder ohne Wein.

Er ließ sich auf dem Teppich neben dem Feuer nieder und sah zu, wie Lukas den Tschai in die Becher goss. Es duftete plötzlich nach nach heißem Obst, nach Tee, Zimt und Nelken.

Er nahm einen ersten Schluck. Der Tschai war heiß, süß und hatte ein köstliches, exotisches Aroma.

»Wirklich klasse«, sagte er. »Da ist irgendwas drin, was ich nicht kenne ... ein Gewürz, glaube ich.«

»Kardamom«, erwiderte Lukas prompt. »Ein halber Teelöffel voll. Kann man schon als gemahlenes Pulver kaufen, aber ich besorg mir immer die ganzen Kapseln und tu sie dann in den Mörser. Riecht unwahrscheinlich gut, finde ich.«

»Schmeckt auch gut.« Jacobsen lächelte. »Also bist du ein guter Pfadfinder *und* ein guter Koch. Sollte mich eigentlich nicht überraschen. Ich würde dich jetzt ja gerne auch noch fragen, wie es gerade in der Schule läuft, aber dann komme ich wahrscheinlich furchtbar erwachsen und oberlehrerhaft rüber.«

»Gar nicht!«

Lukas stürzte sich in eine lebhafte Schilderung seines Alltags im Gymnasium. Jacobsen hörte interessiert zu und stellte von Zeit zu Zeit eine Frage; auf diese Weise brachten sie eine gute Stunde in bestem Einvernehmen hinter sich. Danach erkundigte sich Lukas nach Jacobsens neuestem Fall. Seine Neugier war verständlich; immerhin hatte er den Fund der Leiche direkt mitbekommen. Jacobsen wusste, dass der Junge nichts über wichtige Ermittlungsdetails wissen durfte, und hielt seine Antworten möglichst vage und allgemein, erwähnte jedoch ein paar Einzelheiten, die er für vertretbar hielt. Danach kehrte für eine ganze Weile Stille ein.

Jacobsen trank inzwischen seinen zweiten Tschai und blickte ins Feuer. Er war mehrmals drauf und dran, ein neues Gespräch anzufangen, aber die Gewissheit, dass er nicht vorpreschen durfte, verschloss ihm den Mund. *Der Junge hat die Wahl, worüber er mit mir reden will.*

»Herr Jacobsen?«

»Ja?«

»Haben Sie sich nicht gewundert, dass ich mich bei Ihnen gemeldet habe?«

Jacobsen wandte den Kopf und sah Lukas an. Das Gesicht des Jungen leuchtete im Flammenschein und war gesammelt und ernst – als stünde er vor einer Aufgabe, die seinen ganzen Mut und seine ganze Konzentration erforderte. *Hic Rhodos, hic salta.*

»Doch, das habe ich«, sagte er ruhig. »Sehr sogar. Ich war felsenfest davon überzeugt, dass du nie wieder ein Wort mit mir sprechen würdest.«

»Warum?«, fragte Lukas. »Haben Sie geglaubt, ich bin wütend auf Sie? Dass ich Ihnen die Schuld gebe oder so?«

»Weiß ich nicht.« Jacobsen zuckte die Schultern. »Vielleicht. Ich hätte es dir jedenfalls nicht übel genommen. Ich hab in deiner Familie das Unterste zuoberst gekehrt, lauter hässliche Geschichten aus der Versenkung geholt, wir haben euer Haus auf den Kopf gestellt, und am Ende ...« Er stockte, dann nahm er sich zusammen und sprach weiter. »Am Ende hab ich dich mit einem Trümmerhaufen allein gelassen. Und mit lauter unbeantworteten Fragen, nehme ich an.«

Lukas antwortete nicht, aber er betrachtete ihn aufmerksam, als wüsste er, dass Jacobsen noch nicht fertig war. Was natürlich stimmte.

»Ich hatte ein verdammt schlechtes Gewissen deswegen«, fuhr Jacobsen fort. »Und ich wollte mit dir darüber reden – aber ich wusste nicht, wie. Außerdem hatte ich das Gefühl, es wäre besser, wenn du auf mich zukommst, von *dir* aus. Ich hielt es für einen Fehler, dich zu überfahren und zuzutexten, ohne dass du das selbst willst. Ich wollte dir die Zeit lassen, die du brauchst. Verstehst du das?«

»Ja, das verstehe ich.« Lukas nickte. »Ich hab mir ganz schön lange Zeit gelassen, was?«

»Ziemlich.« Jacobsen gab ein leises, trockenes Schnauben von sich. »Aber damit komme ich klar.«

Lukas schaute ins Feuer, ohne zu antworten; die zuckenden Flammen spiegelten sich golden in seinen Augen. Das leise Knistern und Knacken des Holzes war minutenlang das einzige Geräusch in der Stille.

»Ich bin *nicht* klargekommen«, sagte er endlich leise. Er sprach sehr langsam, als müsste er erst nach den richtigen Worten suchen. »Monatelang nicht. Es war ein bisschen so, als wäre der Boden irgendwie eingebrochen ... nicht direkt unter mir, aber ganz in der Nähe. Ich ... ich war sicher, das

Loch ist da, aber ich konnte es nicht sehen. Und das hat mir total Angst gemacht. Ich wusste, wenn ich einen falschen Schritt mache, dann stürze ich ab.«

Jacobsen sah ihn an. Er hatte Skrupel, zu fragen, tat es aber doch.

»Und? Bist du abgestürzt?«

»Nein.« Lukas' Lippen wurden schmal. »Ich hab mich durchgewurschtelt, so gut es ging. Ich musste mich ja auch irgendwie zusammenreißen. Ich meine … meine Oma war doch genauso übel dran wie ich. Und sie hat sich furchtbar Mühe gegeben, mir zu helfen. Ein paar Tage nach … nach der Verhaftung ist sie abends in mein Zimmer gekommen und hat sich auf einen Stuhl neben mein Bett gesetzt. Ich hab ihr gesagt, dass sie gehen soll und dass ich nicht mit ihr reden will. ›Das ist schon in Ordnung‹, hat sie gesagt, ›aber du kannst mir ja wenigstens zuhören. Wir sind jetzt allein, du und ich. Und dass du deine Ruhe haben willst, kann ich verstehen. Aber wenn du irgendwann einmal das Gefühl hast, dass du jemanden brauchst, würde ich mich freuen, wenn du zu mir kommst, ja?‹ Dann ist sie wieder gegangen. Und plötzlich hab ich begriffen, dass es ihr genauso schlecht ging wie mir. Und dass ich sie genauso wenig im Stich lassen darf wie sie mich.«

Jacobsens Hochachtung für Klara von Weyen war ohnehin schon beträchtlich; jetzt wurde sie noch ein bisschen größer. Und die für ihren Enkel nicht minder.

»Also habt ihr euch gewissermaßen gegenseitig geholfen«, sagte er.

»So gut es ging«, erwiderte Lukas. »Aber es war schon verdammt schwer. Die ganzen Sachen, die in der Zeitung standen … und als der Prozess losging, hatten wir ständig die Presse vor der Villa, mit Ü-Wagen, Mikros und Kameras, das ganze Programm. Jedes Mal, wenn einer von uns herauskam, haben sie sich auf uns gestürzt wie ein Schwarm Aasgeier. Frau Lämmle – unsere Haushälterin, wissen Sie noch?«

Jacobsen nickte.

»Die hatte nach ein paar Wochen die Nase voll. Sie hätte beinahe gekündigt. Oma musste mit Engelszungen auf sie einreden, sie soll wenigstens bis zur Urteilsverkündung durchhalten, denn dann, hat sie gemeint, wäre der Spuk bestimmt vorbei.«

»Und?«, erkundigte sich Jacobsen. »War er vorbei?«

»Wenn Sie meinen, dass die Aasgeier das Interesse verloren haben, dann haben Sie recht.«

Lukas nahm einen dicken Ast von dem kleinen Holzstapel neben der Feuerschale und stocherte in der Glut herum. Eine Funkenwolke stob hoch, und er wartete einen Moment, bevor er frische Scheite nachlegte.

»Aber vorbei war überhaupt nichts. Weder für Oma noch für mich. – Möchten Sie noch einen Tschai?«

»Den kann ich mir selbst nehmen«, erwiderte Jacobsen rasch. Er griff nach der Kanne und füllte seinen Becher. »Du auch?«

»Ich hab noch.« Lukas nahm den anderen Becher vom Schemel und drehte ihn zwischen den Händen, ohne zu trinken. »Ich hab versucht, weiterzumachen, so gut es ging. Aber meine Noten wurden immer schlechter. Ich konnte mich einfach nicht konzentrieren, und ich hatte ständig das Gefühl, dass alle mich anstarren. Nicht nur die anderen in meiner Klasse, die Lehrer auch. Die haben mich behandelt wie ein rohes Ei, alle. Irgendwann wurde es so schlimm, dass ich es fast nicht mehr ausgehalten hab, hinzugehen. Oma hat das genauso verstanden wie alles andere. Sie wollte von mir wissen, ob ich die Schule wechseln will.«

Der Becher fing an zu zittern, und er stellte ihn rasch auf den Schemel zurück.

»Ich hab nein gesagt. Es hätte doch nichts genützt. Die Zeitung gelesen und die ganzen Berichte im Fernsehen gesehen hatten die Leute überall. An einer anderen Schule wäre genau dasselbe passiert.«

Jacobsen musste ihm im Stillen recht geben. »Und dann?«

»Dann kamen die Weihnachtsferien. Davor hatte ich mich schon lange vorher gefürchtet.« Er brach ab und schwieg ein paar Sekunden lang, als müsste er sich sammeln. Dann leerte er seinen Becher mit einem langen Zug und warf Jacobsen einen beinahe ironischen Blick zu. »Sind Sie ganz sicher, dass Sie keinen Wein in dem Tschai haben wollen?«

»Im Moment hab ich eher den Eindruck, du hättest gerne welchen.«

Jacobsen musterte den Jungen nachdenklich, dann gab er sich einen Ruck. Zum Teufel, Lukas war sechzehn. Und ein bisschen Alkohol konnte nicht schaden, wenn er dazu führte, dass der Junge sich wohler in seiner Haut fühlte.

»Ist die Flasche hier irgendwo?«

Lukas langte hinter sich und reichte sie ihm. Jacobsen las das Etikett: ein französischer Merlot, und ganz bestimmt keiner aus dem Supermarktregal. Er grinste.

»Hast du den aus dem Weinkeller deiner Großmutter gemopst?«

»Den hab ich selbst gekauft.« Lukas grinste zurück,

und für einen Moment war sein Gesicht fast wieder unbeschwert. »Ich kann doch nicht einfach Omas Vorräte plündern. Außerdem mag sie keinen französischen Rotwein. Ich schon … wenigstens manchmal.«

Jacobsens Mundwinkel kräuselten sich nach oben. In Lukas' Alter hatte er fast ausschließlich Bier getrunken. Und der einzige Rotwein, den er gekannt hatte, war der billige Lambrusco gewesen, den es bei dem italienischen Imbiss in der Nähe seiner Schule gab.

»Wie ich dich kenne, hast du bestimmt auch an einen Korkenzieher gedacht.«

Lukas zog das Gewünschte aus der Brusttasche seines Klufthemdes.

»Wusste ich's doch.« Jacobsen löste die Folienkappe ab, schraubte den Korkenzieher fest hinein und zog. Der Korken löste sich mit einem befriedigenden *Plopp*. Er öffnete die noch halb gefüllte Thermoskanne und goss etwa ein Glas Rotwein hinein.

»Nur zum Würzen«, meinte er gutgelaunt. »Ich kann mir nicht vorstellen, dass du dir allen Ernstes heute die Kante geben willst. Und jemanden mit Alkohol zum Reden zu bringen halte ich für äußerst unethisch.« Er zwinkerte Lukas zu. »Außerdem ist das ja wohl kaum nötig. Schließlich redest du ja schon mit mir.«

Er leerte seinen Becher und goss beide noch einmal voll.

»Zum Wohl, Galahad.«

In Lukas' Augen funkelte plötzlich ein überraschtes Lächeln. »Sie wissen meinen Fahrtennamen noch?«

»Klar.« Jacobsen prostete ihm zu. »Ich hab ein ziemlich gutes Gedächtnis. Ist ganz hilfreich in meinem Beruf.«

Er nahm einen Schluck von dem frisch »gewürzten« Tschai und hob anerkennend die Augenbrauen. Leckere

Mischung, ganz eindeutig. Und zum Glück bei weitem nicht stark genug, dass Lukas zu viel abbekam.

Der hatte ebenfalls an seinem Becher genippt, streckte die Beine von sich und schloss halb die Augen. Es sah aus, als ließe er die letzten Monate innerlich an sich vorüberziehen, bevor er bereit war, den Faden seiner Erzählung wieder aufzunehmen. Und dass er zunehmend entspannt wirkte, hatte wohl weniger mit dem sparsam dosierten Wein als vielmehr mit der Tatsache zu tun, dass das Reden ihm guttat.

»Ich war bei Weihnachten, oder?«, meinte er. »Oma hat sich alle Mühe gegeben, dass es schön wird. Sie hat mir sogar einen Adventskalender gekauft, dabei hatte ich seit drei Jahren keinen mehr. Wir haben gemeinsam den Baum geschmückt und sind in die Stiftskirche gegangen. Alles wie früher. Wenigstens haben wir so getan, als ob.«

Er zog eine kleine Grimasse und nahm einen weiteren Schluck.

»Und dann haben wir uns gestritten. Ausgerechnet am Heiligabend.«

»Du würdest dich wundern.« Jacobsen seufzte. »Die schlimmsten Familienkräche gibt es zur Weihnachtszeit. Weil da plötzlich alle aufeinanderhocken, wahrscheinlich. Polizeiwachen und Notaufnahmen haben nicht nur an Silvester volles Haus, sondern auch und gerade am 24. Dezember. – Wieso habt ihr euch gestritten?«

Lukas schwieg, und diesmal blieb er sehr lange still. Jacobsen wartete geduldig. Wenn es hier noch irgendeine Schwelle gab, dann musste der Junge sie selbst überwinden.

Endlich holte Lukas tief Luft, blickte auf und sah ihm direkt in die Augen.

»Wegen meiner Mutter«, sagte er leise. »Wegen … wegen Mama.«

Jacobsen atmete selbst tief ein. Das war das allererste Mal, dass Lukas Yvonne von Weyen erwähnte. Obwohl – er selbst hatte sie genauso wenig erwähnt. Wahrscheinlich, weil es ihm genau wie dem Jungen gefährlich vorgekommen war, über sie zu reden.

»Wieso habt ihr euch wegen ihr gestritten?«, fragte er.

»Oma besucht sie regelmäßig«, erwiderte Lukas. Er starrte auf seine Hände hinunter. »Und sie wollte unbedingt, dass ich mitkomme.«

Klara von Weyen mochte eine kluge, lebenserfahrene Frau sein. Aber das, dachte Jacobsen, war ein schwerer Fehler gewesen, und ziemlich instinktlos obendrein. Kein Wunder, dass es einen Mordskrach gegeben hatte.

»Sie wollte wieder hin«, fuhr der Junge fort. »Gleich nach Weihnachten. Aber ich … ich hab mich geweigert, mitzufahren. Ich wollte Mama nicht sehen … nicht da drin.« Er schluckte, und der nächste Satz war nur noch ein Flüstern. »Eigentlich wollte ich sie überhaupt nicht sehen.«

Er hob ruckartig die Schultern, als versuchte er, etwas abzuschütteln.

»Ich war schrecklich … wütend auf sie. Wissen Sie, wovor ich damals die größte Angst gehabt hab?«

»Wovor?«

»Dass sie mich anschaut. Und … und dass sie mir dann vielleicht leidtut. Oma hat mir alles erzählt. Was Sie bei diesem letzten Gespräch in der Villa zu ihr gesagt haben. Und auch, was … was Mama passiert ist, als sie ein Kind war. Ich hab ihr zugehört, aber nicht *richtig*. Verstehen Sie, wie ich das meine?«

»Ich denke schon.« Jacobsen sprach sehr sanft. »Du

wolltest deine Wut auf sie nicht loslassen müssen. Das hast du einfach nicht fertiggebracht.«

»Sie haben recht.« Lukas' Miene war gleichzeitig erleichtert und beschämt. »Das hab ich nicht. Finden … finden Sie das sehr schlimm?«

»Nein. Ich kann es verstehen.«

Jacobsen goss den Rest aus der Thermoskanne in seinen Becher.

»Und jetzt?«, wollte er wissen. »Könntest du dir jetzt vorstellen, sie zu besuchen?«

»Hab ich schon«, sagte Lukas leise. »Vor drei Wochen. Sie hat sich sehr gefreut, mich zu sehen.«

Er lächelte plötzlich.

»Danach hab ich mich endlich auch getraut, Sie anzurufen. Es war ein bisschen so, als wäre ein Knoten geplatzt.«

Jacobsen lächelte zurück. »Und ich bin sehr froh, dass du es getan hast. Wirklich.« Plötzlich fiel ihm der Topf wieder ein, der draußen auf dem Feuer stand und den er während des Gesprächs vollkommen vergessen hatte. »Was macht eigentlich das Essen? Ich muss sagen, allmählich kriege ich Hunger.«

»Oh – natürlich!« Lukas sprang auf und verließ hastig die Jurte. Nach einer Weile war ein Klappern zu hören und gleich darauf ein erfreuter Ausruf. »*Wow!* Herr Jacobsen? Ich glaube, es ist tatsächlich fertig!«

Jacobsen erhob sich ebenfalls und trat in die Nacht hinaus. Der Himmel glitzerte schwarz und sternklar und es war stockdunkel, aber Lukas hatte – praktisch wie immer – neben die Feuerschale zwei Fackeln in den Rasen gerammt und angezündet. Das Licht reichte aus, um den Inhalt des Topfes zu sehen, der immer noch ein wenig blubberte und aus dem ein ausnehmend köstlicher Duft nach geschmortem Fleisch und Gemüse aufstieg. Jacobsen schnupperte genießerisch.

»Geschirr und Besteck hast du auch, nehme ich an?«

»Klar hab ich das«, sagte Lukas voller Eifer. »Wollen Sie hier draußen essen?«

»Ich glaube, ja.« Jacobsen reckte sich. »Wir können uns ja an den Tisch setzen und noch ein paar Fackeln anzünden, damit wir sehen, was wir auf dem Teller haben. Und nachdem der Tschai jetzt weg ist, würde ich ganz gern noch ein bisschen Wein trinken.«

»Aber dann können Sie nicht mehr Auto fahren«, gab Lukas zu bedenken, obwohl er ganz so aussah, als wäre er alles andere als unglücklich darüber.

Jacobsen zuckte unbeeindruckt die Achseln. Er fühlte sich so wohl wie seit langem nicht mehr, und er war sich sicher, dass es dem Jungen ganz genauso ging.

»Nein, kann ich nicht«, erwiderte er. »Aber zum Fahren bin ich nachher wahrscheinlich sowieso viel zu vollgestopft – jedenfalls, wenn die Spareribs und das Gemüse so gut schmecken, wie sie riechen. Und weißt du was? Ich hab nicht nur ewig lange an keinem Feuer gesessen, sondern auch an keinem mehr geschlafen.«

Er lächelte Lukas zu.

»Es wird wirklich mal wieder Zeit, meinst du nicht?«

NEUE FAKTEN

Am Montag darauf war Melanie wieder zurück im Büro. Jacobsen brachte sie bei Butterbrezeln und Kaffee auf den neuesten Stand und wurde endlich auch die Geschichte seiner Unterredung mit Ekaterina Häger los.

»Armer Malte!«, sagte Melanie und lachte. »Ihr auf den Kopf zuzusagen, dass sie mit Adlersfeld geschlafen hat, war wahrscheinlich nicht ganz die richtige Strategie. Dass sie dann entweder mauert oder sich in Tränen auflöst, hätte ich dir vorher sagen können.«

»Ja, streu nur ordentlich Salz in die Wunde«, brummte Jacobsen. »Ich bin mir vorgekommen wie der allerletzte Anfänger.«

»Als ob du das wärst!« Melanie schnaubte leise. »Ach was. Ich würde sagen, das war einfach Pech. Wahrscheinlich hatte sie sich wirklich mit ihrem Mann gestritten – du hast ja erwähnt, dass sie enttäuscht aussah, als sie dir die Tür aufgemacht hat. Vielleicht hat sie gehofft, dass er zurückkommt. Als Nächstes rufst du ihr ins Gedächtnis, dass die Welzheimer sie samt und sonders für ein faules Flittchen halten, und willst auch noch von ihr wissen, ob sie sich mit dem Herrn Professor einen saftigen Seitensprung geleistet hat. Das war wohl zu viel des Guten.«

»Mag schon sein.« Jacobsen nahm einen Schluck Espresso. »Dann nimmst du mir wohl nicht übel, wenn ich vorschlage, dass *du* noch mal dein Glück bei ihr versuchst?«

»Kein bisschen.« Melanie lächelte. »Ich kann nachher gleich nach Welzheim fahren. Mach dir keine Sorgen – wir werden schon herausfinden, ob ihr Mann an dem Abend wirklich zuhause war.« Sie zwinkerte ihm zu. »Und auch, ob etwas zwischen ihr und Adlersfeld gelaufen ist oder nicht.«

»Schön wär's.« Jacobsen seufzte. »Dass wir immer noch auf der Stelle treten, geht mir auf die Nerven. Weißt du – allmählich hätte ich wirklich gern einen Verdächtigen, den ich Finkbeiner präsentieren kann.«

***

Melanie kam am frühen Nachmittag nach Welzheim. Es war genauso warm wie beim letzten Mal, und als sie durch die Wilhelmstraße Richtung Schlosserei fuhr, war jeder einzelne Tisch vor dem *Nuovo Gelato* besetzt. Vielleicht würde sie sich ja nach dem Gespräch mit Hägers Frau als Belohnung eine Kugel Zitroneneis gönnen. Vorausgesetzt natürlich, sie brachte die Dame besser zum Reden, als es Malte gelungen war.

Als sie vor dem Haus hinter der Schlosserei stand und Ekaterina Häger ihr die Tür öffnete, setzte Melanie ihr charmantestes Lächeln auf.

»Grüß Gott!«, sagte sie munter. »Ich bin Melanie Brendel von der Kripo Waiblingen – und ich dachte, ich erkundige mich danach, wie es Ihnen geht. Mein Kollege meinte, Sie hätten sich bei seinem letzten Besuch ziemlich aufgeregt.«

Frau Häger blinzelte überrascht; offenbar hatte sie mit so viel Feinfühligkeit nicht gerechnet.

»Sehr … sehr nett von Ihnen«, sagte sie ein wenig steif. »Möchten Sie chereinkommen?«

»Gern.«

Melanie wurde – ganz wie Jacobsen zuvor – in die Küche geführt. Sie machte ein paar bewundernde Bemerkungen über die Ausstattung, was zur Folge hatte, dass Ekaterina zusehends auftaute und ihr etwas zu trinken anbot. Sie akzeptierte dankend und bekam ein hohes Glas Limonade serviert, in der Zitronenscheiben und Eiswürfel schwammen. Sie schmeckte ausgezeichnet, und Melanie sparte nicht mit Lob.

»Die mache ich selbst«, sagte Ekaterina stolz. »Das ist ein Rezept von meiner *dschorscha*, in Russland. Meiner Tante. Die gab es dort immer, wenn ich sie besucht chabe.«

»Wann sind Sie nach Deutschland gekommen?«, erkundigte sich Melanie.

»Das ist jetzt zwölf Jahre cher«, antwortete Ekaterina und ließ sich ihr gegenüber auf dem anderen Küchenstuhl nieder; inzwischen wirkte sie vollkommen entspannt. »Ein Cousin von mir zog schon mit seinen Eltern chiercher, als er noch ein Kind war. Er chatte einen Laden für russische Lebensmittel, in Schorndorf. Da chabe ich die erste Zeit gearbeitet. Aber irgendwann chatte ich keine Lust mehr, bei Anatolij Salzgurken und Tee zu verkaufen. Ich chabe nach einem Job in einer Boutique gesucht oder in einer Parfümerie.«

Das konnte sich Melanie ohne weiteres vorstellen. Heute trug Ekaterina ein sehr hübsches, cremeweißes Sommerkleid aus einem leichten Crinklestoff, eine passende Silberkette samt Creolen (vermutlich aus der eigenen Kollektion), und ihr Gesicht war trotz der Wärme sorgfältig geschminkt. So jemand war zwischen Teedosen und Gurkengläsern eindeutig fehl am Platz.

»Und dann chatte ich Glück«, erzählte Ekaterina weiter. »Eine große Drogerie in Schorndorf chat eine Kassiererin gesucht. Ich chabe mich beworben und wurde genommen. Und ich konnte mich chocharbeiten. Irgendwann chab ich nicht nur kassiert und Kosmetik eingeräumt, sondern ich durfte auch die Kunden beraten. Bei der Gelegenheit chabe ich dann auch meinen Cherbert kennengelernt. Er kam in unser Geschäft, weil er sich eine neue Rasiercreme kaufen wollte.«

Melanie blickte angemessen interessiert drein. »War es Liebe auf den ersten Blick?«

»Weiß ich nicht so genau«, bekannte Ekaterina mit einem Lächeln. »Aber was ich ganz sicher weiß, ist, dass er in den nächsten Wochen immer wieder kam. Und jedes Mal kaufte er Rasiercreme – *Aramis classic,* immer dieselbe. So oft kann sich kein Mann rasieren, dass er solche Mengen davon braucht.«

Melanie lächelte zurück. »Also wollte er Sie wiedersehen.«

»Und ob er das wollte.« Ekaterinas Augen leuchteten, wie bei einer besonders schönen Erinnerung. »Und er wollte mich ansprechen, aber er chat sich nicht getraut. Als er also kam und die fünfte Tube kaufte, chab ich zu ihm gesagt: ›Wenn Sie mit mir ausgehen wollen, warum fragen Sie mich nicht einfach?‹ Er wurde rot, und dann chat er mich nach Feierabend zum Essen eingeladen. Ein chalbes Jahr später chaben wir dann gecheiratet. Wenn mein Cherbert sich einmal entschließt, dann geht es ganz schnell.«

»Aber Sie haben sich doch genauso schnell entschlossen«, meinte Melanie.

»Das chätte mir wohl kaum gecholfen, wenn er mich nicht gewollt chätte«, widersprach Ekaterina. Vermutlich hatte sie nach der ersten Ermutigung von ihrer Seite alles Weitere ganz ihrem Zukünftigen überlassen.

Melanie leerte ihr Glas und hatte eine plötzliche Eingebung. »Dürfte ich wohl Ihre Toilette benutzen, Frau Häger?«

»Natürlich. Draußen im Flur, die erste Tür rechts.«

Melanie stand auf und ging hinaus. Das Bad war ganz in zartem Mädchenrosa gehalten und so makellos gepflegt wie die Küche. Es mochte stimmen, dass Ekaterina Häger sich außerhalb ihres Hauses ungern die Finger schmutzig machte, aber hier, in ihrem persönlichen Reich, sorgte sie penibel für Ordnung und Sauberkeit. Wahrscheinlich hielt sie es für ihre Mission, dass sich ihr »Cherbert« so wohl wie möglich fühlte. Was genauso wie die Geschichte, die sie gerade erzählt hatte, kaum für eine Ehefrau sprach, die leichten Herzens auf Abwege ging.

Melanie schloss die Tür ab und schaute sich um. Es gab zwei Waschbecken, über einem davon auf einem Hängeregal die Pflege-Utensilien von Herbert Häger – ein Rasierpinsel, die Rasiercreme, die seine Frau erwähnt hatte, und der dazu passende Duft. Über dem zweiten Becken war ein Schrank angebracht. Melanie schaute hinein und entdeckte ein riesiges Sortiment an Kosmetika, Make-up und Parfums. Sie dachte daran, wie viel – oder besser wie wenig – davon in ihrem eigenen Badezimmer stand, und schüttelte den Kopf. Dann entdeckte sie, worauf sie insgeheim gehofft hatte, und ihr Herz machte einen kleinen, triumphierenden Satz. An der Wand gegenüber hing ein schlichtes, weißes Schränkchen mit einem roten Kreuz. *Bingo.*

Sie öffnete es und sah im untersten Fach einige Medikamente, die sie kannte: etwas gegen Bluthochdruck, gegen Sodbrennen, eine Schachtel Aspirin und ein kleiner Karton mit Pflastern. Das Fach darüber wurde zur Gänze von Fläschchen mit Pillen und Kapseln beherrscht; sie entdeckte einige Vitaminpräparate und las auf mindestens drei der Fläschchen *Nitrazepam*, was in ihrem Kopf sofort ein paar Alarmglocken schrillen ließ. Das war ein ausgesprochen starkes Benzodiazepin, das man auch gegen Epilepsie einsetzte, und relativ rasch abhängig machte es auch noch. Eines der *Nitrazepam*-Fläschchen war halb leer. Wenn Ekaterina Häger von dem Zeug abends genügend einnahm, konnte eine ganze römische Kohorte durch ihr Schlafzimmer marschieren, ohne dass sie es merkte. Und sie würde erst recht nicht merken, dass ihr Mann das Haus verließ.

Sie betätigte die Toilettenspülung und überlegte sich rasch eine Strategie. Dann ging sie wieder zu ihrer Gastgeberin zurück. Die hatte unterdessen ihr Glas nachgefüllt. Melanie setzte sich wieder und produzierte ein ausgiebiges Gähnen, das sie hinter der Hand verbarg.

»Entschuldigen Sie«, sagte sie. »Bei der Wärme schlafe ich immer so schlecht … na ja, wenn ich es mir recht überlege, schlafe ich eigentlich *ständig* schlecht. Schon seit Monaten. Ich bin dauernd müde.«

Ekaterina Häger blickte teilnahmsvoll drein.

»Sie Arme!«, sagte sie. »Das kenne ich nur zu gut. Chaben Sie schon mit einem Arzt gesprochen? Meiner verschreibt mir ein Mittel, das kann ich nur empfehlen.«

Melanie, die zeitlebens noch nie eine Schlaftablette gebraucht hatte und lieber eine Woche ganz auf ihre Nachtruhe verzichtet hätte, als ausgerechnet die Hämmer zu schlucken, zu denen Ekaterina Zuflucht nahm, erkannte ihre Chance und nutzte sie sofort.

»Oh, wirklich? Was nehmen Sie denn?«

»Ein wahres Wundermittel!«, sagte Frau Häger. »Es heißt *Nitrazepam* und sorgt dafür, dass ich immer durchschlafe. Glauben Sie mir – vor den Römertagen chab ich es wirklich gebraucht. Mein Cherbert war wegen der LEGIO

VIII ständig im Stress, mein Schmuck wurde fast nicht rechtzeitig fertig, und das Kostüm für den Tanz der Priesterinnen chab ich auch noch nähen müssen. Ich chab nicht mehr gewusst, wo vorne und chinten ist.«

»Da hat man jedes bisschen Ruhe nötig, das man bekommen kann«, erwiderte Melanie und nickte weise. »Und einen Hausgast hatten Sie zu der Zeit ja auch noch. Das muss Ihnen doch zusätzlich noch viel Mühe gemacht haben.«

»Aber Simon war doch keine Mühe!«, protestierte Ekaterina lebhaft. »Ganz im Gegenteil – so ein gebildeter Mann, und immer so chilfsbereit! Und er chatte eigentlich immer Zeit für eine nette Unterchaltung – solche Chausgäste wünscht sich jeder!«

»Vor allem, wo Ihr Mann plötzlich gar keine Zeit mehr hatte, sich um Sie zu kümmern«, bemerkte Melanie hinterlistig. Die Falle war gestellt. Jetzt musste die ahnungslose Ekaterina nur noch hineintappen. »Mein Vater ist auch schon ewig in einem Verein, müssen Sie wissen. Und genauso Erster Vorsitzender wie Ihr Mann. Meine Mutter ist auf dieses … ausufernde Hobby gar nicht gut zu sprechen.«

Ekaterina warf die Hände hoch, sichtlich erleichtert darüber, endlich eine Seelenverwandte gefunden zu haben, die sie verstand.

»Ich chabe ja gar nichts gegen die LEGIO VIII«, versicherte sie. »Das sind alles ganz nette Jungs, wirklich. Aber manchmal steigert sich mein Cherbert so in dieses verflixte Chobby chinein, dass ich mir vorkomme wie eine Chauschälterin, die ihm das Essen chinstellt und die Wäsche macht. Allerchöchstens. Da war Simon … er war ganz anders. Er chat sich richtig für mich interessiert.«

»Das muss Ihnen gutgetan haben, nicht wahr?« Melanie sprach sehr sanft. »Nur zu begreiflich … Wenn der eigene Mann Sie wegen einer Truppe Laien-Legionäre komplett ignoriert. So was hat keine Ehefrau verdient, erst recht keine wie Sie.«

»Du lieber Chimmel, *ja!*« Plötzlich begann Ekaterinas Unterlippe zu beben. »Deschalb chabe ich ja auch … deschalb chaben Simon und ich …« Sie kam ins Stocken, wurde bleich und sank in sich zusammen.

Melanie verkniff sich jeden Triumph darüber, dass ihre Falle zugeschnappt war. »Sie haben mit Simon Adlersfeld geschlafen? Um Ihren Mann eifersüchtig zu machen?«

»Ja«, flüsterte Ekaterina Häger. »Aber ich schwöre, es ist nur dieses eine Mal passiert.« Sie schlug die Hände vor das Gesicht. »Lieber Gott, das ist mir so furchtbar *peinlich!*«

Melanie lehnte sich zurück. »Hat Ihr Mann irgendeine Ahnung davon?«

»Ich weiß es nicht.« Ekaterina nahm die Hände wieder herunter. »Ich chab es ja schon gesagt – zu der Zeit chat er mich genauso wenig gesehen wie das nächstbeste Möbelstück. Wenn ihm irgendetwas aufgefallen ist, dann chat er sich das jedenfalls nicht anmerken lassen.« Sie klang ausgesprochen elend. »Außerdem chat es gar nichts genützt. Ich chab mich chintercher furchtbar schlecht gefühlt … und ich wollte mit Simon darüber reden. Ihm sagen, dass es nie wieder passieren darf. Aber dazu ist es nicht mehr gekommen. Am Abend darauf wurde er … da war er tot.«

Also war der Seitensprung unmittelbar vor Adlersfelds Ermordung geschehen. Und das machte Herbert Häger mit einem Schlag zu einem Hauptverdächtigen.

Zum Glück war seiner Frau diese Tatsache anscheinend noch nicht bewusst geworden. Aber ihre vertrauensselige Offenheit war wie weggeblasen; sie hockte angespannt auf ihrem Stuhl und musterte Melanie mit einer Mischung aus Zorn und Angst.

»Jetzt chaben Sie endlich cherausgefunden, was Sie wissen wollten«, sagte sie bitter. »Was wahrscheinlich der einzige Grund war, weschalb Sie chergekommen sind. Aber ich weiß immer noch nicht, was ich tun soll. Soll ich meinem Mann die Wahrcheit sagen? Soll ich ihm sagen, dass ich ihn betrogen chabe?« Ihr Blick war unverwandt und fast herausfordernd auf Melanies Gesicht gerichtet.

Melanie trank einen letzten Schluck aus ihrem Glas und stand auf.

»Das müssen Sie selbst entscheiden«, erwiderte sie. »Aber ich verspreche Ihnen: Von mir wird er es nicht erfahren, solange es nicht absolut unvermeidbar ist. Und jetzt muss ich leider gehen. Danke für die Limonade.«

Ekaterina Häger zuckte leicht zusammen. »Was meinen Sie mit ›unvermeidbar‹?«, fragte sie nervös. »Wann wäre es denn ›unvermeidbar‹?«

»Das«, sagte Melanie, »hängt ganz davon ab, was bei unseren Ermittlungen herauskommt.«

Vor allem dann, wenn sich herausstellte, dass Herbert Häger tatsächlich der Täter war.

»Es tut mir leid, wenn Sie sich von mir hintergangen fühlen«, fügte sie hinzu, »aber ich muss einen Mord aufklären. Dafür muss ich die Wahrheit herausfinden. Verstehen Sie das?«

Ekaterina antwortete nicht.

Melanie betrachtete sie mit echtem Mitgefühl.

»Ich wünsche Ihnen, dass Sie die Sache mit Ihrem Mann wieder geradebiegen«, meinte sie. »Wissen Sie – meine Mutter ist zwar nicht glücklich darüber, dass mein Vater so viele Wochenenden lieber mit seinen Vereinskameraden verbringt als mit ihr. Aber das hindert sie nicht daran, trotzdem mit *ihm* glücklich zu sein. Vor drei Jahren haben sie ihre Goldene Hochzeit gefeiert.«

Ekaterina blickte auf. »Ihre Goldene Chochzeit? Das sind fünfzig Jahre, oder?« Es klang ausgesprochen sehnsüchtig. »Wie schön.«

»Das finde ich auch«, erwiderte Melanie. »Machen Sie's gut, Frau Häger. Ade.«

***

Ein paar Minuten später parkte sie ihren alten Golf auf dem Kirchplatz. Das Eiscafé auf der anderen Straßenseite war immer noch brechend voll, und auf dem kleinen Spielplatz neben der St.-Gallus-Kirche spielte ein gutes Dutzend Kinder, während ihre Mütter auf Bänken im kühlenden Schatten der grünen Kastanienbäume saßen. Eine junge Frau kam aus einem kleinen Friseurgeschäft und betrachtete sich so gründlich und stirnrunzelnd in der Schaufensterscheibe, als wüsste sie nicht, ob sie ihren neuen Haarstil wirklich mochte. Melanie schlenderte den Gehsteig entlang, als ihr Blick das Gasthaus streifte, das ihr schon letzte Woche aufgefallen war. Das Gasthaus, in dem es schwäbische Hausmannskost gab, und Linsen mit Spätzle noch dazu.

Plötzlich huschte ein Lächeln über ihr Gesicht, sie zog das Handy aus ihrem kleinen Rucksack und wählte Jacobsens Nummer im Präsidium.

»Malte? – Ja, ich bin's, Melanie. Ich komm gleich zurück, und du darfst mir glauben, wir sind jetzt ein gutes Stück weiter. – Ach, du bist gleich mit Finkbeiner weg? – Oh, das ist schade. Aber heute Abend, hast du da Zeit? –

Ja, *natürlich* kann das auch bis morgen warten, aber ich dachte, du würdest es lieber gleich wissen. Und außerdem möchte ich dich zum Essen einladen. – Wo? Im ›Grünen Baum‹ in Welzheim. – Jawohl. Unbedingt. Kannst du um sieben? – Wunderbar. Bis dann, Malte.«

Sie steckte das Handy wieder in den Rucksack, ging in das Gasthaus und bestellte einen Tisch für zwei. Dann machte sie sich auf den Weg zu ihrem Wagen. Bevor sie heute Abend wieder hierherfuhr, konnte sie im Büro das Gespräch mit Ekaterina Häger sauber protokollieren. Ein kleiner Teil von ihr wünschte sich, dass die Spur zu Herbert Häger eine Sackgasse war. Wenn der Schlosser wegen Mordes im Gefängnis landete, würden sich Ekaterinas Hoffnungen auf viele glückliche Jahre an seiner Seite mit Sicherheit in Luft auflösen. Aber die Polizistin Melanie empfand große Erleichterung darüber, dass sie endlich einen Ansatzpunkt hatten, der ihnen in diesem zähen Fall vielleicht weiterhalf. Jetzt konnte sie schon mal die als Nächstes fälligen Schritte andenken, um sie Malte im Gasthaus vorzuschlagen – während er auf der anderen Seite des Tisches zum ersten Mal in seinem Leben Linsen mit Saiten und Spätzle essen würde.

Als sie wenige Minuten später ins Auto stieg und die Klimaanlage einschaltete, lächelte sie erneut. Sie fühlte sich gleichzeitig angespannt und euphorisch und fragte sich nicht zum ersten Mal, ob es das war, was Malte empfand, wenn sein berühmter »innerer Spürhund« anschlug. Merkwürdigerweise hatten sie noch nie darüber gesprochen … aber vielleicht ließ sich das ja heute Abend nachholen.

Sie freute sich darauf.

***

Malte traf um sieben am »Grünen Baum« ein, aber Melanie war noch nicht da. Weil er es hasste, allein in dem fremden Restaurant auf sie zu warten – genau, wie er es hasste, allein essen zu gehen –, setzte er sich nach kurzem Zögern auf die Treppe, die zur Tür des Gasthauses hinaufführte, zündete sich eine Zigarette an und betrachtete müßig die Fenster der nahen Kirche, die im Abendlicht golden glänzten.

»Grüß Gott, jonger Mann – Sie wisset scho, dass Raucha ogsond isch, gell?«

Er wandte den Kopf und musterte die alte Dame, die ihn angesprochen hatte. Sie trug die typische »Omafrisur« mit säuberlich ondulierten schneeweißen Wellen, eine graue Bundfaltenhose und eine himmelblaue Schluppenbluse. Außerdem ähnelte sie verblüffend seiner alten Geschichtslehrerin Alma Tietjen, die ihn vor gut dreißig Jahren ständig mit genau demselben Blick und demselben strengen Tonfall zur Schnecke gemacht hatte.

»Das ist mir bekannt«, sagte er gelassen, »aber es ist keineswegs illegal. Und ich muss es wissen, ich bin von der Polizei.«

»Polizischt sen Sie?« Das verschlug ihr für einen Moment die Sprache, aber die Stille war nicht von Dauer. »Sen Sie dienschtlich da? Von hier sen Sie jedenfalls net. Die Beamte uff dr Welzheimer Wache kenn i nämlich, ond *Sie* han i no nie gsähe.«

»Malte Jacobsen, Kripo Waiblingen«, sagte er. »Und eigentlich bin ich gerade mehr oder weniger privat in Welzheim. Ich bin hier zum Essen verabredet, wenn Sie's genau wissen wollen.«

Er erfuhr nie, was ihr als Antwort darauf eingefallen wäre, denn genau in diesem Moment hielt ein alter Ford

Fiesta am Bordstein. Die Fahrertür öffnete sich, und zu seiner Überraschung war es Johannes Sandmann, der ausstieg. Die rechte Hand von Herbert Häger, zweiter Vorsitzender der LEGIO VIII.

Die Überraschung war offenbar gegenseitig.

»Herr Kommissar, was tun Sie denn hier?« Sandmanns Blick wanderte zu der alten Dame, und eine Spur Humor schlich sich in die grauen Augen. »Sie werden doch nicht etwa Tante Margret verhaften wollen?«

»Bestimmt nicht.« Jacobsen stand auf. »Eher im Gegenteil. Sie hat mich gerade gewissermaßen … äh … verhört.«

»Wirklich?« Sandmann seufzte. »Tante Margret, wartest du bitte ganz kurz im Auto auf mich? Ich fahr dich gleich heim.«

Die alte Dame setzte sich gottlob in Bewegung und tat widerspruchslos, wie ihr geheißen, ohne Jacobsen eines weiteren Blickes zu würdigen. Johannes Sandmann trat näher und senkte die Stimme.

»Normalerweise ist sie ganz reizend«, meinte er, »bloß furchtbar neugierig. Und auf ihre alten Tage wird sie ein bisschen wunderlich … soll mit siebenundachtzig schon mal vorkommen.« Er nickte zu dem Fiesta hinüber. »Das ist ihr Wagen, aber sie hat schon seit mindestens fünfzehn Jahren nicht mehr hinter dem Steuer gesessen.«

»Dann spielen Sie wohl den Chauffeur für sie?«

»Wann immer sie irgendwo hinwill. Sie war anno dunnemals Lehrerin hier an der Grundschule, und sie wohnt in dem Haus neben mir. Ich kaufe auch für sie ein, wenn ich Zeit habe, und fahr sie zum Arzt.«

»Ein guter Samariter. Wirklich nett von Ihnen.« Jacobsen lächelte und verspürte eine gewisse Genugtuung. Eine Lehrerin erkannte er immer noch auf den ersten Blick.

Musste an der Aura liegen oder so. »Schönen Abend noch, Herr Sandmann.«

»Ihnen auch, Herr Jacobsen.« Sandmann nickte ihm freundlich zu, stieg in den Fiesta und fuhr davon.

Jacobsen ließ sich wieder auf der Treppe nieder und warf einen Blick auf seine Armbanduhr. *Viertel nach sieben. Wo blieb Melanie bloß?*

Als hätte sein bloßer Gedanke sie herbeigerufen, rollte Melanies betagter Golf plötzlich heran und hielt mit quietschenden Bremsen keine zwei Meter von ihm entfernt. Sie sprang heraus und kam eilig auf ihn zu.

»Tut mir leid, dass ich zu spät bin«, sagte sie. »Aber auf dem Weg hier herauf hatte ich einen Traktor vor mir, und der hat sich alle Zeit der Welt gelassen. Können wir?«

»Nach Ihnen, junge Frau.«

Er folgte ihr die Treppe hinauf zur Tür des Gasthauses und hatte dabei einen ungestörten Ausblick auf ihre schlanke Figur. Die war an diesem Abend sehr ansprechend in weiße Caprihosen und ein pistaziengrünes Top verpackt, das am Rücken viel sanft gebräunte Haut freiließ. Ihr Haar hatte sie zu einem lockeren Knoten aufgesteckt.

Hübsch sah sie aus. Sehr hübsch sogar. Um ehrlich zu sein – sie war die vielleicht attraktivste Frau, die er kannte.

Und zum ersten Mal fragte er sich, wie sie wohl reagieren würde, wenn er die Courage aufbrachte, ihr das zu sagen.

ABSCHIED

Den »Grünen Baum« zu betreten fühlte sich an wie die Zeitreise in eine (zweifellos geruhsame und deutlich weniger komplizierte) Vergangenheit. Die Rückwand des kleinen Gastraumes war holzgetäfelt, die anderen Wände weiß getüncht und von Fachwerkbalken durchzogen. Die schlichten Holztische hatte man mit blassgrünen Tüchern eingedeckt, die rotgrün gemusterten Vorhänge sahen stellenweise ein wenig verblichen aus. Jacobsen und Melanie wurden an einen Ecktisch geführt und nahmen auf einer Bank Platz. An der Rückwand ihnen gegenüber prangte – eingerahmt von diversen Vereinsfotos – zu Jacobsens Verblüffung etwas, das aussah wie der Schädel eines Wasserbüffels.

An diesem Abend war nicht allzu viel los, was daran liegen mochte, dass die Leute bei dem herrlichen Sommerwetter lieber im Biergarten saßen. Nur an der Stammtischtafel unter dem Büffelschädel hatte sich ein Grüppchen älterer Gäste versammelt, das sich allem Anschein nach prächtig unterhielt. Als Jacobsen nach der Speisekarte greifen wollte, schüttelte Melanie den Kopf.

»Ich bestelle für dich«, sagte sie.

Er musterte sie stirnrunzelnd, und plötzlich ging ihm ein Licht auf.

»Soll das heißen, ich werde jetzt auch noch in die letzten Rätsel der schwäbischen Küche eingeführt?«, wollte er wissen. »Und mit sauren Kutteln traktiert oder so was?«

Melanies Augen funkelten.

»Knapp daneben«, erwiderte sie. »Keine Kutteln. Obwohl ›sauer‹ schon in die richtige Richtung geht. Erinnerst du dich noch daran, wie wir das allererste Mal zusammen essen waren?«

Jacobsen überlegte.

»Ja, das weiß ich noch«, sagte er. »Irgendwo in Waiblingen muss das gewesen sein – als ich hier erst ein paar Tage im Dienst gewesen bin. Und da gab es Maultaschen, glaube ich.«

»Ganz genau«, sagte sie. »Und jetzt wirst du etwas probieren, was du damals merkwürdig gefunden hast. Ich finde, es ist höchste Zeit, dass du dich traust, diese letzte kulinarische Grenze zu überschreiten. Du musst nicht einmal dafür zahlen, mein Lieber – ich lade dich ein.«

Sie hatte entschieden zu viel Spaß an dieser Sache.

Die Frau, die sie eben an ihren Tisch geführt hatte, kam wieder zu ihnen herüber.

»Wisset Sie scho, was Sie wellet?«

Jacobsen deutete auf Melanie. »Ich hab heute nichts zu sagen – fragen Sie die Dame.«

Die Kellnerin blickte etwas verwirrt drein, beschloss aber gottlob, diese Bemerkung nicht zu kommentieren.

»Zweimal Linsen mit Saiten und Spätzle«, sagte Melanie fröhlich. »Und ich hätte gern ein großes Wasser. Was trinkst du, Malte?«

Jacobsen lehnte sich zurück und seufzte.

»Ein Pils«, meinte er schicksalsergeben. »Das größte, das ich kriegen kann. Möglicherweise hab ich's nötig.«

Die Kellnerin betrachtete ihn mit einem Ausdruck mühsam gebändigter Fassungslosigkeit. »Hen Sie des no nie gessa?«

»Nicht ein einziges Mal«, antwortete er. »Und ohne sämtliche schwäbischen Küchenfeen kränken zu wollen – bisher hab ich es noch nicht wirklich vermisst.«

Die Frau schüttelte den Kopf. »I ben sicher, dass Sie's meget«, verkündete sie mit Festigkeit. »Lensa met Schpätzle ond Saita meget *älle*. Ond onsere erscht rächd.«

Wenn sie sich da mal nicht irrte. Jacobsen hielt Ausschau nach einem Kännchen mit Essig, entdeckte aber zu seiner klammheimlichen Erleichterung nur eine Vase mit ein paar Sommerblumen und einen hölzernen Ständer mit Salz, Pfeffer und einem halbleeren Fläschchen, das offenbar Maggi enthielt.

Zunächst blieb ihm eine kleine Gnadenfrist, während er mit Melanie auf die Getränke wartete. Als sein Pils kam, nahm er einen langen Zug. Das Bier war kalt, süffig und gut gezapft. *Immerhin.* Er beschloss, Melanie das Vergnügen zu gönnen und mitzuspielen, selbst wenn das hieß, dass er bei einem urschwäbischen Traditionsgericht sein persönliches Waterloo erlebte.

Offenbar las ihm seine Kollegin die Gedanken vom Gesicht ab.

»Du siehst aus, als hätte dein letztes Stündlein geschlagen«, sagte sie. »Aber vielleicht kann ich dir dieses Abenteuer mit ein paar Neuigkeiten versüßen. Weißt du was? Ekaterina Häger hat tatsächlich mit Adlersfeld geschlafen.«

Jacobsen verschluckte sich fast an seinem Pils.

»Echt jetzt?« Er starrte sie über den Tisch hinweg an. »Wie hast du denn *das* aus ihr herausgeholt?«

»Mit sehr viel weiblichem Verständnis.« Sie grinste, wurde aber rasch wieder ernst. »Sagen wir, ich habe die Tatsache ausgenutzt, dass sie außer ihrem Mann in Welzheim wohl nicht viele Leute zum Reden hat. Damit hab ich sie gewissermaßen übertölpelt ... worüber sie natürlich alles andere als erfreut war. Aber was hätte ich machen sollen?«

»Das gehört zum Job«, erwiderte Jacobsen. »Auch wenn

man sich dabei nicht immer wirklich wohlfühlt. Ich bin jedenfalls sehr froh darüber, dass du das geschafft hast. Hat sie dir noch mehr erzählt?«

»Ich hab mich ein bisschen im Hägerschen Medizinschrank umgesehen«, antwortete Melanie. »Und festgestellt, dass die Herrin des Hauses regelmäßig Nitrazepam einwirft, um besser zu schlafen. In der Zeit vor den Römertagen hat sie nach eigenem Bekunden sehr häufig davon Gebrauch gemacht – wegen dem ganzen Stress. Und das bedeutet …«

Jacobsen pfiff durch die Zähne.

»… dass sie möglicherweise am Mordabend tief und fest geschlafen hat, während ihr Mann sich aus dem Haus schlich, um Adlersfeld dafür zu strafen, dass er mit seiner Frau im Bett war.« Er verspürte einen plötzlichen inneren Jubel, zügelte ihn aber vorsichtshalber. »Immer gesetzt den Fall, er wusste davon. Glaubt seine Frau, dass er es mitbekommen hat?«

»Sie denkt, er hat es überhaupt nicht gemerkt«, entgegnete Melanie, »was die Sache für sie natürlich noch schlimmer macht.«

»Wieso noch schlimmer?«

»Weil sie ihn eifersüchtig machen wollte.« Seine Kollegin zog eine Grimasse. »Ich glaube, sie liebt ihn wirklich, weißt du? Und fühlt sich vernachlässigt, weil er vor lauter LEGIO VIII und Römermaske immer wieder mal vergisst, dass sie auch noch da ist. Dummerweise macht so eine Aktion nichts wirklich besser. So, wie sie sich bei meinem Besuch verhalten hat, hängt zwischen den beiden der Haussegen gerade gewaltig schief.«

Bevor Jacobsen antworten konnte, näherte sich die Kellnerin mit zwei großen, voll beladenen Tellern und stellte sie vor ihm und Melanie auf den Tisch. Jacobsen beäugte den Berg Spätzle, die beiden Würstchen und die Linsen mit instinktivem Misstrauen.

»An Guada!«, verkündete die Kellnerin und warf ihm dabei einen Blick zu, der deutlich besagte, dass er besser für alles dankbar war, was ihm serviert wurde. Angesichts der Entwicklung, die der Fall soeben genommen hatte, schenkte Jacobsen ihr ein Lächeln, das tatsächlich von Herzen kam. Das schien sie zufriedenzustellen; sie drehte mit energischem Schwung wieder ab und machte sich hinter der Theke in der Ecke daran, ein paar Gläser abzutrocknen.

»Ich hatte schon Angst, sie bleibt neben mir stehen und beobachtet mit Argusaugen jeden Bissen, den ich mir in den Mund schiebe«, gestand er mit einem schwachen Grinsen. Dann nahm er die Gabel und tauchte sie entschlossen in die rötlich-braune Linsenportion. Die Kellnerin war zwar außer Reichweite, aber dafür schaute ihm jetzt Melanie ausgesprochen gespannt auf die Finger.

»Na los, trau dich!«, sagte sie ermutigend. »Das ist echt gut – vor allem, wenn man alles zusammen isst.«

Jacobsen tat, wie ihm geheißen – und erlebte eine Überraschung. Die Spätzle waren offenbar hausgemacht und hatten genau den richtigen »Biss«, die Saitenwürstchen stammten definitiv nicht aus dem Glas, sondern vom Metzger, und die Linsen fügten dem Ganzen die passende rustikale Deftigkeit hinzu. Essig schmeckte er keinen heraus, aber dafür die genau richtig dosierte, fruchtige Säure von Tomaten und einen Hauch Paprika.

»Wie bei Muttern!«, sagte er und lächelte sie an. »Wenn die Mutter aus Schwaben stammt und kochen kann, natürlich. Im Ernst … ich mag es, total. Hätte ich wirklich nicht gedacht.«

Melanie strahlte.

»Das musst du nachher unbedingt der Kellnerin sagen«, meinte sie. »Ich bin sicher, die freut sich noch mehr darüber als ich. Und wenn du magst, spendier ich dir, bevor wir zurückfahren, obendrauf einen Nachtisch. Das hast du dir nach so viel Vertrauen auf mein kulinarisches Urteil ehrlich verdient. Hier in Welzheim gibt es eine Eisdiele, die ist klasse.«

»Gute Idee«, sagte Jacobsen. Er freute sich ebenfalls – vor allem darüber, dass der Abend mit Melanie noch nicht so bald ein Ende nahm. »Aber nachdem du schon das Essen hier zahlst, bin dann ich an der Reihe, Kollegin. Der Nachtisch geht auf mich.«

Und damit machte er sich mit echtem Enthusiasmus wieder über seinen Teller her.

***

Bis er zurück in seine Wohnung kam, war es fast elf. Er gönnte sich eine ausgiebige Dusche und setzte sich für eine letzte Zigarette vor dem Schlafengehen auf den Balkon. Melanie und er hatten bei Spaghetti- und Zitroneneis die nächsten Schritte beraten. Es galt jetzt, herauszufinden, ob Herbert Häger tatsächlich am Tatabend in der Nähe des Ostkastells gesehen worden war oder ob jemand bemerkt hatte, dass er das Haus verließ. Falls das der Fall war, hatte er dann den Lieferwagen der Schlosserei benutzt, seinen eigenen Wagen genommen oder war er zu Fuß gegangen? Dummerweise hatte zu dieser Zeit ein heftiges Gewitter geherrscht, also war die Chance, dass irgendjemand draußen unterwegs gewesen war und ihn gesehen hatte, relativ gering. Aber vielleicht hatten sie ja Glück.

Er blies einen Rauchring in die laue Nachtluft und stellte fest, dass seine Gedanken auf Wanderschaft gingen … von ihrem möglichen Täter hin zu Melanie. Das größte Vergnügen an diesem Abend war für ihn gewesen, ihr dabei zuzuschauen, wie sie ihren Nachtisch aß. Er hatte wieder einmal bemerkt, dass sie alles, was sie machte, von ganzem Herzen tat – sie widmete sich ihrer Arbeit ebenso intensiv wie einem guten Glas Wein, ihrem Teller Linsen mit Spätzle im »Grünen Baum« – oder eben dem Zitroneneis, von dem er seit heute wusste, dass sie es am liebsten hatte.

Er wusste außerdem, welche Kleidung und welche Frisur sie am liebsten trug. Er kannte ihr Lieblingsparfum, weil er es bei ihrer Zusammenarbeit ständig in der Nase hatte – ein angenehmes Aroma von Vanille und Zeder, gleichzeitig süß und würzig. Er wusste, dass sie fast immer Make-up verwendete, allerdings so dezent, dass es möglichst wenig auffiel. Er wusste, dass sie historische Romane und Abenteuerfilme liebte.

Und er wollte noch viel mehr über sie wissen. *Am liebsten alles.*

Im Wohnzimmer begann das Handy zu schrillen. Jacobsen fuhr zusammen, als hätte ihn jemand bei einer verbotenen Fantasie ertappt, und sprang hastig auf. Fast Mitternacht. Was zum Teufel konnte so wichtig sein, dass ihn um diese Uhrzeit noch jemand anrief? Er schnappte sich das Telefon vom Tisch, drückte den Knopf und bellte ungnädig hinein.

»Ja?«

»Malte? Hier ist Inken.«

Geerts Frau. *Aber wieso …*

»Inken?« Er setzte sich auf das Sofa und mäßigte instinktiv seinen Ton. »Mit dir hatte ich jetzt gar nicht gerechnet. Alles okay bei euch?«

»Nein. Nein, ich …« Sie hielt für einige endlose Sekunden inne, als wüsste sie nicht, wie sie fortfahren sollte. Dann: »Malte … es tut mir ganz furchtbar leid, aber … Geert ist tot.«

»*Was?*«

Die Zeit verlangsamte sich und blieb stehen. Jacobsen wollte antworten, aber seine Stimme versagte. *Das konnte doch nicht sein. Erst vergangene Woche hatten sie miteinander gesprochen … und Geert wollte ihn im Herbst besuchen.*

Er räusperte sich.

»Wann … wann ist das passiert?«, fragte er mühsam.

»Gestern.« Inken sprach langsam und akzentuiert, als müsste sie jedes Wort betonen, um es zu glauben. »Der Arzt sagt, es war ein Herzinfarkt. Er … Geert hat nach dem Abendessen in seinem Lieblingssessel noch eine Pfeife geraucht.«

Jacobsen kannte diesen Sessel. Dicht neben dem Kachelofen und dem Regal mit den Büchern, die Geert am liebsten las.

»Er sagte: ›Schlaf schön, Schatz, ich komm gleich‹, und ich hab mich schon mal hingelegt. Aber er kam nicht.«

Eine weitere, lange Pause.

»Geert vergisst … er hat oft die Zeit vergessen. Und ich war müde und hab mich geärgert, dass er schon wieder so trödelt. Also bin ich aufgestanden, um ihn endlich ins Bett zu scheuchen. Er hat immer noch in dem Sessel gesessen. Die Pfeife war ausgegangen. Und er …« Sie fing an zu weinen.

»Ach, Inken«, sagte Jacobsen hilflos. Er fühlte sich hundeelend und schmerzhaft leer. »Was kann ich tun? Wie kann ich dir helfen?«

»Kannst du kommen?« Sie versuchte hörbar, sich zusammenzunehmen. »Die Beerdigung ist in vier Tagen. Ich hab es noch nicht geschafft, allen Bescheid zu sagen. Nur die Kinder wissen davon, und die Nachbarn natürlich auch. Unser Doktor hat für mich heute Morgen den Beerdigungsunternehmer angerufen; allein hätte ich das nicht hingekriegt. Im Moment krieg ich *gar nichts* hin.«

»Natürlich«, erwiderte Jacobsen rasch. Die Tatsache, dass sie ihn brauchte, sorgte dafür, dass er ganz langsam den Boden unter den Füßen wiederfand. »Ich nehme morgen den Zug nach Hamburg, und von der Bushaltestelle in Seevetal kann ich das letzte Stück laufen. Du musst dich um gar nichts kümmern, nur die Tür aufmachen, wenn ich da bin, versprochen. Sind die Kinder bei dir?«

»Fiete kommt morgen, er war heute auf Geschäftsreise in Dänemark.« Inkens Stimme wurde etwas sicherer. »Frauke ist schon da, seit heute Mittag. Die Lütte ist völlig durch den Wind.«

Genau wie du, dachte Jacobsen. Ihr Kummer tat ihm körperlich weh.

»Keine Sorge«, sagte er sanft. »Leg dich hin und versuch, ein bisschen zu schlafen, ja? Ich bin praktisch schon unterwegs.«

»Danke, Malte. Bis morgen.« Sie legte auf.

Er ließ das Handy auf das Sofa fallen und lehnte sich zurück. Seine Gedanken drehten sich in einem trägen Kreis. Er musste Melanie eine Nachricht schreiben, dass er bis nach der Beerdigung von Geert ausfiel. Er musste die Zugfahrt buchen und ein paar Sachen zusammenpacken. Wahrscheinlich musste er in seinem Schrank auch noch nach einem passenden Anzug suchen, und eine schwarze Krawatte besaß er überhaupt nicht. Vielleicht konnte ihm jemand eine leihen.

Jacobsen schnaubte leise in sich hinein. Geert hätte es sicher sehr komisch gefunden, dass er sich darüber den Kopf zerbrach. Förmlichkeiten waren ihm nie sonderlich wichtig gewesen. »So ein blödsinniger Tüddelkram«, hatte er immer gesagt. »Dabei ist das doch schietegal.« Jacobsen hörte seine Stimme so klar und deutlich, als stünde der alte Mann direkt neben ihm.

Er würde ihn schrecklich vermissen.

***

Hamburg empfing ihn genau so, wie es ihn vor gut einem Jahr verabschiedet hatte – mit einem bleigrauen Himmel und Nieselregen. Jacobsen kämpfte sich durch das Menschengewimmel im Hauptbahnhof, erreichte den Zug nach Harburg und war eine knappe Dreiviertelstunde später in Seevetal. Als er am Meckelfelder Schulzentrum aus dem Bus stieg, regnete es immer noch. Er war trotzdem froh darüber, dass er noch einen kräftigen Fußmarsch die Ausfallstraße entlang vor sich hatte, dorthin, wo der Bauernhof der Terheugens lag. Das ließ ihm noch eine kleine Gnadenfrist.

In der vergangenen Nacht hatte er kaum geschlafen. Im ICE hatte eine Mutter mit zwei chronisch überdrehten Kindern dafür gesorgt, dass er genauso wenig zur Ruhe kam, und am Ende seiner Wanderung wartete eine Frau, die nach vierzig Jahren Ehe plötzlich ohne den Mann an ihrer Seite dastand. Für Inken brauchte er einen klaren Kopf und alles, was er an Trost aufbringen konnte.

Er schritt rasch aus, während die Tropfen ihm wie ein feiner Sprühnebel die Jacke und die Hosenbeine durchweichten. Die letzten Häuser der Stadt blieben hinter ihm zurück, Kinder flitzten auf dem Heimweg von der Schule auf Fahrrädern an ihm vorbei, den Kopf gegen die Nässe unter den Kapuzen tief gesenkt. Erst, als er von der Straße in den altvertrauten Weg einbog, der durch die Wiesen zum Hof führte, wurde es ein wenig heller. Ein paar vereinzelte Sonnenstrahlen drangen durch kleine Risse in den Wolken und ließen Hecken und Gras aufglitzern.

Das breite, eiserne Tor, durch das früher das Vieh in Richtung Stall getrieben worden war, schwang vor ihm auf, und er ging über den kopfsteingepflasterten Vorhof. Über ihm ragte der Giebel mit den beiden gekreuzten, weiß gestrichenen Pferdeköpfen auf, als er die Klingel betätigte. Es dauerte einen Moment, bis jemand kam, aber dann wurde ihm geöffnet und Inken stand vor ihm.

Sie trug kein Schwarz, sondern das, was er von ihr seit Jahren gewohnt war – eine bequeme Jeans und darüber eine weite, bestickte Tunikabluse. Ihr Haar war zu einem silbergrauen Pferdeschwanz zusammengenommen, ihr Gesicht war bleich. Als sie ihn erkannte, leuchtete in ihren Augen ein winziges Licht auf.

»Malte, min Jung!«, sagte sie liebevoll. »Du siehst ja aus, als wärst du halb ertrunken!«

Sie streckte ihm die Hände entgegen, er nahm sie in die Arme und hielt sie fest. So blieben sie minutenlang auf der Schwelle stehen, bevor sie ihn auf die Wange küsste, ihn ins Haus zog und den neu einsetzenden Regen aussperrte.

***

In den nächsten Tagen tat Jacobsen genau das, was er der Frau seines alten Freundes versprochen hatte. Gemeinsam mit Geerts Sohn arbeitete er sich durch die Versicherungsunterlagen. Geert war nicht reich gewesen, aber Malte war froh, festzustellen, dass er rechtzeitig dafür gesorgt hatte, dass seine Frau im Ernstfall Zugriff auf seine Konten hatte und dass sie obendrein genügend abgesichert war, um in dem gemeinsamen Haus bleiben zu können, das sie beide so geliebt und in das sie so viel Arbeit gesteckt hatten.

Inkens Tochter Frauke kümmerte sich um die Vorbereitungen für die Beerdigung und sprach mit dem Pfarrer der Kirche, in die Geert nur sehr selten gegangen war, Inken aber jeden Sonntag. Im Chor der Gemeinde hatte sie auch mitgesungen, weswegen der Chorleiter sofort bereit war, ein paar passende Lieder zur Aussegnungsfeier beizutragen. Mittlerweile waren auch Geerts Exkollegen und all die Menschen benachrichtigt worden, die die Familie unbedingt dabeihaben wollte, und Jacobsen staunte darüber, wie viele Freunde Geert gehabt hatte.

Abends saß er mit Inken zusammen – nicht am Kachelofen, sondern draußen im Vorhof unter einer alten Eiche. Sie war glücklich darüber, dass das Wetter nach seinem Eintreffen endlich sommerlicher wurde, und bestand darauf, für ihn zu kochen (»obwohl du schon ’n büschen zugelegt hast da unten in Schwaben«). Die ganze Fahrt nach Hamburg hatte er sich das Hirn zermartert, wie er sie trösten sollte; jetzt stellte er fest, dass ihm das am besten gelang, wenn er einfach mit ihr über Geert sprach. Sie erzählten sich gegenseitig Geschichten über ihn und lachten sogar. Fiete und Frauke kamen dazu, hörten interessiert zu und trugen eigene Erlebnisse bei, und so brachten sie die Zeit bis zur Beerdigung besser hinter sich, als Jacobsen es anfangs zu hoffen gewagt hatte.

Dann war der gefürchtete Tag da. Jacobsen ging mit der Familie zur Kirche und saß mit Inken und ihren Kindern dicht vor dem mit vielen Sommerblumen bedeckten Sarg. Er lauschte auf die Predigt des Pfarrers, der immerhin genügend über Geert wusste, um wohltuend persönliche Worte zu finden. Der Chor sang »Jesus, meine Zuversicht« und »Stern, auf den ich schaue«, und als Geert auf seinen letzten Weg hinausgefahren wurde, führte Jacobsen den Trauerzug an und hielt Inkens Hand. Er warf eine Schaufel Erde in das Grab hinunter, während die abschließenden Segensworte gesprochen wurden. Als es vorüber war, begleitete er die Terheugens auch in das Gemeindehaus neben der Kirche, wo ein gemeinsames Essen auf sie wartete. Geerts Kinder blieben noch eine Weile, um mit den Gemeindemitgliedern zu sprechen und sich für das Buffet zu bedanken, aber Inken war erschöpft, und er brachte sie nach Hause, damit sie sich hinlegen konnte.

Jetzt war es im Hof ganz still. Jacobsen wanderte durch die leeren Zimmer. Überall sah er Dinge, die Geert und Inken gesammelt hatten. Bilder, Reiseandenken, Fotoalben … alles Zeugnisse eines erfüllten, gemeinsamen Lebens. Und dieses Leben war jetzt vorüber. Seine Zugfahrt war schon gebucht, und ab übermorgen würde Inken ohne ihn zurechtkommen müssen. Vielleicht leisteten die Kinder ihr noch eine Zeitlang Gesellschaft, als Bollwerk gegen den Verlust und die Einsamkeit. Aber irgendwann mussten sie genauso in ihren Alltag zurückkehren wie er … und dann war sie allein.

Das Handy vibrierte in seiner Hosentasche; er zog es heraus und erkannte die Nummer.

»Hallo, Melanie.«

»Grüß dich, Malte. Ich stör dich doch nicht?«

»Kein bisschen«, sagte er und spürte, wie sich sein Gesicht zu einem Lächeln entspannte. »Es tut gut, dich zu hören.«

»Freut mich«, erwiderte sie. »Die Beerdigung war heute, nicht?«

»Ja. Ich komm übermorgen wieder zurück.« Er zögerte, dann sprach er weiter, langsam, als verriete er ihr ein Geheimnis, das er gerade erst selbst herausgefunden hatte. »Es ist merkwürdig, sich vorzustellen, dass er nicht mehr da ist. Ich weiß, für Inken ist es am schlimmsten … aber mir fehlt er auch. Sehr sogar.«

»Natürlich« Ihre Stimme wurde weich. »Es würde mich wundern, wenn es anders wäre. Er war dein Freund, Malte.«

»Das stimmt.« Er gab sich einen Ruck. »Irgendwas Neues in unserem Fall?«

»Ich hab noch mal die Runde in den Häusern rings um das Ostkastell gemacht«, meinte sie. »Nur für den Fall, dass einer der Bewohner sich doch daran erinnert, dass Häger auf das Gelände gegangen ist … oder jemand anderes. Aber es sieht schlecht aus, fürchte ich.«

»Hatte ich mehr oder weniger erwartet.« Jacobsen rieb sich die Stirn. »Das heißt, den Lieferwagen der Schlosserei hat auch niemand gesehen, oder?«

»Nein.« Eine kurze Pause, dann fuhr sie fort, diesmal deutlich lebhafter. »Ich hab mir überlegt: Bis jetzt sind wir immer davon ausgegangen, dass diese Maske, mit der der ganze Ärger anfing, echt sein muss. Aber was, wenn sie das *nicht* ist? Wenn wir nachweisen könnten, dass das Ding gefälscht ist, dann hätte Herbert Häger ein Mordmotiv, das viel stärker wäre als ein spontaner Anfall von Eifersucht, von dem wir noch nicht einmal wissen, ob es ihn je gegeben hat.«

»Wohl wahr.« Jacobsen lächelte wieder; ihr Enthusiasmus wirkte ausgesprochen belebend. »Aber wie sollen wir … oder besser, wie willst *du* das anstellen?«

»Der Restaurator aus Rastatt hat dir doch von diesem Schmied erzählt, oder? Dem, der antike Waffen anfertigt und sich so gut mit den richtigen Metalllegierungen auskennt?«

»Stimmt, das hat er«, antwortete Jacobsen. »Der Mann heißt Wieland und lebt in Pliezhausen, glaube ich.«

»Ich möchte gern hinfahren und mit ihm reden«, sagte Melanie. »Vielleicht kann er mir ja verraten, wie man es anstellt, eine Maske mit dem passenden Metall so authentisch hinzukriegen, dass sogar ein Experte wie unser Mordopfer darauf hereinfällt.«

»Tu das. Kann gut sein, dass es uns weiterhilft.«

Irgendwo im Haus ging eine Tür.

»Ich glaube, Inken ist aufgewacht«, sagte Jacobsen rasch. »Ich melde mich, wenn ich wieder zuhause bin, ja?«

»Alles klar. Bis dann, Malte.«

Er legte auf, und einen Moment später stand Geerts Witwe im Türrahmen des Wohnzimmers, in einen dicken Morgenmantel gehüllt. Sie sah immer noch unendlich müde aus.

»Tut mir leid, wenn ich zu laut war«, meinte er. »Hab ich dich geweckt?«

»Macht doch nichts, min Jung.« Sie seufzte. »Schlafen kann ich lange genug, wenn du wieder weg bist. – Mit wem hast du denn gesprochen?«

»Mit meiner Kollegin. Die muss den Laden am Laufen halten, wenn ich unterwegs bin. Schafft sie aber prima.«

Inken ließ sich ein wenig schwerfällig auf dem Sofa nieder und musterte ihn. »Wie heißt sie?«

»Melanie.« Er setzte sich neben sie. »Sehr gute Polizistin. Ohne sie hätte ich meinen ersten Fall in Backnang kaum gelöst. Heller Kopf, mit einem großartigen Gespür für Menschen. Außerdem nimmt sie meine sämtlichen Schrullen mit Humor … keine Ahnung, wie sie das anstellt.«

»Und eine großartige Freundin ist sie auch, hoffe ich.« Inken hob die Hand und strich ihm sachte über das Haar. »Solche Menschen brauchst du um dich, Malte. Du hast immer viel zu wenige davon gehabt.«

»Anders als Geert.« Die Trauer wurde ihm plötzlich wieder bewusst, scharf wie der Stich eines Messers. »Mir ist erst heute auf der Beerdigung wirklich klar geworden, wie beliebt er gewesen ist. Offenbar hab ich viel weniger Talent dazu als er.«

»Blödsinn!« Es klang überraschend energisch. »Dass du hier bist, ist der beste Beweis für das Gegenteil. Die Kinder singen zweistimmig dein Loblied – sie glauben, ohne dich wär ich nicht so gut über die ersten Tage gekommen. Und sie haben recht.«

»Danke. Lieb von dir.« Er lächelte schwach. »Und wie kommst *du* über die nächsten Tage, Inken? Und Wochen? Und Monate?«

»Du hast die Jahre vergessen.« Sie gluckste leise. »Keine Sorge, Malte, ich hab noch nicht so bald vor, abzutreten. Mein Rücken mag mir Ärger machen, aber ich bin trotzdem noch ganz gut in Schuss. Und Geert würde mir schön was erzählen, wenn ich jetzt die Flinte ins Korn werfe.«

Jacobsen betrachtete sie voller Bewunderung. »Was für eine bemerkenswerte Frau du doch bist.«

»Mindestens so bemerkenswert wie deine Melanie.« Sie zwinkerte ihm zu. »Du hast sie sehr gern, oder?«

Genauso scharfe Augen, wie Geert sie immer gehabt hatte. Er hätte es wissen müssen. »Wie kommst du darauf?«

»Du solltest dein Gesicht sehen, wenn du über sie redest. Und für deine Kollegen in Hamburg hast du nie so viele begeisterte Worte gefunden. Das Höchste, wozu du dich verstiegen hast, war ›nicht vollkommen unfähig‹ oder ›wenigstens nicht ganz hoffnungslos‹, und das war bei dir schon ein großes Lob.«

Sie legte ihre Hand über seine.

»Hör mal, Malte. Wenn du sie wirklich so gern hast, wie ich glaube … wenn du dir wünschst, dass sie irgendwann mal mehr ist als ›bloß‹ eine gute Kollegin und eine Freundin, dann musst du aus deinem Schneckenhaus heraus.« Sie klang sehr liebevoll. »Denn auch, wenn deine Melanie, wie du sagst, ›ein großartiges Gespür für Menschen‹ hat – Gedanken lesen kann sie bestimmt nicht.«

Jacobsen schnaubte leise. »Da magst du recht haben.«

»Ich hab *immer* recht, min Jung. Das hat meinen Geert manchmal ganz schön *düll* gemacht.« Sie streichelte mit dem Daumen sanft seinen Handrücken. »Der hat es auch nie so mit den großen Worten gehabt, aber im richtigen Moment hat er genau das Richtige gesagt, und dafür werde ich ihm dankbar sein, solange ich lebe.«

Er sah, dass sie Tränen in den Augen hatte, aber sie lächelte trotzdem.

»Versprichst du mir, dass du den Mund aufmachst, wenn es so weit ist?«

Er beugte sich vor, nahm ihr Gesicht in beide Hände und küsste sie auf die Stirn.

»Versprochen.«

NEUE FRAGEN

Als Melanie das Telefonat mit Jacobsen beendet hatte, wandte sie sich ihrem Computer zu und rief in der Suchmaschine »Matthias Wieland Pliezhausen« auf. »Schmiede und Schlosserei«, hieß es im Ergebnisfeld, »Arbeiten an Gartentoren, Grabmale und Grabkreuze«. Sie wählte die angegebene Telefonnummer; nach dem vierten Klingeln wurde abgehoben.

»Wieland.«

»Brendel, Kripo Waiblingen«, sagte sie. »Wenn ich richtig informiert bin, sind Sie Experte für römische Waffen und schmieden auch selbst welche. Ist das richtig?«

»Ganz genau.« Seine Stimme klang ebenso überrascht wie amüsiert. »Aber wieso will ausgerechnet die Kripo das wissen? Hab ich mich irgendwie strafbar gemacht?«

»Nicht, dass ich wüsste.« Melanie lächelte. »Wir haben hier gerade einen Fall, für den wir einen Experten brauchen könnten. Und Sie sind einem Kollegen von mir empfohlen worden.«

»Ach ja? Von wem?«

»Von Stefan Straubing. Der ist …«

»… Restaurator in Rastatt. Kenn ich.« Jetzt klang der Schmied ausgesprochen erfreut. »Wie kann ich Ihnen behilflich sein?«

»Am besten nicht am Telefon«, sagte Melanie. »Ich würde gern vorbeikommen. Hätten Sie etwas Zeit für mich – vielleicht gleich heute?«

Eine kurze Pause. »Schaffen Sie's bis um fünf? Um acht muss ich weg.«

Melanie warf einen Blick auf ihre Armbanduhr.

»Schauen wir mal ... Jetzt haben wir halb drei. Und das sollte doch locker hinzukriegen sein.«

»Solange Sie nicht in den Feierabendverkehr geraten, und das wird Ihnen wohl eher auf der Heimfahrt passieren. Dann bis nachher?«

»Bis nachher.« Sie legte auf, fuhr den Computer herunter und trank den Kaffee aus, der vor ihr auf dem Schreibtisch stand. Die Erinnerung an das kurze Gespräch mit Malte ging ihr durch den Kopf. Er hatte sich müde angehört ... müde und niedergeschlagen.

Aber vielleicht konnte sie nach dem Besuch bei Matthias Wieland dafür sorgen, dass sich seine Stimmung wieder hob, wenn er übermorgen zurückkam. Sie wollte sehen, wie sich sein Gesicht aufhellte, wenn sie ihm von dem Besuch bei dem Schmied erzählte. Vorausgesetzt, dass der etwas brachte, natürlich, aber heute Abend würde sie es mit etwas Glück genauer wissen.

***

Die Fahrt verlief glatt und ohne jeden Stau. Das Navi dirigierte sie in Pliezhausen durch ein hübsches Wohngebiet an die richtige Adresse – ein modernes Gebäude, das sie ein wenig überraschte. Was hatte sie eigentlich erwartet – einen rustikalen Hof mit Pferdewagen und einer Esse unter freiem Himmel? Sie grinste immer noch ein wenig verlegen in sich hinein, als ihr eine Frau die Tür öffnete.

»Grüß Gott. Sie sen die Dame vo dr Kripo, gell? Mein Ma isch in dr Schmiede. Ganget Se oifach nach henda, rechts oms Haus.«

Melanie bedankte sich, folgte der Anweisung und marschierte über einen Hof, auf dem ein ziseliertes Gitter an einer Mauer lehnte. Sie umrundete etwas, das aussah wie ein großes, hölzernes Katapult, und dann kam ihr aus einem scheunenartigen Anbau ein Mann entgegen, der ihren Vorstellungen tatsächlich recht genau entsprach: mittelgroß und stämmig, in groben Latzhosen, die Hemdsärmel hochgekrempelt und mit schweren Arbeitsstiefeln an den Füßen. Sein Haar war kurz gestutzt und grau, sein Gesicht freundlich und offen.

»Frau Brendel?«

»Das bin ich.« Sie streckte ihm die Hand entgegen. »Schön, Sie kennenzulernen, Herr Wieland.«

»Gleichfalls.« Ein fester Händedruck. »Na, dann kommen Sie mal mit.«

Sie wurde in die Scheune hineingeführt und blickte sich mit ehrlicher Faszination um. Überall türmten sich Gegenstände aus Metall; an den Wänden waren Holzborde mit Werkzeugen befestigt, sie sah altmodische Wagenräder, bündelweise dicke Eisennägel, Hämmer und Zangen, die über einer Esse aufgehängt waren, in der ein kräftiges Feuer loderte. Sie sah auch einen Amboss und etwas weiter hinten eine Maschine, die ihr Rätsel aufgab. Sie deutete darauf.

»Was ist das denn?«

»Eine pneumatische Schmiede.« Wieland ging zu der Esse hinüber und zog ein Metallstück heraus, das am Ende hellrot glühte. »Ich zeig Ihnen, wie die funktioniert.«

Er legte das Metall auf eine Platte unten an der Maschine, betätigte einen Hebel, und das Gerät erwachte plötzlich zum Leben. Ein Hammer sauste wieder und wieder herab, traf auf das glühende Ende und ließ Funken hochstieben, während Wieland das Werkstück rasch und geschickt hin und her drehte. Dann stellte er die Schmiede ab und schob einen Hammer zwischen Schmiedekopf und Platte; er wandte sich zum Amboss, griff nach einem zweiten Hammer und bearbeitete das glühende Eisen mit kräftigen Schlägen weiter. Das Ganze dauerte nur Minuten, aber selbst jetzt konnte Melanie bereits erkennen, dass da eine kurze Schwertklinge entstand.

»Spannend!«, sagte sie und meinte es ernst. »Gibt es dafür heute noch eine Ausbildung, oder haben Sie sich das selbst beigebracht?«

»Mein Vater war Schmied und Wagenbauer«, erklärte er. »Ich hab das Handwerk noch von der Pike auf gelernt; heutzutage gibt es Kurse für Werkzeugmacher auf dem Weg zum Meister.« Er betrachtete das Werkstück prüfend; inzwischen war es nicht mehr rot, sondern grau. »Aber in der Römerszene funktioniert da viel über ›learning by doing‹. Da sind eine ganze Menge Hobbyschmiede unterwegs.«

»Das heißt, man muss nicht unbedingt Werkzeugmacher oder Mechaniker sein, um zu wissen, wie man das macht?«

»Nein, sicher nicht.« Er legte das Metall beiseite. »Aber es hilft natürlich. Und ein bisschen Begabung wäre auch von Vorteil. – Sind Sie in Ihrem Fall auf der Suche nach einem Schmied?«

»Wissen wir noch nicht so genau«, entgegnete Melanie. »Haben Sie zufällig etwas von dem Fund der römischen Maske in Welzheim mitbekommen, Herr Wieland?«

»Ach so – *darum* geht's.« Er nickte. »Eine Reitermaske aus dem ersten Jahrhundert nach Christus, nicht wahr? Die angeblich dem Zenturio Marcus Caelius aus der 18. Legion gehört haben soll, von dem man bisher immer angenommen hat, er sei in der Varusschlacht gefallen?«

»Richtig.«

»Und der Experte, der die Echtheit der Maske bestätigt hat, wurde ermordet, oder?« Er warf ihr einen scharfen Blick zu. »Vertrackte Sache.«

»Es besteht die Möglichkeit, dass die Maske kein ... authentisches Original sein könnte«, sagte Melanie vorsichtig. »Und das ist der Hauptgrund, weswegen ich hier bin. Ich würde gern von Ihnen wissen, ob jemand, der genügend Bescheid weiß, imstande wäre, die Maske so überzeugend hinzukriegen, dass ein Experte sich immerhin irren *könnte.*«

»Dann müsste derjenige aber wirklich sehr genau Bescheid wissen.« Wieland runzelte die Stirn. »Er müsste wissen, welches Erz die alten Römer verwendet haben. Das geht nicht mit jeder Sorte. Wenn Sie das falsche Erz erwischen, bricht der Stahl nämlich, bevor man fertig ist. Und wenn das Material nicht alt genug ist, bemerkt man die Fälschung relativ leicht.«

Melanie erinnerte sich daran, was Malte ihr nach dem Gespräch mit Stefan Straubing erzählt hatte. »Wegen der radioaktiven Blei-Isotope?«

»So ist es.« In seinen Augen blitzte es anerkennend. »Ich sehe, Sie haben sich schon ein bisschen informiert.«

»Ich bin noch lange nicht firm genug in der Materie«, meinte sie. »Also, was meinen Sie: Wie müsste man es anstellen?«

»Man müsste die antiken Vorbilder sehr genau kennen«, erwiderte Wieland. »Die Masken unterscheiden sich deutlich, je nachdem, aus welcher Zeit sie stammen. Dann müsste man mit dem richtigen Erz das richtige Material herstellen und dabei auch darauf achten, dass man das passende Werkzeug verwendet. Hammer und Meißel hinterlassen Spuren – zum Beispiel Metallabrieb und bestimmte

Abdrücke – und die haben die Handwerker früherer Zeiten durchaus nicht immer vollständig beseitigt. Und man muss gut sein – richtig gut. Ein Original zu kopieren ist längst nicht so einfach, wie manche Leute sich das vorstellen, vor allem, wenn es einer gründlichen Prüfung standhalten muss. Zumal eine Maske etwas ganz anderes ist als ein Schwert. Man hat es mit sehr dünnem Blech zu tun, das mehrfach gefaltet werden muss, und das Versilbern war früher auch deutlich komplizierter als heute. Kennen Sie die Maske aus Kalkriese?«

»Ich hab sie auf Bildern gesehen.«

Wieland lächelte. »Wollen Sie sie mal in die Hand nehmen?«

Sie musterte ihn verblüfft. »Sie haben das gute Stück doch nicht hier … oder?«

»Nur eine Kopie natürlich.« Er gluckste. »Wenn das Original in meinem Haus herumliegen würde, dann wäre ich wirklich ein Fall für die Kripo. – Ich zeig sie Ihnen.«

Er ging mit raschen Schritten vor ihr her, durch eine Hintertür zurück ins Wohnhaus. Sie folgte ihm durch einen geräumigen Keller, der ihr vorkam wie eine Mischung aus Theaterfundus und Museum. Sie sah Brustharnische und Helme – darunter einen, von dem ein langes, prächtiges Wolfsfell herunterhing –, viele Schilde und mehrere Regale, in denen sich alle möglichen Schwerter stapelten.

»Warten Sie mal.« Sie blieb neben einem der Regale stehen. »Haben Sie die hier alle selbst gemacht?«

»Nicht alle.« Er kam zu ihr zurück. »Aber einige schon.«

Er zog ein langes Schwert heraus, hielt es ihr mit dem Knauf voraus entgegen und Melanie schloss instinktiv die Finger darum, überrascht von dem Gewicht. Die Klinge war breit und verjüngte sich zur Spitze hin nur unwesentlich.

»Das ist aber keine Nahkampfwaffe«, sagte sie.

»Nein, wirklich nicht.« Er nickte. »Das ist eine *spatha*, die wurde in der Schlacht von den Reitern benutzt. Damit konnte man vom Pferderücken aus ordentliche Hiebe austeilen. Die Fußtruppen waren mit dem *gladius* ausgerüstet. Es ist leichter und kürzer und eignet sich besser für den Kampf Mann gegen Mann. So wie das hier, zum Beispiel.«

Wieland nahm ihr die *spatha* ab und reichte ihr aus demselben Regal eine andere Waffe, wesentlich kürzer und schmaler. Der mit Leder umwickelte Griff hatte ein rundes Loch.

»Ein Ringknaufschwert«, erklärte er. »Die Römer hatten es von Anfang des zweiten bis zur Mitte des dritten Jahrhunderts nach Christus in Gebrauch. Viel leichter zu schwingen und auch viel besser ausbalanciert.«

Jetzt ging es aus dem Keller mehrere Treppen hinauf. Die Wände waren mit Postern von Museen und Ausstellungen geschmückt, zu denen Wieland und sein Römerverein – auch eine LEGIO VIII, erinnerte sich Melanie – wahrscheinlich kräftig beigetragen hatten. Auf einem Treppenabsatz stand eine breite Holzkommode, und auf der waren gleich mehrere Masken nebeneinander aufgereiht. Eine davon erkannte Melanie aus dem Internet wieder.

»Das ist sie, oder?«

»Richtig, das ist sie. Bitte sehr.«

Melanie nahm die Maske entgegen, hob sie hoch und hielt sie vor ihr Gesicht. Das Metall passte sich erstaunlich gut den Konturen an und erwärmte sich auf ihrer Haut. Es war ein merkwürdiges Gefühl – als reiste sie in Windeseile durch die Jahrhunderte zurück auf das Schlachtfeld, wo der Besitzer des Originals den Tod gefunden hatte.

Sie ließ die Maske wieder sinken, atmete tief durch und blinzelte.

»Ein bisschen ... surreal«, sagte sie leise.

»So wie mein ganzes Haus, oder?« Wieland lachte. »Aber vielleicht begreifen Sie jetzt allmählich, wo die Faszination herkommt. Damit bin ich nämlich beileibe nicht allein.«

»Ich weiß.«

Melanie dachte an den Restaurator.

»Sie sagten, Sie kennen Dr. Straubing«, sagte sie. »Arbeiten Sie manchmal mit ihm zusammen?«

Der Schmied grinste; es sah ein wenig ironisch aus.

»Eher weniger«, meinte er. »Wissenschaftler tun sich mit interessierten Laien ohne einschlägiges Studium immer ein bisschen schwer. Dr. Straubing ist die leuchtende Ausnahme – er hat sich ab und zu den einen oder anderen Rat von mir geholt, aber normalerweise finden mich die Fachleute eher skurril. Keine Sorge – das bin ich gewöhnt.«

Vermutlich hatten die Fachleute auch Herbert Häger skurril gefunden – der die Faszination für die Römer ganz gewiss mit Wieland teilte. Und der die Dinge – möglicherweise – in die eigenen Hände genommen hatte, um sich selbst zu ewigem Ruhm zu verhelfen.

»Wir gehen jetzt am besten nach oben in mein Büro«, sagte Wieland. »Da suche ich Ihnen noch Material über die Metalle heraus, die man für solche Masken verwendet hat, und darüber, wie sie angefertigt wurden. Damit ist die Suche nach Ihrem Fälscher – wenn es denn einen gibt – ja vielleicht erfolgreich.«

»Das will ich hoffen«, erwiderte Melanie; es klang in ihren eigenen Ohren verdächtig nach einem inbrünstigen Stoßseufzer. Es wurde allerhöchste Zeit, dass sie aufhörten, im Dunkeln zu tappen. »Aber egal, was dabei herauskommt – ich danke Ihnen in jedem Fall.«

***

Manche Ideen, überlegte Lukas von Weyen, entstanden aus schierer Langeweile, andere wurden aus einer bloßen Laune heraus geboren. Vielleicht war der Ursprung der Idee, die er an diesem warmen Nachmittag hatte, während er im Schatten eines der Bäume im Park der Villa seiner Großmutter saß, eine Mischung aus beidem. Er hätte es wirklich nicht sagen können … aber wo immer sie auch herkam, sie setzte sich in seinem Kopf fest und weigerte sich hartnäckig, wieder daraus zu verschwinden.

Er hatte den Lernstoff für die Woche bereits mehrfach durchgeackert (nicht, dass das nötig gewesen wäre, aber er zog es vor, gründlich zu sein), und das Buch, das er gerade las, langweilte ihn. Deshalb blieb ihm genügend Muße, seinen Gedanken nachzuhängen. Er ließ den Kopf gegen den Baumstamm sinken, und der Abend mit Malte Jacobsen kam ihm wieder in den Sinn. Sie hatten über viele Dinge geredet – vor dem Essen aus dem Dutch Oven und auch danach –, aber am meisten beschäftigten ihn die wenigen Einzelheiten, die er von dem Kommissar über den Fall erfahren hatte, den der gerade zu lösen versuchte. Lukas wusste, dass Jacobsen ihm streng genommen überhaupt nichts darüber hätte verraten dürfen, aber er betrachtete den Mord in Welzheim als eine Sache, die ihn durchaus etwas anging.

Er fragte sich, wie weit die Ermittlungen wohl schon gediehen waren. Bei dem Gespräch an jenem Abend hatte es sich so angehört, als träte die Polizei noch ziemlich auf der Stelle; die Personen, die als Verdächtige in Frage kamen, schienen samt und sonders ein Alibi zu haben. Er versuchte, sich daran zu erinnern, was genau Jacobsen gesagt hatte, und nach einer Weile fiel es ihm wieder ein: Die Mitglieder der Welzheimer LEGIO VIII hatten sich zur Tatzeit an genau zwei Orten aufgehalten: im Jugendzentrum, wo ein Geburtstag gefeiert wurde, und in einem Welzheimer Bistro oder sowas, in dem man Billard spielen konnte. Wie hieß es doch gleich ... jetzt hatte er's wieder. Café »Mocca«.

Lukas setzte sich auf, zückte sein Handy und gab den Namen des Cafés ein. *Volltreffer.*

Die hartnäckige Idee nahm allmählich Konturen an. Natürlich war Malte Jacobsen ein verdammt guter Polizist und konnte auch prima mit Jugendlichen umgehen – wer wusste das besser als er? –, aber manche Dinge behielt man bestimmt lieber für sich, wenn man ausgerechnet von einem Ermittler in einem Mordfall danach gefragt wurde. Falls jedoch jemand nachforschte, der harmlos genug daherkam, weil er im selben Alter war und obendrein ganz und gar nicht nach Obrigkeit roch? Vielleicht würde der ja genau die Antworten bekommen, auf die die Kripo vergeblich hoffte.

Lukas steckte das Handy wieder ein und überlegte.

Natürlich konnte sich das Ganze als totale Luftnummer herausstellen, wenn er etwas herausfand, was Jacobsen längst wusste. Und wie der Kommissar bei aller Sympathie reagieren würde, wenn er mitbekam, dass Lukas quasi in seinem Revier wilderte – wenn auch mit den allerbesten Absichten –, darüber wollte er lieber nicht so genau nachdenken. Immerhin, wenn er zur Lösung dieses Falles beitrug, dann würde das Donnerwetter schon nicht so gewaltig ausfallen. Jedenfalls hoffte er das.

Blieb nur ein Problem. Er hatte noch keinen Führerschein, und die Fahrt von Backnang nach Welzheim fraß mit öffentlichen Verkehrsmitteln geradezu lächerlich viel Zeit. Das wusste er schon, seit er zum ersten Mal den Plan geschmiedet hatte, sich im Ostkastell umzuschauen. Er musste mit der S-Bahn von Backnang nach Waiblingen fahren, dort in die S-Bahn nach Schorndorf umsteigen und in Schorndorf den Bus nach Welzheim nehmen. Das dauerte insgesamt gut eineinhalb Stunden, und am Wochenende fuhr der besagte Bus auch noch ausgesprochen selten. Wenn er sich außerdem unauffällig in dem Café umhorchen wollte, musste er das wohl oder übel abends tun, wenn dort etwas los war. Und diesmal würde Jacobsen nicht zur Stelle sein, um ihn wieder nach Hause zu fahren, falls er den letzten Bus verpasste.

Ein Lächeln breitete sich auf seinem Gesicht aus. Plötzlich hatte er die Lösung, und er fand sie so simpel wie genial; er hätte sich am liebsten selbst auf die Schulter geklopft.

Eigentlich war er doch gar nicht auf den Bus angewiesen. Wenn er nämlich von Schorndorf aus sein Fahrrad nahm. Fit genug, um den Berg hinaufzukommen, war er allemal; er hatte in diesem Frühling schon zahlreiche Touren hinter sich gebracht, und die vielfältigen Steigungen der Gegend schreckten ihn nicht im mindesten. Er konnte das Rad in der S-Bahn transportieren und kam genauso mühelos hin und wieder zurück, denn die Bahnen fuhren weit regelmäßiger als der Bus. Anschließend musste er es nur noch ungesehen wieder in die Villa schaffen, und das war wirklich eine seiner leichtesten Übungen. Auf diese Weise war es auch nicht nötig, seiner Großmutter den Zweck seines Ausfluges zu erklären; die würde davon wahrscheinlich genauso wenig begeistert sein wie der Kommissar. Aber mit etwas Glück war er sowieso zuhause, bevor sie von ihrem Bridgeabend zurückkam, der jeden Samstag stattfand und den sie fast nie verpasste.

Lukas sprang auf und machte sich mit federnden Schritten auf den Weg in Richtung Villa. Heute war Freitag, und morgen war dieses Café »Mocca« bestimmt rappelvoll.

Er konnte es kaum erwarten, sich dort umzuhören.

***

Tags drauf gönnte er sich mit seiner Großmutter einen üppigen Samstagsbrunch.

»Was hast du heute vor, mein Schatz?«, wollte sie wissen, während sie sich Kaffee einschenkte.

»Eine kleine Radtour«, antwortete er heiter. »Na ja – vielleicht nicht ganz so klein. Ich möchte doch noch mal zum Ostkastell in Welzheim und ein paar Fotos machen.«

»Da hast du dir aber ganz schön was vorgenommen«, sagte sie. »Bist du rechtzeitig zum Abendbrot wieder zurück, was meinst du?«

»Könnte ein bisschen knapp werden.« Lukas, der genau wusste, dass er kaum vor Mitternacht zu Hause sein würde, nahm den letzten Bissen von seinem Rührei mit Speck und zuckte gespielt vage die Achseln. »Außerdem – ist heute nicht dein Bridgeabend?«

»Ja, natürlich.« Seine Großmutter nickte. »Und Frau Lämmle hat den Rest dieses Wochenendes frei. Sie kann dir ja etwas in den Kühlschrank stellen, bevor sie geht; wenn du wieder da bist, hast du bestimmt Hunger.«

»*Oma.*« Lukas lächelte sie über den Tisch hinweg an. »Ich bin wirklich groß genug, um mir ein Ei in die Pfanne zu hauen oder ein Brot zu schmieren. Mach dir keinen Kopf, okay?«

»Wenn es um dich geht, mache ich mir immer einen Kopf.« Klara von Weyen seufzte. »Ich kann nun mal nicht aus meiner Haut ... auch wenn du das vielleicht ein bisschen lästig findest.«

»Tu ich nicht.« Er stand auf, ging zu ihr und tupfte ihr einen zärtlichen Kuss auf das Haar. »Du kriegst das alles echt super auf die Reihe, Oma. Ich hab dich lieb.«

»Ich dich auch, mein Schatz.« Sie musterte ihn überrascht und erfreut.

Für ein paar Sekunden regte sich sein Gewissen. *Vielleicht sollte er ihr das öfter sagen.* »Genieß deinen Tag, ja?«

»Ganz bestimmt.« Das würde er sicherlich, wenn auch anders, als sie dachte. »Darf ich gehen? Ich möchte schnell los.«

»Natürlich, Schatz. Viel Spaß!«

Lukas füllte eine Trinkflasche mit Wasser und packte ein paar Müsliriegel ein. Dann schnappte er sich seinen Helm und holte das Rad aus der Garage, wo es neben Omas Auto stand. Er hatte ein ordentliches Zeitpolster eingeplant; das Café »Mocca« öffnete um 14 Uhr, aber erfolgreich umhören konnte er sich dort erst abends. Immerhin – wenn ihm noch Zeit blieb, konnte er ja wirklich zum Ostkastell fahren und die Geschichte, die er seiner Großmutter aufgetischt hatte, wäre nur zum Teil ein Märchen.

Um halb eins war er am Bahnhof und lud das Rad in die erste S-Bahn. Als er es in Schorndorf aus der zweiten schob, war es halb zwei. Er schwang sich in den Sattel und fuhr los; die Strecke aus der Stadt hinaus war eben und machte ihm keine Mühe. Dann ging es in steilen Kurven den Berg hinauf. Die Straße war schmal, und die Steigung ging ihm spürbar in die Beine, aber er schaffte sie zügig, ohne auch nur ein einziges Mal absteigen zu müssen, und war ziemlich stolz auf sich selbst. Für eine Weile ging es auf der Straße über sanftere Hügel und Senken voran, und er konnte seine Muskeln ausruhen. »Breitenfürst« las er auf einem Ortsschild und ließ das Rad hinunter in das Örtchen rollen. Er entdeckte eine Bäckerei und hätte sich gern für sein Durchhaltevermögen belohnt, aber sie war schon geschlossen. Er hielt kurz an, trank die Wasserflasche halb leer und gönnte sich statt der erhofften Butterbrezel einen der Müsliriegel aus seiner Proviantttasche. Bis nach Welzheim war es nur noch ein Kilometer. Er warf einen Blick auf seine Armbanduhr; fast halb drei. Gar kein schlechter Schnitt.

Eine Viertelstunde später fuhr er nach Welzheim hinein und fand die Straße, an der das Café »Mocca« lag, auf Anhieb. Vielleicht war es kein schlechter Einfall, wenigstens schon mal einen Blick hineinzuwerfen.

Er schloss das Rad ab, suchte den Eingang des Cafés und stellte fest, dass er eine Treppe hinaufmusste. Die schwere Tür war nur angelehnt, der Innenraum, in dem es nach den Zigaretten vom vergangenen Abend roch, dämmerig und noch vollkommen leer – bis auf eine junge Kellnerin, die hinter der Bar ein paar Flaschen sortierte. Als er näher kam, musterte sie ihn mit zusammengekniffenen Augen von oben bis unten.

»Du bisch aber no net achtzehn, gell?«

Scheiße. Daran hatte er nicht gedacht.

»Noch nicht ganz.« Er setzte das charmanteste Lächeln auf, das er auf Lager hatte. »Das heißt, ich kriege keinen Kaffee von dir?«

»Noi. Ond Billard schpiela kannsch hier au net. Mir hen

e Raucherlaubnis, deswäge derf hier koiner onder 18 nei. Isch Vorschrift – da kann i gar nix macha.« Jetzt schaute sie deutlich sanfter drein; es sah aus, als täte ihr die Sache ehrlich leid. »Aber wenn du an Kaffee willsch, kriegsch du den au woanderscht. Mir sen net des einzige Café in Welzheim.«

»Kann man nichts machen.« Er schenkte ihr ein weiteres Lächeln, das ziemlich gezwungen ausfiel, wandte sich ab und ging hinaus. Mit gesenktem Kopf trottete er die Treppe wieder hinunter.

So ein verdammter Mist. Was nun?

DETEKTIVSPIEL

Lukas saß neben seinem Fahrrad auf einer kleinen Metallbank, die sich um eine Laterne herumzog, und haderte mit seinem Schicksal. Oder mit der eigenen Dummheit, je nachdem, von welcher Warte aus man es betrachtete. Detektiv spielen zu wollen, ohne vorher herauszufinden, ob man das Lokal, wo man genau das vorhatte, überhaupt schon betreten durfte … okay, das *war* dumm. *Saudämlich.*

Jetzt konnte er nur noch eine Runde am Ostkastell drehen – wozu er überhaupt keine Lust hatte – oder gleich wieder nach Schorndorf zurückradeln, wie ein Krieger, der sich für die Schlacht gerüstet hatte und den man unverrichteter Dinge wieder nach Hause schickte, noch bevor der Kampf überhaupt begann.

Lukas stand auf und wollte gerade das Radschloss öffnen, als er aus dem Augenwinkel plötzlich die junge Kellnerin von eben die Treppe hinunterkommen sah. Jetzt hatte er etwas mehr Muße, sie zu betrachten. Er schätzte sie auf Anfang zwanzig. Sie war schlank und hübsch, hatte ihr schwarzes Haar zu einem Pferdeschwanz zusammengebunden und trug – neben etwas zu viel Make-up für seinen Geschmack – eine weiße Bluse mit Rüschenärmeln, die ihren Bauch frei ließ, und eine enge Jeans im Used-Look.

Jetzt bemerkte sie ihn auch.

»Du bisch ja no da!«

Sie ließ sich ungezwungen auf der Bank nieder, brachte aus der Hosentasche eine Packung Zigaretten und ein Feuerzeug zum Vorschein und gab sich selbst Feuer.

»Wenn du mi fragsch, hasch du mit dem Café ›Mocca‹ net viel verpasst«, erklärte sie. »Vor allem um die Uhrzeit, da isch gar nix los. Ond onser Kaffee isch au net der Brüller. Onsere Drinks sen viel besser. Die Colada sottesch mal probiera.« Sie grinste. »Zu blöd, dass du des no gar net derfsch, gell?«

Lukas schluckte den neuerlichen Hinweis auf seine mangelnde Volljährigkeit mit Fassung.

»Bist du deswegen hier draußen?«, fragte er. »Weil noch nichts los ist?«

»Noi.« Sie atmete eine Rauchwolke aus – dankenswerterweise nicht in seine Richtung. »I han grad nix zom do ... Heut abend hen mir a Liveband da, ond die Jongs konndet net eher komma ond müsset no a halbe Schtond üba. Da ben i bloß em Weg. Außerdem ...«

Sie streckte die Beine von sich und musterte ihn neugierig durch ihre schwarz getuschten Wimpern.

»Nachher han i zu viel zom do, um in Ruhe oine zom raucha. – Was machsch 'n du hier? Wolltesch du dich bei uns em Café mit em Kumpel treffa oder so?«

Vielleicht war seine Mission ja doch noch nicht ganz gescheitert. Lukas überlegte fieberhaft. An dem Abend hatten sich viele Mitglieder der LEGIO VIII in dem Café aufgehalten. Nur kannte er dummerweise nicht einen einzigen davon mit Namen. Außer natürlich diesen Schlossergesellen, dem er auf den Römertagen begegnet war und der so merkwürdig schweigsam und abweisend reagiert hatte, als er herausfand, dass Lukas den Polizisten kannte, der in dem Mordfall ermittelte. Andreas Bieber.

Er beschloss, einen Schuss ins Blaue zu riskieren. Wenn er damit nicht traf, konnte er immer noch das Feld räumen.

»Ich dachte, Andreas wäre vielleicht hier«, sagte er. »Andreas Bieber. Ich hab ihn auf den Römertagen kennengelernt, da hat er in einem Zelt römische Klingen geschmiedet. Fand ich wahnsinnig interessant. Und er hat mir gesagt, dass er öfter in dieses Café kommt. Ich hab noch eine Menge Fragen, und er meinte, wenn ich irgendwann mal in Welzheim wäre, dann könnte ich ja vorbeischauen.«

»Andreas?« In ihren Augen blitzte es auf. »Ja, den kenn i. Mit dem bin i in d' Schul ganga. Mir sen in drselbe Klasse gwäse.«

»Das ist ja ein Zufall!« Lukas – der sein Glück kaum fassen konnte – lächelte strahlend. »Meinst du, er kommt heute?«

»Woiß i net.« Sie wiegte zweifelnd den Kopf und zog an ihrer Zigarette. »Der isch scho lang nemme da gwäse. Seit dem Abend, an dem dieser Ma ermordet worde isch. Da hab i ihn des letschte Mol gsähe.«

»Ach ja.« Lukas hielt es für angebracht, sich nicht allzu dumm zu stellen. »Das hab ich mitbekommen. Krasse Geschichte, oder?«

»Des kannsch laut saga.« Sie nickte energisch. »Erscht gibt's an Riesenaufruhr, weil dem Andi sein Chef diese Maske gfonda hat … ond als Nächschtes beißt der Experte, den sie extra gholt hend, ens Gras. Scho komisch. Wo die sich do älle schier a Loch in dr Bauch gfreut hen, weil des Deng echt isch. Wahrscheinlich isch des ganze Theater dem Andi uff dr Mage gschlage.«

»Wieso das denn?«

»Na ja … woisch, der Andi mag sein' Chef echt ganz arg. Bei dem hot 'r immer zeiga kenna, was er ka … anderscht als bei seine Eltern.« Sie gab ein leises, verächtliches Schnauben von sich. »Die hen an Sohn wella, wo schtudiert. Und dr Andi hot grad so eba die Realschul gschafft, und scho da hat er sich ordentlich schwerdo.«

»Ich wette, die haben ihn gemobbt.« Ein weiterer Schuss, aber diesmal zielsicherer.

»Und *wie* die des hen.« Ihre Miene wurde grimmig. »Die waret zu blöd, um zu begreifa, dass der Andi bloß Probleme mit dem Schreiba ghet hot, weil er Legaschtheniker isch. Wenn er äbbes mit seine Händ do kann, dann isch er *genial.*«

»Hab ich gemerkt«, erwiderte Lukas, der sich lebhaft an das Geschick des jungen Mannes am Amboss erinnerte.

»Dr Häger hot ihm sogar en Schmiedekurs schpendiert, noch während der Andi sei Ausbildung bei ihm gmacht hot. And dafür isch er ihm total dankbar gwäse. I glaub, er würd älles für ihn do. Oifach *älles.*«

Interessant. Lukas rief sich die Details ins Gedächtnis, die nach dem Mord in den Zeitungen gestanden hatten, und spitzte die Ohren.

»Aber sein Chef ist doch Schlosser, oder?«, hakte er vorsichtig nach. »Ich meine ... hat der denn bei sich in der Werkstatt eine Esse und einen Amboss und das ganze Zeugs, das man zum Schmieden braucht?«

»Noi, ganz gwieß net.« Sie warf den Zigarettenstummel auf den Gehsteig neben der Bank und trat ihn aus. »Jedenfalls net älles. Aber dr Andi hot mr vrzählt, dass er sich selbscht a Schmiede eigrichtet hot. Cool, gell?«

»Megacool!« Lukas' Enthusiasmus war alles andere als gespielt. Das lief ja hundertmal besser, als er es sich in seinen kühnsten Träumen vorgestellt hatte.

»Und wenn ich mal schaue, ob er dort ist?«, wagte er sich weiter vor. »Ich meine ... samstags arbeitet er doch bestimmt nicht in der Werkstatt. Vielleicht ist er ja in dieser Schmiede. Dann könnte er mir meine Fragen beantworten und mir noch ein bisschen was zeigen.«

Sie musterte ihn durchdringend; plötzlich schien ihr wieder einzufallen, dass sie ihn überhaupt nicht kannte. »I woiß net ...«

Lukas wurde klar, dass er ihre Skrupel schleunigst beseitigen musste, um an die Information zu kommen, die er so dringend haben wollte. Er zwinkerte ihr zu und legte in sein nächstes Lächeln alles an Charme, was er besaß.

»Was weißt du nicht? Ob er dort ist oder ob du mir verraten darfst, wie ich ihn finde?«

»Na ja ...« Sie lächelte zurück, schon halb überzeugt. »Woisch, er hot halt net gnug Geld ghet, um sich a Scheune zu mieta oder so äbbes. Und deswäga ... i moin ... es isch wahrscheinlich net ganz *legal.*«

Lukas richtete sich auf und sah ihr direkt in die Augen.

»Du meinst, ich würde ihn verpfeifen?«, fragte er leise und mit genau dem richtigen Unterton von Empörung. »Seh ich wirklich so aus?«

Sie gab sich einen Ruck.

»Noi, tusch du net.« Sie neigte sich leicht in seine Richtung, als fürchtete sie, jemand könnte sie belauschen. »Onda in Eselshalda ... weisch du, wo des isch?«

Er nickte und segnete gleichzeitig sein gutes Ortsgedächtnis. Auf dem Weg nach Welzheim hatte er einen winzigen Weiler durchquert, der so hieß. Nicht mehr als eine Handvoll Häuser und ein Gasthof direkt an der Straße.

»Wenn du links henderm Ortsschild abbiegsch ond in dr Wald neifahrsch, zwoi, drei Kilometer d' Schtroß nonder, dann kommsch zu nem alte Bundeswehrdepot – heut isch des nemme en Betrieb. Ond vor de erschde Häuser goht links en Weg nuff in dr Wald. Den fährsch no en halber Kilometer, ond dann kommsch zu nem Bunker. Der isch vom Krieg übrig blieba, und da drin isch genug Platz für a Schmiede. Da goht dr Andi emmer hin, wenn er in Ruh was schaffe will. Jedenfalls hat er des früher emmer gmacht.«

»Danke schön!«, sagte er, und es kam von Herzen. »Ich werde ihn von dir grüßen, wenn ich ihn dort finde – übrigens, wie heißt du eigentlich?«

»I ben die Lena«, erwiderte sie. »Du kannsch ihm sage, er soll sich mal wieder melda, aber net nächschte Woch, da bin i net drhoim. I flieg morge in Urlaub – nach Mallorca.«

»Wirklich?« Lukas lächelte. »Dann wünsch ich dir viel Spaß!«

Er erhob sich, schloss das Rad auf und schwang sich in den Sattel. Als er bereits kräftig in die Pedale getreten hatte und ein paar Meter weit weg war, rief sie ihm etwas hinterher.

»Ond wie heisch du?«

»Lukas!«, rief er über die Schulter zurück. »Mach's gut, Lena!«

***

Auf dem Weg aus Welzheim hinaus erspähte er auf der rechten Seite an einer Hauswand die Aufschrift »Café Westkastell« und vor dem Haus ein paar rote Sonnenschirme. Er beschloss spontan, sich dort die Stärkung zu gönnen, die ihm in Breitenfürst – und im Café »Mocca« – versagt geblieben war. Nach diesem unerwarteten Triumph hatte er mehr verdient als bloß einen schnöden Müsliriegel. Er stellte das Rad ab und fand draußen einen Tisch, an dem noch niemand saß. Genau der richtige Platz, um seine weitere Strategie zu planen. Als die Bedienung kam und ihn freundlich nach seinen Wünschen fragte, bestellte er sich einen Cappuccino und ein Stück Himbeertorte vom Kuchenbuffet, das ihm sehr empfohlen wurde. Er wartete, bis beides vor ihm stand, bevor er seine Gedanken schweifen ließ.

Kommissar Jacobsen war ziemlich zugeknöpft gewesen, was die Einzelheiten des Falls anging. Aber Lukas war nicht auf den Kopf gefallen und hatte sich einiges von dem, was er von ihm nicht erfahren hatte – soweit es der Öffentlichkeit zugänglich war – woanders zusammengesucht. Über den Fund der Römermaske und den Mord an Simon Adlersfeld hatte natürlich auch die »Backnanger Kreiszeitung« berichtet. Lukas wusste, dass diese Maske angeblich dem Zenturio Marcus Caelius gehört hatte, und auch, dass die Römer eigentlich erst zwei Jahrhunderte nach der Varusschlacht dorthin gekommen waren, wo sich später der Limes erstreckte. Dass der Geselle des Maskenfinders eine geheime Schmiede besaß, war in seinen Augen höchst verdächtig. Was, wenn er dort Dinge anfertigte, die niemand sehen durfte? Womöglich seinem Chef zuliebe, für den er laut der netten Kellnerin vom Café »Mocca« alles tun würde?

Lukas spießte den Rest der – wirklich sehr schmackhaften – Himbeertorte auf die Gabel und ertappte sich bei dem Gedanken, dass es vielleicht besser war, wenn er den nichtsahnenden Andreas Bieber *nicht* in seiner privaten Schmiede antraf. Er brannte darauf, sich dort ganz genau und vor allem ungestört umzusehen, und das musste er tun, solange der Schmied nicht wusste, was seine alte Klassenkameradin in aller Unschuld ausgeplaudert hatte. Zum Glück war sie die nächsten paar Tage in Urlaub, aber E-Mails und WhatsApp-Nachrichten konnte man auch von Mallorca aus schreiben. Weswegen Lukas besser *sofort* in diesem alten Bunker nach dem Rechten sah, denn wenn er zu lange wartete, roch Andreas Bieber womöglich Lunte und ließ etwaige Beweise spurlos verschwinden.

Falls es denn überhaupt Beweise *gab* und das Ganze nicht doch bloß ein Hirngespinst war.

Lukas trank den Rest von seinem Cappuccino aus und schüttelte den Kopf.

Nein. Er hatte das sichere Gefühl, dass er auf einer Spur war, von der Malte Jacobsen noch nichts wusste. Dass Kellnerin Lena der Polizei gegenüber Andreas Biebers Geheimnis preisgegeben hatte, konnte und wollte er sich nicht vorstellen. Er würde in diesem Bunker etwas finden, was dabei half, den Fall zu lösen. Ganz sicher. Dann würde er Jacobsen anrufen, sich mit ihm treffen und alles, was er gefunden hatte, vor ihm auf den Tisch legen. Was hoffentlich dafür sorgte, dass der Kommissar ihm nicht noch nachträglich für seine eigenmächtige Schnüffelei den Kopf abriss.

Er ging ins Café, zahlte an der Theke und machte sich wieder auf den Weg. Für die Strecke nach Eselshalden und anschließend nach Schorndorf war nicht viel Muskelschmalz vonnöten, nur gute Bremsen, und die waren ebenso neu und hervorragend in Schuss wie das Rad, das er sich erst im März gekauft hatte. Es war noch warm und am Himmel trieben Schäfchenwolken, während Lukas durch Breitenfürst, den Berg wieder hinunter und in den Schatten des Waldes radelte. Er genoss den Fahrtwind auf dem Gesicht und hielt gleichzeitig Ausschau nach dem Ortsschild, von dem Lena gesprochen hatte. Dann sah er es, und auch die asphaltierte Straße, die den Berg hinunterführte. Er bog ab und ließ das Rad hinunterrollen. Es dauerte kaum zwei Minuten, bis er das Tal erreicht hatte und die ersten Gebäude des ehemaligen Depots in Sicht kamen. Und da war auch der Weg, der sich nach links steil bergaufwärts wand, in den Wald hinein.

Er stieg ab und trank den Rest aus seiner Wasserflasche. Dann schob er das Rad den Weg hinauf. Er stapfte minutenlang bergan, und gerade, als er sich zu fragen begann, ob er vielleicht doch falsch abgebogen war, öffnete sich vor ihm eine Lichtung, und er entdeckte den Bunker. Davor hatte die Forstverwaltung ein Schild an einem Pfosten angebracht, das Neugierige wohl davor warnen sollte, sich ins Unglück zu stürzen. »Betreten des Bunkers verboten – Einsturzgefahr!« hieß es zwischen zahlreichen Rostflecken.

Er fuhr mit dem Rad so dicht heran, wie der Boden es zuließ, und stellte es ab. Dann ging er die letzten Schritte auf die dunkle Öffnung zu, die in den Hang hineinführte.

Dem Bau, den man wahrscheinlich einmal errichtet hatte, um kriegswichtiges Gerät oder Munition darin vor Luftangriffen zu schützen, sah man an, dass er seit Jahrzehnten nicht mehr benutzt worden war. Die Betonplatten, die das Dach bildeten, waren teilweise gesprungen, von Wurzeln gespalten und mit Moos überwuchert, die Stahltüren fehlten ganz. Dicht belaubte, hängende Zweige verschleierten fast vollständig die Sicht auf das Innere. Eigentlich sah es so aus, als wäre hier lange Zeit schon niemand mehr gewesen.

Hatte Lena ihm einen Bären aufgebunden?

Lukas schob ein paar der Zweige beiseite und stellte fest, dass auch die Betonplatten auf dem Boden teilweise fehlten. Vielleicht hatten die Leute aus der Gegend sie nach dem Krieg als Baumaterial mitgenommen, das war sicher leichter gewesen, als die massiven Seitenwände und das Dach abzubrechen. Er schnupperte – und roch etwas, das ihm wieder Hoffnung machte. Es war ein Aroma, das er als Pfadfinder ganz genau kannte. Irgendwo hier drin hatte jemand erst vor kurzem ein Feuer angezündet, aus Kohle oder Holz. Und was brauchte ein Schmied, um sein Metall zu erhitzen? *Eben.*

Ihm fiel ein, dass er bei allen Radtouren immer auch eine Taschenlampe dabeihatte; er ging noch einmal zu seinem Rad zurück und holte sie aus der Satteltasche. Falls Andreas Bieber tatsächlich in diesem Bunker arbeitete, musste es ihm irgendwie gelungen sein, für ausreichend Helligkeit zu sorgen. Aber das würde er hoffentlich gleich herausfinden.

Er holte tief Luft, drehte die Lampe auf und folgte dem Lichtstrahl hinein in die Finsternis.

***

Malte Jacobsen stieg am Sonntag nach der Beerdigung um elf Uhr morgens in den ICE, der ihn zurück nach Stuttgart brachte. Zwei Stunden zuvor hatte er sich von Inken Terheugen verabschiedet, und ihre einsame Gestalt, die in der Tür des Hofes stand und ihm nachwinkte, verfolgte ihn immer noch, während er seinen Koffer unterbrachte und sich auf seinen Fensterplatz setzte. Der Zug hatte Hannover schon lange hinter sich gelassen, als Jacobsen seine Gedanken davon abwenden konnte und allmählich anfing, sich wieder mit dem Fall zu beschäftigen, der in Schwaben auf ihn wartete. Kurz entschlossen zog er sein Handy heraus, rief die Notizfunktion auf und begann mit einer Liste der Dinge, die er erledigen wollte, sobald er im Büro war.

Termin in Rastatt, tippte er. Vielleicht bekam er dort noch ein paar Fakten, die ihm weiterhalfen, auch darüber, ob die Welzheimer Maske vielleicht doch gefälscht war. Gestern Abend hatte Melanie sich nicht mehr gemeldet, und er war sehr gespannt darauf, was sie bei dem Schmied in Pliezhausen herausgefunden hatte.

Besuch im Heimatmuseum. Die Maske war nicht der einzige Fund aus der Zeit der Varusschlacht gewesen. In den Jahren zuvor waren noch mehrere andere kleine Gegenstände aus derselben Epoche aufgetaucht, und die musste er sich dringend genauer ansehen.

Gespräch mit Andreas Bieber war der nächste Punkt auf der Liste. Er hatte weder Biebers erschrockenen Blick bei ihrer Begegnung auf den Römertagen vergessen noch das, was Lukas ihm auf der Heimfahrt von den Römertagen über das eigenartige Verhalten des Schlossergesellen erzählt hatte; es wurde höchste Zeit, den jungen Mann gründlicher unter die Lupe zu nehmen.

Langsam kehrte sein Tatendrang zurück. Die Trauer um Geert war immer noch da, und sie würde ihn noch lange Zeit begleiten. Aber er war sich sicher, dass sein alter Freund und Kollege es sehr begrüßt hätte, dass er sich wieder seiner Arbeit zuwandte und sie so gut wie möglich tat. »Wir sind immer zuallererst Polizisten«, hatte Geert einmal zu ihm gesagt. »Egal, was wir tun, wir können nicht aus unserer Haut. Und das ist auch verdammt gut so, min Jung.«

Jacobsen lächelte in sich hinein und schickte Geert einen stillen Gruß. *Ruh dich aus, mein Alter. Ich mach weiter, so gut ich kann. Versprochen.*

Er merkte, dass er müde wurde, und beschloss, sich im Zugbistro einen Kaffee zu gönnen. Zum Glück hatte die Bahn, was die Qualität des schwarzen Gebräus anging, in den letzten Jahren deutlich zugelegt. Inzwischen konnte man das Zeugs tatsächlich trinken. Als er eine halbe Stunde später nach zwei Espresso und einem belegten Ciabatta wieder in sein Großraumabteil zurückkehrte, donnerte der ICE gerade durch irgendein Kaff in Hessen; noch eine halbe Stunde bis Frankfurt – wo er umsteigen musste – und weitere zwei Stunden bis nach Stuttgart. Langsam fing er an, sich wirklich auf zuhause zu freuen.

Er hatte sich gerade hingesetzt, als das Handy in seiner Hosentasche zu vibrieren begann. Er angelte es heraus, musterte stirnrunzelnd die Nummer auf dem Display und konnte sie nicht gleich einordnen.

»Jacobsen, hallo?«

Es knackste und rauschte … Offenbar fuhren sie gerade durch ein Funkloch.

»Hallo? Wer ist denn da?«

Das Rauschen ließ nach. »… Klara von Weyen«, hörte er plötzlich klar und deutlich. »Es tut mir wirklich leid, dass ich Sie am Sonntag störe, aber … Lukas ist …« Die Verbindung brach erneut ab. Jacobsen spürte, wie sich sein ganzer Körper jäh anspannte. *Was war mit Lukas?*

Er rief nicht sofort zurück; wenn er das tat, war mit Sicherheit besetzt, weil Klara von Weyen genau dasselbe versuchte. Also wartete er, die Augen blicklos auf die vorbeirasende Landschaft gerichtet. Kaum zehn Sekunden später vibrierte das Handy zum zweiten Mal.

»Jacobsen.«

»Ja. Herr Jacobsen, hier ist etwas Merkwürdiges passiert. Ich war gestern bei meinem Bridgeabend, wie jeden Samstag. Und Lukas ist mittags mit seinem Rad weggefahren, zum Ostkastell nach Welzheim. Er hat mir gesagt, er will dort noch ein paar Fotos machen.«

»Und?« Er stellte fest, dass er unwillkürlich die Zähne zusammenbiss.

»Als ich spätabends nach Hause gekommen bin, war er immer noch nicht da.« Sie klang verzweifelt, geradezu verängstigt. »Ich hab die halbe Nacht hindurch versucht, ihn auf seinem Handy zu erreichen, aber das Ding scheint abgeschaltet zu sein.«

Sie hielt inne und Jacobsen konnte hören, dass sie schluckte.

»Ich hab keine Ahnung, wo er steckt. Er ... er ist einfach verschwunden.«

VERMISST

Jacobsen konnte sich später nie genau an den Rest der Fahrt nach Stuttgart erinnern. Er wusste nur noch, dass er wenige Minuten nach dem Telefonat mit Klara von Weyen Melanie an die Strippe bekam. Er teilte ihr die wenigen Fakten mit, die er hatte, und sie versprach ihm, sofort die notwendigen Schritte in die Wege zu leiten. Irgendwie schaffte sie es, gleichzeitig besorgt und beruhigend zu klingen, und als er das Handy wieder wegsteckte, fühlte er sich für einen Moment auf schreckliche Weise verlassen. Als der Zug in den Frankfurter Bahnhof einfuhr, wäre er um ein Haar sitzen geblieben; er schaffte es gerade noch rechtzeitig aus dem Abteil und erreichte seine Verbindung nach Stuttgart in letzter Minute. Der ICE raste nach Süden, und er hatte keinen Blick mehr für die Landschaft, während sich in seinem Kopf die Gedanken panisch im Kreis drehten.

Wie konnte Lukas einfach so verschwinden? Als er mit Jacobsen am Ostkastell gewesen war, hatte er eigentlich schon alles abfotografiert, was es dort zu sehen gab. Wieso also dieser zweite Ausflug? *Wo war der Junge, verdammt noch mal?*

Nachmittags um vier war der Zug endlich in Stuttgart. Jacobsen rechnete nach, wie lange er nach Backnang brauchen würde, um sein Auto zu holen. Vielleicht stieg er besser doch schon in Waiblingen aus der S-Bahn; er musste ins Präsidium, so schnell wie möglich. Mit anderen Reisenden hastete er einen der beiden provisorischen Gänge entlang, die über die riesige Baustelle des neuen Bahnhofs führten. Als er in die alte Haupthalle kam, hörte er eine vertraute Stimme, die seinen Namen rief.

»Malte!«

Er blieb abrupt stehen und schaute sich um.

»Malte – hier drüben!«

Jacobsen blinzelte. Neben einem Stand für Modeschmuck mitten in der Halle stand Melanie und winkte. Als sie sah, dass er sie bemerkt hatte, leuchtete ihr Gesicht auf und sie kam mit raschen Schritten auf ihn zu.

»Was machst du denn hier?«, fragte er verwirrt.

»Ich dachte mir, ich komme besser her. Wie ich dich kenne, willst du sofort ins Büro, und so geht es schneller.«

Er hätte sie am liebsten umarmt – nicht deswegen, weil er sich das schon einige Zeit heimlich wünschte, sondern weil sie ganz genau begriffen hatte, was er jetzt am nötigsten brauchte, und alle Hebel in Bewegung setzte, um ihm zu helfen.

»Danke«, sagte er schlicht und brachte es zum ersten Mal seit Stunden wieder fertig, zu lächeln. »Haben wir schon irgendwelche Informationen?«

»Erzähl ich dir im Wagen.«

Zehn Minuten später saßen sie in Melanies altem Golf und suchten sich einen Weg durch das Stuttgarter Verkehrsgewühl Richtung Bad Cannstatt und B 14.

»Wo immer Lukas auch sein mag, in einen Unfall ist er offenbar nicht geraten«, berichtete Melanie, während sie im Schritttempo am Mercedes-Museum vorbeikrochen. »Wir haben ein Bild von ihm an die Verkehrspolizei und sämtliche Krankenhäuser in der Gegend geschickt, und er wurde nirgendwo aufgenommen. Die Kollegen in Welzheim wissen auch Bescheid; sie werden sich sofort melden, wenn sie irgendetwas herausfinden.«

»Also sind wir so schlau wie vorher.« Jacobsen ballte unwillkürlich die Hände zu Fäusten. »Was ist mit Lukas' Handy?«

»Wir versuchen gerade, es zu orten. Solange es nur abgeschaltet ist und noch Saft hat, sollte es sich finden lassen.« Sie warf ihm einen Seitenblick zu. »Die Jungs sind gut – vielleicht haben sie ja schon Erfolg gehabt, wenn wir ins Büro kommen.«

»Hoffentlich.«

Der Rest der Fahrt verlief schweigend; Melanie versuchte nicht, ihn zum Reden zu animieren, sondern ließ ihn in Ruhe. Als sie vor dem Präsidium geparkt hatte, sprang Jacobsen aus dem Wagen und machte, dass er an seinen Schreibtisch kam. Im Büro fand er zu seiner Überraschung seinen direkten Vorgesetzten Stefan Finkbeiner vor, der dort offenbar schon auf ihn und Melanie gewartet hatte.

»Schlechte Nachrichten wegen dem Handy«, sagte Finkbeiner ohne jegliche Präliminarien. »Es hat sich offenbar zuletzt in Schorndorf ins Netz gebucht, gestern gegen halb zwei Uhr mittags. Seither ist Sendepause … Vielleicht war es nicht ausreichend aufgeladen.« Er registrierte Jacobsens Gesichtsausdruck. »Tut mir echt leid.«

»Mir auch«, sagte Jacobsen müde. Der Tag entwickelte sich mehr und mehr zu einem Albtraum. »Was nun?«

»Wir müssen darauf hoffen, dass jemand den Jungen in Welzheim und Umgebung gesehen hat«, meinte Finkbeiner. »Er war mit dem Rad dort?«

»Laut Auskunft seiner Großmutter ja«, entgegnete Jacobsen. »Das Ding ist noch ziemlich neu, er hat es erst im März gekauft. Offenbar war er in letzter Zeit oft damit unterwegs.«

Finkbeiner zupfte an seiner Krawatte.

»Könnte es sein, dass sich Lukas für den Fall interessiert hat, in dem Sie gerade ermitteln?«, fragte er. »Immerhin war er doch dabei, als das Opfer gefunden wurde, oder? Haben Sie ihm irgendetwas erzählt?«

»Nicht viel«, gab Jacobsen zurück. »Als wir uns das letzte Mal gesehen haben, hat er mir Fragen gestellt. Aber er hat nichts von mir erfahren, was ihn nichts anging, das dürfen Sie mir glauben.«

»*Wann* haben Sie ihn das letzte Mal gesehen?«

»Vor etwas mehr als einer Woche«, antwortete Jacobsen. »Er hatte einen Dutch Oven geschenkt bekommen und wollte ihn unbedingt mit mir gemeinsam ausprobieren.«

»Mit Ihnen?« Finkbeiners Augenbrauen kletterten nach oben. »Ich hätte eher erwartet, dass er so was mit seinen … äh … Pfadfinderfreunden macht.«

Jacobsen ließ sich hinter seinem Schreibtisch nieder. Inzwischen fühlte er sich nicht mehr nur erschöpft, sondern regelrecht ausgelaugt. Am liebsten hätte er die Augen geschlossen und geschlafen, aber er wusste, dass ihm dieser Ausweg nicht blieb.

»Er wollte nicht nur mit mir kochen, sondern auch mit mir reden«, sagte er. »Der Mord an seinem Vater … da war gewissermaßen noch einiges … offen.«

»Ach so.« Finkbeiner räusperte sich. »Also haben Sie sich mit ihm ans Lagerfeuer gesetzt und geredet, nehme ich an. Und Sie sind sicher, dass Sie dabei nicht doch das eine oder andere interne Detail erwähnt haben?«

»Ziemlich sicher.« Jacobsen presste die Lippen zusammen. »Ich hab mich ausgesprochen bedeckt gehalten. Aber das sagte ich ja schon.«

»Dann hat er gar nichts darüber gewusst?«

»Nicht *gar nichts.*« Jacobsen atmete tief durch, um sich zu beruhigen und Finkbeiner nicht anzuschreien. Der Mann hatte jedes Recht, ihn danach zu fragen. »Ich habe ihm nur erzählt, dass wir dabei sind, die Alibis der Mitglieder der LEGIO VIII zu überprüfen. Und dass wir noch nicht viel weiter sind. Mehr hat er nicht zu hören bekommen.«

»Das könnte schon ausgereicht haben, um seine Neugier zu wecken.« Finkbeiner schüttelte leicht den Kopf. »Ziemlich unprofessionell von Ihnen.«

»Das ist nicht ganz fair, Chef«, mischte sich Melanie ein, die das Gespräch bisher stumm verfolgt hatte. »Lukas ist ein heller Kopf. Wenn er etwas über den Fall wissen wollte, konnte er selbst recherchieren. Es gab immerhin zahlreiche Berichte in der Presse, und die Römer am Limes sind so was wie sein Steckenpferd. Abgesehen davon sind wir, was seinen Ausflug nach Welzheim angeht, so lange auf Mutmaßungen angewiesen, wie wir ihn nicht selbst danach fragen können. Vielleicht wollte er sich ja wirklich nur noch einmal am Ostkastell umsehen.«

»Oder er wollte auf eigene Faust Detektiv spielen«, sagte Finkbeiner. »Das heißt, wir haben jetzt gleich zwei Fälle am Hals – den Mord an Professor Adlersfeld, in dem Sie immer noch nicht wirklich Ergebnisse liefern können, und obendrauf noch einen verschwundenen Jungen. Nach dem wir jetzt wahrscheinlich die Gegend rings um Welzheim und Schorndorf durchsuchen dürfen wie den Heuhaufen nach der Nadel … was gar nicht so einfach sein wird. Das Gebiet ist ausgedehnt, und Lukas könnte *überall* sein.« Er schnaubte frustriert. »Ich kann nur hoffen, dass uns diese Geschichte nicht irgendwann um die Ohren fliegt. Die Zeitungen werden sich mit Wonne darauf stürzen, und am Ende sind wir die Dummen. *Immer.*«

Er ging hinaus und schloss die Tür mit einem hörbaren Knall hinter sich. Für einen quälend langen Augenblick war es vollkommen still.

»Es tut mir leid, Malte«, sagte Melanie endlich leise.

»Er macht sich Sorgen«, murmelte Jacobsen. »Das kann ich ihm kaum übel nehmen … Die mache ich mir auch.«

Bevor sie antworten konnte, klingelte das Telefon auf dem Schreibtisch. Melanie hob ab.

»Kripo Waiblingen, Brendel. – Ja? – Oh, Kollege Gottlieb! Haben Sie was für mich?« Eine kurze Pause. »Wo war das? In Breitenfürst? – Wann?«

Jacobsen richtete sich auf und beobachtete sie gespannt.

»Ich verstehe. – Sie halten mich auf dem Laufenden? – Herzlichen Dank.«

Sie legte auf.

»Gottlieb?«, fragte Jacobsen. »Ich erinnere mich an einen Polizisten in Welzheim, der so hieß. Ich bin ihm nach dem Leichenfund am Ostkastell begegnet.«

Melanie nickte bestätigend.

»Offenbar hat jemand Lukas gestern gesehen«, erklärte sie. »Nachmittags gegen halb drei, in Breitenfürst. Er stand neben seinem Fahrrad vor der Bäckerei dort und trank aus einer Wasserflasche, während der Zeuge vorbeifuhr. Der Zeitungsverlag Waiblingen hat eine Meldung auf Facebook gepostet, und die hat der Mann wohl gelesen und sich erinnert. Er hat sofort auf der Wache in Welzheim angerufen.«

»Nachmittags um halb drei?« Jacobsens Hoffnung, die sich kurzzeitig gehoben hatte, sank wieder in den Keller. »Das muss dann aber auf dem Hinweg nach Welzheim gewesen sein. Laut Frau von Weyen ist er irgendwann nach zwölf aufgebrochen. Gesetzt den Fall, er ist nicht über die Dörfer da hinaufgeradelt, hat er wahrscheinlich die S-Bahn genommen. Das dauert zwar eine Weile, aber schneller geht es in jedem Fall. Er könnte bis Schorndorf gefahren und dann wieder in den Sattel gestiegen sein. Würde zeitlich hinkommen … aber damit wissen wir nur, dass er es heil bis fast nach Welzheim geschafft hat. Wir wissen noch *nicht*, was er dort wollte, und auch nicht, wann er wieder zurückgefahren ist. Wenn überhaupt.«

Melanie seufzte. »Zu blöd, dass sein Handy ausgefallen ist.«

»Das kannst du laut sagen.« Jacobsen stützte die Arme auf den Schreibtisch und rieb sich das Gesicht. Hinter seinen Schläfen pochte es schmerzhaft. »Am liebsten würde ich mich selbst auf die Suche nach ihm machen, jetzt sofort. – Ich hab keine Ahnung, wie ich seiner Großmutter unter die Augen treten soll.«

»Fang bloß nicht wieder *damit* an!« Sie beugte sich vor, und plötzlich nahm sie seine Hand. Ihr Griff war fest, ihre Finger wohltuend warm. »Damit hast du dich schon im letzten Jahr herumgequält, und da hattest du genauso wenig Grund dazu wie jetzt. Du konntest nichts für den Mord an seinem Vater, und dafür, dass Lukas verschwunden ist, kannst du auch nichts.«

»Das wissen wir nicht.«

»Wir wissen im Moment sowieso noch beklagenswert wenig«, meinte Melanie. »Aber demnächst machen sich die ersten Suchtrupps auf den Weg, und dann sind wir hoffentlich klüger.«

Sie drückte noch einmal seine Hand und ließ sie dann los.

»Und bevor du dich hier noch weiter verrückt machst, bring ich dich jetzt nach Hause.«

Sie war gerade aufgestanden, als das Telefon erneut klingelte. Sie meldete sich und lauschte eine Weile schweigend, eine steile Falte zwischen den Augenbrauen. Als sie auflegte, war ihr Gesicht merkwürdig blass.

»Kommando zurück«, sagte sie betont ruhig. »Wir müssen nach Welzheim.«

»Wieso?«

»Dort hat es vor zwei Stunden gebrannt – bei diesem Lehrer, Frank Lincke. Die Feuerwehr hat es mit knapper Not geschafft, dass die Flammen nicht auf die andere Doppelhaushälfte übergegriffen haben, aber Linckes Hälfte ist eine Ruine. Und …«

Sie zögerte.

»Was denn?« Jacobsen verspürte eine plötzliche, gereizte Ungeduld. »Ich bitte dich, lass dir doch nicht alles aus der Nase ziehen!«

Sie sah ihn an.

»Der Brandherd befand sich anscheinend im Keller … und nachdem das Feuer gelöscht war, haben sie dort etwas gefunden.« Sie biss sich auf die Lippen. »Eine Leiche.«

***

Melanie hatte nicht übertrieben. Die Doppelhaushälfte in Welzheim, in der Frank Lincke bis zum heutigen Tag gewohnt hatte, besaß zwar noch Wände, aber kein Dach mehr. Als Jacobsen am Ende des Römerwegs aus dem Auto stieg, roch es durchdringend nach Löschschaum, nasser Asche und Rauch. Aus den Überresten des Dachstuhles stieg Qualm auf, der Rasen in dem kleinen, verwüsteten Vorgarten war mit verkohlten Ziegeln übersät und der Verputz der anderen, noch intakten Hausseite schwarz von Ruß. Am Bordstein standen zwei Löschfahrzeuge; auf einem von beiden war die Leiter noch ausgefahren.

Jacobsens Blick blieb an den beiden Männern hängen, die gerade einen grauen Sarg in einen Leichenwagen luden.

Seit dem Anruf auf dem Präsidium hielt er seine Gefühle eisern an der Kandare, aber es kostete ihn seine gesamte Selbstbeherrschung, nicht zu ihnen hinüberzugehen und sie zu bitten, einen Blick in den Sarg tun zu dürfen. Um herauszufinden, ob sich seine schlimmsten Befürchtungen bewahrheiten würden. *Ob es Lukas war.*

Franz Gottlieb kam auf ihn zu, das runde, gutmütige Gesicht ungewohnt grimmig. Er wurde von einem Mann in Feuerwehrmontur begleitet, der aussah, als hätte er sich mindestens zwei Stunden durch Feuer und Asche gekämpft … was vermutlich stimmte.

»Herr Jacobsen, Frau Brendel?« Er nickte ihnen zu. »Des isch Oberbrandmeischter Karl Schmitz. Er hot … Seine Männer hen die Leich gfonda.«

»Grüß Gott«, sagte Jacobsen und war dankbar dafür, dass man seiner Stimme die Panik nicht anhörte. »Wissen Sie schon, um wen es sich handelt?«

»Noi.« Der Oberbrandmeister schüttelte den Kopf. »Oifach deswäga, weil der so zugrichtet isch, dass ihn wahrscheinlich sei eigene Muddr nemme kenna dät. Älles, was i sage kann, isch, dass es sich um en Ma handelt … a jonger, denk i.«

Jacobsen fuhr leicht zusammen und spürte, wie Melanie ihm die Hand auf die Schulter legte – ganz kurz nur, aber es half ihm, sich zusammenzureißen.

»Wie kommen Sie darauf?«

»Weil seine Fiaß onderm Schreibtisch gläge send, ond der hat en a bissle abgschirmt vo de Flamma. Der Oberkörper isch verkohlt ond älle Hoor sen weg, aber er hat a Jeans traga, ond Converse-Boots, wie die jonge Leit sie gern ahend. Des hot mer no guad erkenna kenna.« Er verzog den Mund. »Mei Jonger hat au so welche, in drselba Farb sogar. I han zom Glück genau gwisst, dass er grad bei ons drhoim isch.«

Chucks, dachte Jacobsen, und sein Magen verkrampfte sich. Lukas hatte während ihres ersten Ausflugs nach Welzheim Chucks getragen.

»Jeans und Converse-Boots sind so beliebt, die ziehen inzwischen auch jede Menge Leute an, die eindeutig *keine* Teenies mehr sind«, meinte Melanie ruhig. »Wir werden abwarten müssen, was der Pathologe sagt. Herr Gottlieb?« Sie wandte sich an den Polizisten. »Bei der Leiche könnte es sich immerhin auch um den Hausbesitzer handeln, Frank Lincke. Wissen Sie, wo er ist?«

»Noi, no net.« Gottlieb schüttelte betrübt den Kopf. »Mir hen versucht, ihn zom erreicha, aber er goht net an sei Handy. I han em aber uff die Mailbox gschprocha ond ihm gsagt, er soll hoimkomma, so schnell wie meglich.«

Jacobsen straffte die Schultern. »Haben Sie schon etwas über die Brandursache herausgefunden, Herr Schmitz?«

»Brandschtiftung«, sagte der Oberbrandmeister. »Absolut sicher. Wer au emmer des gwäse isch, er hot a Methode benutzt, die i kenn: drei Zündhölzle, mid em Gummiband um a Zigarett gwickelt ond Babier dromrom. Dann hot er den Glimmschtängel azündet ond sich aus 'm Schtaub gmacht, während der schee langsam nonderbrannt isch ond die Hölzle en Brand gsetzt hot. Die Flamma send uff en Schtapel Schulhefte übergschpronga ond elles isch hochganga wie Zonder. Bloß dumm, dass en kloiner Fetza von dem Papier om die Hölzle übrig blieba isch. Des isch mid dem verbrannta Schtummel von dera Zigarett nonder in dr Babierkorb gfalla ond der isch aus Blech. So ebbes isch au amol in Amerika passiert, mir hen den Fall in ra Schulung ghet. Die hen sogar en Schpielfilm über den Fall dräht – ›Der Brandschtifter‹ hoißt der.«

»Wann ist der Brand ausgebrochen?«, wollte Melanie wissen.

Der Oberbrandmeister schob seinen rußverschmierten Ärmel zurück und schaute auf die Uhr. »Mir sen um drei alarmiert worda. Da hot des Feuer dr Dachschtuhl no net erreicht ghet, aber die erschta Fenschter im Erdgeschoss send platzt, ond da hen die Nochber gmerkt, was los isch. Aber die Flamma hend em Haus ordentlich Fuddr gfonda. Da waret überall Bücher. Ond wia mir komma send, hen mir elle Mühe ghet, dafür zom sorga, dass es die andere Hälfte vom Haus net au no verwischt.«

Jacobsen erinnerte sich an Linckes Arbeitszimmer und die mit Fachliteratur vollgestopften Regale. *Sic transit gloria mundi.*

Plötzlich kam ein froschgrüner Honda Civic die Straße herunter und hielt mit quietschenden Bremsen ein paar Meter hinter den Löschfahrzeugen der Feuerwehr. Die Tür auf der Fahrerseite flog auf, und Frank Lincke stieg aus, den Mund weit offen, das Gesicht kreidebleich vor Schreck.

»Großer Gott!«

Jacobsen ging rasch auf ihn zu und hielt ihn auf, bevor er sich dem verwüsteten Haus noch weiter nähern konnte.

»Jemand hat in Ihrem Keller Feuer gelegt«, sagte er. »Und außerdem hat die Feuerwehr dort eine Leiche entdeckt. Wo sind Sie in den letzten drei Stunden gewesen, Herr Lincke?«

»Eine Leiche?« Der Lehrer starrte ihn an und wurde noch eine Schattierung bleicher. »In *meinem* Keller? Aber wieso …«

»Das wüsste ich gern von Ihnen.« Jacobsen hielt seinen Blick fest.

Lincke schluckte und versuchte, sich zu fassen.

»Ich … äh … ich war in Stuttgart. Bei meinem Sohn. Meine geschiedene Frau lebt mit ihm dort, und ich hab mit ihm einen Ausflug auf den Fernsehturm gemacht. Heute Morgen um zehn bin ich hingefahren.«

»Ich nehme an, Ihre Exfrau kann das bestätigen?«

»Ich geb Ihnen die Telefonnummer.« Lincke kramte in seiner Hosentasche und förderte einen Zettel und einen Kugelschreiber zutage. Seine Hände zitterten so heftig, dass er beides kaum halten konnte, aber er schaffte es irgendwie, eine Reihe Zahlen auf das Papier zu kritzeln. Dann starrte er wieder fassungslos auf die Ruine, in der höchstwahrscheinlich die meisten seiner Besitztümer gerade in Rauch aufgegangen waren.

»Aber was mach ich denn jetzt?«, murmelte er. »Wo soll ich hin?«

Franz Gottlieb schaltete sich ein. »Am beschta kommet Sie mit mir«, sagte er. Er klang fast väterlich. »Mir ganget uff die Wache ond i ruf in Schtuttgart a. Mir nehmet Ihre Aussag uff, und dann bringet mir Sie scho irgendwo onder.«

Jacobsen nickte ihm dankbar zu und wandte sich dann wieder an Lincke.

»Ich habe mit Sicherheit später noch Fragen an Sie«, sagte er. »Wenn es so weit ist, komme ich auf Sie zu.«

Lincke nickte benommen. Jacobsen bezweifelte, dass er wirklich zugehört hatte.

Der Leichenwagen war inzwischen weggefahren; vermutlich war der Pathologe Dr. Brendel schon benachrichtigt worden. Jacobsen hatte keine Ahnung, wie lange es dauern würde, bis die Ergebnisse vorlagen und er wusste, wer die Leiche war. Die Zeit bis dahin musste er irgendwie überstehen, und er hatte keine Ahnung, wie er das anstellen sollte.

Zum zweiten Mal an diesem Tag legte sich eine Hand auf seine Schulter. Melanie stand neben ihm.

»Wir können hier nichts mehr ausrichten«, meinte sie. »Am besten bringe ich dich jetzt nach Hause. Mein Onkel ruft mich sofort an, wenn er die Obduktion beendet hat; er hat mir versprochen, sofort damit anzufangen. Ich geb dir dann Bescheid.«

»Ist gut.«

Während der gesamten Fahrt sagte er kein einziges Wort, und wieder akzeptierte Melanie sein Schweigen ohne jeden Versuch, es zu beenden. Als sie den Wagen vor seinem Haus anhielt, zögerte er damit, die Tür zu öffnen und auszusteigen. Bei der Vorstellung, den Rest des Tages und die ganze Nacht allein herumzusitzen und ängstlich auf das Resultat der Obduktion zu warten, packte ihn das Grauen.

»Kommst du zurecht?«, fragte Melanie.

Er sah sie an. »Keine Ahnung«, erwiderte er ehrlich. »Könntest du … könntest du dir vorstellen, noch mit raufzukommen? Nur für eine Weile?«

Sie lächelte. »Klar«, sagte sie. »Hast du was zu essen da? Du brauchst etwas in den Magen.«

»Mein Kühlschrank ist ziemlich leer.« Er zog eine Grimasse. »Und besonders aufgeräumt ist es auch nicht. Vielleicht ist das nicht ganz der richtige Augenblick, dir meine Wohnung zu zeigen.«

»Ach was.« Sie schüttelte den Kopf. »Mach dir deswegen keine Gedanken; ein Junggesellenhaushalt bringt mich schon nicht aus der Fassung. Und was das Essen angeht – ich bin sicher, wir können etwas bestellen.«

Er grinste schwach. »Bestimmt. Ich hab ein ziemlich inniges Verhältnis zu meinem Pizzadienst.«

»Na dann, komm.« Sie löste den Sicherheitsgurt. »Ich werde schon dafür sorgen, dass du heute nicht nur von Luft und Whisky lebst.«

***

Jacobsen kochte sich selten etwas, das über Spiegeleier oder Spaghetti hinausging. An diesem Abend war es Melanie, die sich an seinen Herd stellte; sie hatte den Inhalt seines Kühlschrankes inspiziert und dort Eier, einen Beutel Zwiebeln und ein Stück in Plastik eingeschweißten Käse gefunden, der auch nach einer Woche Abwesenheit noch genießbar war. Er schnitt die Zwiebeln für sie; ihr zuzusehen, wie sie aus den wenigen Zutaten ein Omelett machte, half immerhin ein wenig, ihn von seiner Sorge um Lukas abzulenken. Sie aßen gemeinsam und setzten sich dann hinaus auf seinen kleinen Balkon. Melanie hatte eine Flasche Samtrot entdeckt, der von Heikes letztem Besuch übriggeblieben war, und sie tranken ein Glas davon. Auch jetzt redeten sie nicht viel, und wieder einmal empfand Jacobsen große Dankbarkeit dafür.

»Er hat seine Mutter besucht«, sagte er irgendwann.

»Wer? Lukas?«

Er nickte. »An dem Abend, als wir miteinander gekocht haben, hat er mir davon erzählt. Und von vielen anderen Dingen.«

»Das muss ein gutes Gespräch gewesen sein«, erwiderte sie. »Und ich bin sicher, es hat nicht nur ihm geholfen, sondern dir ganz genauso.«

»Hat es.« Er seufzte. »Melanie … Ich hab wirklich kaum

mit ihm über den Fall geredet. Und ich hab ihn schon gar nicht angestiftet, sich in die Ermittlungen einzumischen.«

»Das weiß ich doch«, sagte sie sanft.

Er starrte in sein Glas und leerte es dann in einem Zug. »Ich wünschte, ich könnte ...« Er brach ab, dann sah er sie an. »Erst die Sache mit Geert, und jetzt Lukas. Ich weiß nicht, wie ... Ich bin so fürchterlich müde.«

»Natürlich bist du das.« Ihre Augen waren voller Mitgefühl. »Und wenn du dich jetzt einfach hinlegst? Vielleicht kannst du ja ein bisschen schlafen.«

»Weiß ich nicht.« Er stellte sein Glas ab. »Was ist mit dir? Willst du nicht lieber nach Hause fahren?«

»Ich glaube, ich bleib noch ein bisschen. Fahren kann ich später immer noch – und du hast da drin ein Sofa, das ziemlich bequem aussieht.« Sie trank einen Schluck und lächelte ihn an. »Nur für alle Fälle.«

»Na schön. Wie du meinst.«

Er nahm eine Dusche, und als er wieder aus dem Bad kam, hörte er in der Küche Wasser plätschern; offenbar spülte sie das Geschirr. Er ging langsam ins Schlafzimmer; sein Körper fühlte sich so unbeholfen an, als lasteten Bleigewichte auf seinen Schultern. Er legte sich hin. Bilder zogen in loser Folge hinter seinen geschlossenen Lidern vorbei: Inken, die in der Tür des Bauernhofes stand und ihm zum Abschied zuwinkte ... Melanie, die plötzlich wie aus dem Nichts auf dem Stuttgarter Bahnhof auftauchte ... Die Ruine des verbrannten Hauses ... und immer wieder die beiden Männer, die den Sarg in den Leichenwagen luden.

Lukas, dachte er. *Lukas, wo bist du?*

Und dann schlief er ein.

***

Als er wieder zu sich kam, schien die Sonne durch das Schlafzimmerfenster. Irgendwo in der Wohnung hörte er eine leise Frauenstimme. Offenbar war Melanie tatsächlich hiergeblieben. Er stemmte sich hoch und stieg aus dem Bett. Im Flur roch es angenehm nach Kaffee, auf der kleinen Uhr an der Wand war es zehn nach zehn. Er holte sich frische Kleidung und schlich ins Bad. Dort rasierte und wusch er sich rasch und zog sich an. Dann ging er in die Küche.

Melanie saß am Tisch, der für zwei gedeckt war. Sie sah ein wenig übernächtigt aus, aber als sie ihn entdeckte, lächelte sie.

»Guten Morgen, Malte! Kaffee?«

»Unbedingt.« Er ließ sich auf dem anderen Stuhl nieder. »Hast du wirklich auf dem Sofa geschlafen?«

»Eine Weile.« Sie musste gähnen und hielt sich rasch die Hand vor den Mund. »Lothar hat um eins angerufen. Das Skelett der Leiche ist zum Glück noch gut erhalten, und die Wachstumsfuge zwischen Schlüsselbein und Brustbein bereits geschlossen. Das heißt, der Tote war mindestens zwanzig Jahre alt – und damit ganz sicher *nicht* Lukas.«

»Oh.«

Die Erleichterung war so überwältigend, dass ihm schwindelte. Er schloss die Augen und schnappte nach Luft. Es dauerte fast eine Minute, bis er wieder imstande war, Worte zu finden und die nächste, wichtige Frage zu stellen.

»Wer ist es dann? Wissen wir das?«

»Ja.« Sie füllte seine Tasse und schob sie ihm über den Tisch. »Es ist Andreas Bieber. Ziemlich sicher.«

Hägers Schlossergeselle. Mit dem Jacobsen unbedingt als Nächstes hatte reden wollen – und mit dem er jetzt nicht mehr reden konnte.

»Seine Mutter hat ihn heute früh als vermisst gemeldet«, fuhr Melanie fort. »Er hat noch bei ihr gewohnt. Anscheinend ist er vorgestern abend weggegangen, ohne ihr zu sagen, wohin, und nicht mehr wiedergekommen. Sowas hat er sonst nie getan, und sie hat sich Sorgen gemacht. Bei den Kollegen in Welzheim lag das Obduktionsergebnis schon auf dem Schreibtisch; sie haben sofort geschaltet. Der Gürtel von Biebers Jeans hat eine ziemlich ungewöhnliche Schnalle, und die ist erhalten geblieben. Sie ist geformt wie ein römischer Schild; der Junge hat sie selbst geschmiedet. Die Kollegen haben seiner Mutter ein Foto davon gezeigt, und sie hat sie sofort erkannt. Danach hat Lothar das Zahnschema der Leiche erhoben und an den Zahnarzt der Familie geschickt; das Ergebnis müsste demnächst vorliegen, aber es bestehen auch so kaum Zweifel an seiner Identität.«

Jacobsen nippte an dem Kaffee.

»Kann dein Onkel schon sagen, wie er zu Tode gekommen ist?«

»Ja.« Melanie nickte. »Und jetzt wird es interessant: Lothar meint, er wurde erstochen. Der Mörder hat wohl gehofft, dass durch das Feuer von der Leiche nicht mehr genug übrig bleiben würde, um das festzustellen, aber er hatte Pech. Der Stichkanal war selbst in dem verkohlten Gewebe noch deutlich zu erkennen.«

»Ein Messer oder ein Dolch?«

»Nein. Dazu war die Wunde zu breit.« In Melanies Augen funkelte das Jagdfieber. »Lothar hat sich die Fotos angesehen, die wir von Hägers Waffen gemacht haben. Er sagt, es war mit an Sicherheit grenzender Wahrscheinlichkeit ein Schwert. Ein römischer *gladius.*«

ZWEI OPFER

Herbert Häger hockte auf seinem Wohnzimmersofa, die Hände im Schoß. Er war bleich und wirkte, als wäre er vollkommen niedergeschmettert.

»Ich kann das nicht begreifen. Wer sollte dem armen Jungen so etwas antun?«

»Das wissen wir auch noch nicht«, sagte Jacobsen, der ihm gegenübersaß. »Das Einzige, was wir mit Sicherheit wissen, ist, dass jemand Ihren Gesellen mit einem Schwert niedergestochen hat. Möglicherweise ist der Mord im Keller des Hauses geschehen, oder der Mörder hat die Leiche nach der Tat hineingeschleppt und Feuer gelegt.«

Häger, der auf seine Hände hinuntergestarrt hatte, hob den Kopf und sah ihn an.

»Aber warum dort?«, fragte er. »Warum ausgerechnet in *diesem* Haus? Hat Frank Lincke irgendwas damit zu tun?«

»Eher nicht«, erwiderte Jacobsen. »Herr Lincke war erwiesenermaßen den ganzen Tag in Stuttgart; er könnte Bieber zwar theoretisch erstochen haben, aber für die Brandstiftung kommt er nach Lage der Dinge nicht in Frage.«

»Er ist Andi das letzte Mal regelmäßig begegnet, als er noch Mitglied der LEGIO VIII war. Aber das ist zwei Jahre her«, murmelte Häger. »Und die beiden sind eigentlich immer ganz gut miteinander ausgekommen. Ich kann mir kaum vorstellen …« Er brach ab, setzte erneut an und wiederholte: »Ich begreife das nicht.«

»Das heißt, Sie wissen von niemandem, der einen Grund gehabt haben könnte, Bieber zu töten?«, erkundigte sich Jacobsen, obwohl er die Antwort eigentlich schon kannte.

»Nein.« Häger schüttelte den Kopf. »*Niemand* hätte … wieso auch? Ich weiß gar nicht, was ich ohne Andi anfangen soll. – Herrgott, das ist so furchtbar.«

Jacobsen verabschiedete sich, ließ den Schlosser in seinem Wohnzimmer zurück und das Haus hinter sich. Vielleicht konnte Ekaterina ihren Mann ja ein wenig trösten, wenn sie wieder heimkam.

Hägers Trauer wirkte absolut echt. Bis jetzt hatte sich Jacobsen auf seine Menschenkenntnis verlassen können, aber das hieß natürlich nicht, dass er sich niemals irrte. So mancher Mörder hatte für die Polizei schon eine bühnenreife Vorstellung hingelegt. Und wenn man davon ausging, dass die Maske möglicherweise gefälscht war, konnte es immerhin sein, dass Bieber Hägers Komplize gewesen war. Dummerweise hatten sie dafür noch nicht den geringsten Beweis. Und für die Fälschung auch nicht.

Seine Gedanken wanderten wieder zu Lukas zurück. Mittlerweile war es Montagnachmittag, und die Suchtrupps, die seit dem frühen Morgen die Gegend um Welzheim und Schorndorf durchkämmten, hatten noch kein Glück gehabt. Solange der Junge verschwunden blieb, fiel es ihm unendlich schwer, sich auf die Ermittlungen zu konzentrieren. Aber das *musste* er, oder Finkbeiner würde irgendwann in naher Zukunft gezwungen sein, ihn von dem Fall abzuziehen. Wofür Jacobsen durchaus Verständnis hatte … an seiner Stelle würde er es genauso machen.

Er stellte fest, dass er Hunger hatte. Kein Wunder. Zwar hatte Melanie in seiner Wohnung für ihn den Tisch gedeckt, aber außer einer Tasse Kaffee hatte er nichts hinunterbekommen, und jetzt war sein Magen genauso leer wie sein Kopf.

Er fuhr in die Innenstadt zurück und parkte vor einer

Bäckerei. Dort kaufte er sich zwei Butterbrezeln und den zweiten Kaffee des Tages im Pappbecher; außerdem nahm er eine Ausgabe der »Welzheimer Zeitung« mit. Auf der anderen Straßenseite lag ein großer Teich mit einer Fontäne in der Mitte. Ringsherum standen Bänke, und er setzte sich auf eine davon, um das ausgefallene Frühstück nachzuholen.

Im Lokalteil der Zeitung war ein großes Bild von Linckes ausgebranntem Haus zu sehen; der Brand war natürlich das beherrschende Thema, genau wie der Leichenfund – selbst wenn noch nirgendwo Biebers Name stand. Er entdeckte auch ein Foto von Lukas. Zu seinem Ärger beschränkte sich der Bericht darunter nicht nur auf das rätselhafte Verschwinden des Jungen; es wurde auch erwähnt, dass sein Vater vor einem Jahr von der eigenen Ehefrau ermordet worden war. In der »Backnanger Kreiszeitung« würden sich angesichts der Bekanntheit der von Weyens mit Sicherheit noch viel mehr Einzelheiten darüber finden – man konnte sich darauf verlassen, dass jeder Journalist, der seinen Job ernst nahm, begierig nach einem derart saftigen Köder schnappte. Jacobsen legte die zweite, angebissene Brezel auf die Bäckereitüte zurück; plötzlich hatte er keinen Appetit mehr.

Bis jetzt hatte Melanie es ihm erspart, mit Klara von Weyen reden zu müssen. Er wusste, dass sich das langfristig nicht vermeiden ließ ... aber die Aussicht, ihr zu begegnen, während Lukas immer noch verschwunden war und ihr persönliches Drama nach nicht einmal einem Jahr den Blätterwald erneut heftig zum Rauschen brachte, machte ihm Angst.

Er beschloss, nach Waiblingen zurückzufahren. Alles war besser, als hier herumzusitzen und darauf zu warten, dass seine Befürchtungen und Schuldgefühle ins Unermessliche wuchsen. Da nahm er schon lieber ein unangenehmes Gespräch mit seinem Vorgesetzten in Kauf, der vergeblich auf die Ergebnisse wartete, die Jacobsen ihm immer noch nicht präsentieren konnte.

Als er wieder auf der anderen Straßenseite war und gerade in den Wagen steigen wollte, kam Johannes Sandmann aus der Bäckerei, eine volle Tüte in der Hand.

»Hallo, Herr Kommissar!«, sagte er freundlich. »Schon wieder in Welzheim? Na ja … so, wie es aussieht, haben Sie im Moment hier reichlich zu tun.«

»Sieht ganz so aus.« Jacobsen lehnte sich an das Auto. »Ich nehme an, der Tod von Andreas Bieber schlägt gewaltige Wellen?«

»Aber wie!« Sandmann grinste schief. »Und der Tratsch nimmt genauso gewaltige Ausmaße an. Wobei man den Leuten das Gerede kaum übelnehmen darf. Erst wird der Experte ermordet, der die gefundene Maske für echt erklärt hat, und dann kommt auch noch der Geselle von Herbert Häger unter höchst merkwürdigen Umständen zu Tode … auch wenn sein Name noch nicht in der Zeitung steht. Aber dass es Bieber ist, hat sich sehr schnell herumgesprochen.«

Jacobsen kniff die Augen zusammen.

»Und worüber genau reden die Leute?«, wollte er wissen.

»Was glauben Sie denn?« Sandmann schnaubte bitter. »Die meisten denken, Häger hat etwas mit *beiden* Morden zu tun. Noch sagt das freilich niemand laut, aber wenn die Polizei nicht bald den oder die Täter präsentiert, werden sie über kurz oder lang anfangen, mit den Fingern auf ihn zu zeigen. Eine Schande ist das.«

»Sie glauben nicht, dass der Tratsch wahr ist?«

»Ich kenne Herbert Häger seit zwanzig Jahren«, sagte Sandmann nüchtern. »Er ist vielleicht manchmal ein bisschen arrogant, und seine Theorien über die Ankunft der Römer am Limes finde ich stellenweise … abenteuerlich. Aber für einen Mörder hätte ich ihn bisher eher nicht gehalten. – Und jetzt muss ich los. Tante Margret wartet auf ihr Brot.«

»Ach ja … die energische alte Dame.« Jacobsen lächelte unwillkürlich.

»Und sie kann noch viel energischer werden, wenn sie ihre Einkäufe nicht rechtzeitig bekommt.« Sandmann lächelte zurück. »Viel Glück bei Ihren Ermittlungen, Herr Kommissar. Ich hab das Gefühl, Sie können es brauchen.«

Er ging rasch davon. Jacobsen setzte sich in den Wagen und ließ den Motor an. Ihm war klar, dass Johannes Sandmann durchaus recht hatte. Nur würde – falls sie bei diesem vermaledeiten Fall noch länger im Dunkeln tappten – die Sache demnächst nicht nur Herbert Häger um die Ohren fliegen, sondern auch der Polizei. Und damit ihm ganz genauso.

***

Er hatte kaum sein Büro betreten, als das Telefon klingelte und Finkbeiner ihn zu sich bestellte. Jacobsen warf Melanie einen vielsagenden Blick zu und ging mit einem Gefühl nach nebenan, das dem eines Delinquenten kurz vor der Hinrichtung zum Verwechseln ähnelte.

Auf dem Schreibtisch seines Vorgesetzten lagen gleich mehrere Zeitungen säuberlich nebeneinander aufgereiht. Finkbeiners Gesicht war finster. Immerhin machte er eine halbwegs einladende Geste zu dem zweiten Stuhl; Jacobsen setzte sich und wartete schicksalsergeben auf das Donnerwetter, das in der Luft lag.

»Ich habe ja schon vorausgesehen, dass wir irgendwann Ärger mit der Presse bekommen«, sagte Finkbeiner, ohne sich lange mit einer Begrüßung aufzuhalten. »Die Jungs sitzen uns zunehmend im Nacken. Sämtliche Blätter von Backnang bis Stuttgart sind immer noch voll mit dem Mord an Adlersfeld, und die Tatsache, dass Lukas von Weyen in Welzheim spurlos verschwunden ist, lässt die Sache nur umso mehr hochkochen. Letzten Samstag wurde sogar das Detail mit Adlersfelds zerbrochener Uhr und dem genauen Todeszeitpunkt erwähnt, in der ›Welzheimer Zeitung‹ – wie immer die Schreiberlinge das auch herausgefunden haben. Vielleicht haben sich die dortigen Kollegen verplappert.«

Er faltete die Hände vor sich auf dem Tisch und musterte Jacobsen durchdringend.

»In den Artikeln fragen sich die eifrigen Kollegen von der schreibenden Zunft, wieso wir eigentlich so lange brauchen, um zu einem Ergebnis zu kommen. Und ich muss zugeben, so langsam frage ich mich das ebenfalls. Tun Sie mir den Gefallen und sagen Sie mir bitte, dass Sie endlich wenigstens einen vielversprechenden Verdächtigen haben.«

»Es deutet einiges auf Herbert Häger hin«, sagte Jacobsen langsam. Es widerstrebte ihm, dass er sich immer noch weitgehend auf Vermutungen stützen musste, aber angesichts der Lage hatte er kaum eine andere Wahl. »Er könnte in der Nacht des Mordes an Adlersfeld das Haus verlassen haben, ohne dass seine Frau das gemerkt hat. Wir wissen ja, dass sie mit dem Professor Sex hatte, um ihren Mann eifersüchtig zu machen …«

»… was zu unserem Glück Kollegin Brendel in Erfahrung bringen konnte«, warf Finkbeiner ein, »nachdem *Ihre* Bemühungen um Informationen bei Frau Häger nicht gerade von Erfolg gekrönt waren, nicht wahr?«

Jacobsen steckte die unverhohlene Spitze widerspruchslos ein.

»Frau Häger«, fuhr er fort, »glaubt, dass ihr Mann diesen Seitensprung nicht mitbekommen hat. Sie kann sich natürlich irren, und sie hat in der Zeit vor den Römertagen starke Schlafmittel genommen. Aber bisher haben wir keine Zeugen, die Häger in jener Nacht außerhalb seines Hauses oder in der Nähe des Ostkastells gesehen haben. Und an keiner der Waffen, die wir bei ihm beschlagnahmt und untersucht haben, befand sich Adlersfelds DNA oder sein Blut.«

»Nun ... falls es Häger war, wird er den Speer nach dem Mord kaum wieder mit nach Hause genommen haben«, bemerkte Finkbeiner. »Ein hölzerner Stiel lässt sich verbrennen, und Metall kann man einschmelzen.«

»Das ist richtig.« Jacobsen atmete tief durch. »Aber solange wir Häger nicht wirklich zweifelsfrei mit dem Mord an Adlersfeld in Verbindung bringen können – ganz zu schweigen mit dem an Bieber –, wäre es übereilt und unklug, ihn zu verhaften. Das lässt sich durch die Indizien einfach nicht rechtfertigen, und wenn die Zeitungen noch so laut unsere Inkompetenz beklagen und nach einem Täter schreien.«

»Mag sein.« Finkbeiner schob penibel einen Bleistift zurecht, der auf seinem Schreibtisch nicht genau parallel zu den anderen lag. »Aber dann kann ich Ihnen nur raten, sich mit dem Auffinden oder der Verfolgung anderer Spuren – sofern Sie die überhaupt haben – etwas zu beeilen. Mir scheint, Sie sind im Augenblick mehr als nur ein klein wenig ... abgelenkt.«

Jacobsen sah ihn über den Schreibtisch hinweg unverwandt an und spürte, wie sich seine Kiefernmuskeln verkrampften.

»Meinen Sie die Sache mit Lukas?«, fragte er leise.

»Es ist ja wohl kaum zu leugnen, dass Sie sich außerordentliche Sorgen um den Jungen machen«, versetzte Finkbeiner, der seinen Blick ebenso unverwandt erwiderte. »Das ist an und für sich kein Wunder, schließlich sind wir *alle* besorgt. Vor allem Klara von Weyen ... mit der ich übrigens vorhin telefoniert habe.«

»Geht es ihr gut?«, fragte Jacobsen.

»Den Umständen entsprechend. Sie ist sehr gefasst und tut ihr Bestes, nicht das Schlimmste anzunehmen.« Finkbeiner beugte sich leicht vor. »Sie hat mir übrigens von dem Abend erzählt, als Sie gemeinsam mit Lukas gekocht haben. Das war doch auf dem Parkgelände der Villa, nicht? In einem dieser Pfadfinderzelte?«

Jacobsen nickte, die Stirn leicht gerunzelt. Es war ihm nicht ganz klar, worauf sein Vorgesetzter hinauswollte.

»Als wir das letzte Mal darüber sprachen, muss mir etwas entgangen sein«, sagte Finkbeiner. »Ich glaube, Sie haben *nicht* erwähnt, dass Sie nach dem Essen in diesem Zelt übernachtet haben. Gemeinsam mit dem Jungen.«

»Das ist in Pfadfinderkreisen durchaus üblich«, antwortete Jacobsen ruhig.

»Wenn Sie das sagen.« Finkbeiner lehnte sich wieder zurück, die Fingerspitzen aneinander gelegt. »Aber wenn ich richtig informiert bin – und ich hatte letztes Jahr einiges an Gelegenheit, dazuzulernen –, dann handelt es sich doch normalerweise um eine ganze Gruppe. Also mehrere Jungen und ihr Leiter.«

»Eine Sippe und ihr Sippenführer.« Jacobsen nickte

wieder; seine Magengrube fühlte sich mit einem Mal so kalt an, als hätte er eine Handvoll Eiswürfel verschluckt. »Sieben bis zehn Jungen oder Mädchen; der Sippenführer muss nicht notwendigerweise erwachsen sein.«

»Bloß, dass Sie eben *kein* Sippenführer sind«, konterte Finkbeiner, »und es waren außer Lukas auch keine anderen Pfadfinder anwesend. Oder hab ich da was missverstanden?«

»Nein.« Jacobsen biss die Zähne zusammen; allmählich stieg Wut in ihm hoch, gemischt mit wachsender Fassungslosigkeit. »Was genau wollen Sie eigentlich andeuten, Herr Finkbeiner?«

»Das ist doch nun wirklich simpel.« Finkbeiner räusperte sich. »Ihre freundschaftliche Beziehung zu den von Weyens – und speziell zu dem Jungen – in allen Ehren, aber können Sie sich nicht vorstellen, was passiert, wenn die Presse von diesem interessanten kleinen Detail Wind bekommt? Lukas ist sechzehn, glaube ich, und Sie …«

»Ich bin erwachsen, da haben Sie recht«, erwiderte Jacobsen. Seine Stimme war kaum mehr als ein Flüstern. »Und ich würde mich niemals an einem Kind vergreifen, das kann ich Ihnen versichern. Dass Sie mir so etwas zutrauen, finde ich … unglaublich.«

»Um Himmels willen, Jacobsen!« Finkbeiner schlug mit der flachen Hand auf den Schreibtisch. »Natürlich traue ich Ihnen das *nicht* zu! Aber dummerweise kommt es darauf überhaupt nicht an.«

Er schüttelte den Kopf.

»Ganz im Ernst – es ist brandgefährlich, wenn Sie bei so einer delikaten Angelegenheit den Kopf in den Sand stecken. Denn sobald der erste Journalist darüber schreibt, dass ein Polizeibeamter genau ein Jahr nach der

Mordermittlung in der Familie eines Jungen mit genau *diesem* Jungen allein in einem Zelt schläft … dann ist es absolut *scheißegal*, was ich glaube. Und es ist genauso scheißegal, dass Sie niemals ein Kind anrühren würden, geschweige denn Lukas. Denn dann werden sich die Leute alles Mögliche einbilden. Dann sind wir mit einer Schmutzkampagne konfrontiert, die alles in den Schatten stellt, was Sie sich in Ihren schlimmsten Albträumen vorstellen können. Und Sie sind für alle Zeiten erledigt, privat *und* als Polizist.«

Jacobsen wollte antworten, aber er brachte buchstäblich kein Wort heraus. Finkbeiner erriet offenbar, was in ihm vorging.

»Wollen wir hoffen, dass Lukas unversehrt wieder auftaucht«, sagte er in deutlich milderem Ton. »Im Idealfall können Sie ihn im Triumph zu seiner Großmutter zurückbringen und werden überall dafür als Held gefeiert. Und dann wird – hoffentlich! – niemals jemand von dieser kolossalen Dummheit erfahren, die Sie sich da geleistet haben. Mann Gottes – ich hätte Sie wirklich für klüger gehalten!«

»War's das?« Jacobsen hatte noch immer Mühe, zu sprechen. »Kann ich gehen?«

»Bitte sehr.« Finkbeiner nickte in Richtung Tür. »Überlassen Sie die Suche nach Lukas den Kollegen, die dafür zuständig sind. Die sind so engagiert wie kompetent, glauben Sie mir. Und Sie kümmern sich ab sofort bitte ausschließlich um Ihren Fall, ja?«

Jacobsen stand auf und verließ das Büro. Draußen schaffte er noch ein paar wenige Schritte, bevor ihm die Knie weich wurden und er sich an die Wand lehnen musste. Er fühlte sich hundeelend.

Das durfte doch alles nicht wahr sein. Verdammte Scheiße.

Bei der Vorstellung, Melanie zu erzählen, was sich gerade abgespielt hatte, wurde ihm noch bedeutend übler. Im Moment war er außerstande, mit ihr zu reden. Oder mit überhaupt jemandem. Er hastete den Gang hinunter, gleichzeitig erfüllt von der verzweifelten Gier nach frischer Luft und nach einer Zigarette … nach irgendetwas, das den Aufruhr in seinem Inneren halbwegs beruhigte.

Er musste hier raus. Auf der Stelle.

***

Lukas öffnete die Augen. Die Welt rings um ihn her war dunkel und still. Und sein Kopf tat weh.

Er tastete behutsam nach der Stelle, die am meisten schmerzte. Da war eine Beule, und seine Fingerspitzen wurden klebrig … offenbar hatte er geblutet, aber soweit er das beurteilen konnte, musste das schon eine Weile her sein, denn es kam kein frisches Blut mehr nach.

Er versuchte, sich zu erinnern, was passiert war, stellte aber fest, dass ihm das Denken schwerfiel. Ihm war zwar ein wenig übel, aber immerhin konnte er Arme und Beine ohne nennenswerte Schmerzen bewegen, was wohl hieß, dass er sich nichts gebrochen hatte. Er blieb reglos auf dem Rücken liegen und bemühte sich, so ruhig und gleichmäßig zu atmen wie möglich. Nach ein paar trägen, orientierungslosen Minuten wich die Schwärze, die ihn umgab, einem matten Grau. Über ihm wölbte sich etwas, das aussah wie eine Betondecke, und von links oben drang schwaches Licht durch mehrere schmale Schlitze in der Mauer.

Er wandte den Kopf und sah schemenhaft einen Stapel

Holzscheite. An einer Wand rechts von ihm lehnten aufgereiht mehrere Werkzeuge; er erkannte zwei große Hämmer und eine lange Eisenzange … und direkt neben ihm stand ein Amboss.

Der Bunker.

Jetzt wusste er es wieder. Er war der Beschreibung der Kellnerin vom Café »Mocca« gefolgt, den Weg zu diesem ehemaligen Bundeswehrdepot hinunter. Dann die Abzweigung in den Wald hinauf, die sie ihm beschrieben hatte, und auf die Lichtung mit dem Bunker, in dem Andreas Bieber seine private Schmiede eingerichtet hatte. Er hatte das Rad davor abgestellt und war hineingegangen. Ein langer Korridor führte tief in den Steilhang. Er war mit zahlreichen, dicken Balken abgestützt; das Ganze hatte zwar solide, aber ziemlich provisorisch ausgesehen. Vielleicht stammten sie ja von Bieber. Beim Ausweichen war er einmal mit ziemlicher Wucht gegen einen der Balken gestoßen, und er glaubte, hinter sich kurz darauf ein lautes Poltern gehört zu haben … er war sich aber nicht mehr sicher. Jedenfalls hatte er am Ende des Korridors einen hohen Raum entdeckt, in dem sich der Amboss befand, das Holz und das Werkzeug. Er hatte auch noch einen hochgemauerten Ofen gefunden, der etwas weiter hinten im Raum errichtet worden war. Ein Schmelzofen für Metall. Er hatte sofort sein Handy gezückt, um ein paar Fotos davon zu machen, und zu seinem Ärger feststellen müssen, dass es leer war und sich irgendwann von selbst abgeschaltet hatte. Weil ihm das in letzter Zeit schon öfter passiert war, nahm er für den Notfall jetzt immer eine Powerbank mit, und die *war* aufgeladen. Er hatte hinausgehen und sie holen wollen. Und dann … dann hatte er das Knirschen gehört. Über ihm, erst leiser und dann immer lauter …

ein furchterregendes Knirschen und Krachen von überlastetem Stein und Beton. Instinktiv war er in Richtung Ausgang gerannt, auf das Licht und die frische Luft zu, die Aufschrift auf der Tafel »Betreten des Bunkers verboten – Einsturzgefahr!« wie ein grell aufblitzendes Alarmsignal im Kopf. Dann waren die ersten großen Betonbrocken heruntergekommen, direkt vor ihm, begleitet von einem Schauer aus scharfkantigen kleinen Steinen und Erde. Er war in wilder Panik rückwärts gestolpert, in den Raum hinein, halb taub von dem donnernden Lärm und blind von einer erstickenden Staubwolke. Wenige Sekunden später hatte er das Gleichgewicht verloren und war gestürzt, und das Letzte, an das er sich noch deutlich erinnern konnte, war ein heftiger Schmerz am Hinterkopf. Vermutlich war er beim Hinfallen gegen den Amboss geprallt.

So ein elender Mist.

Immerhin konnte er jetzt wieder halbwegs klar denken. Er warf einen Blick auf seine Armbanduhr, die nicht nur die Zeit anzeigte, sondern auch das Datum. 6.00 a.m. JUL 2 blinkten die Ziffern. Sechs Uhr morgens am 2. Juli … also war es jetzt Sonntag! Anscheinend war er die ganze Nacht bewusstlos gewesen … und mit Sicherheit hatte er eine ordentliche Gehirnerschütterung.

Lukas setzte sich vorsichtig auf und versuchte, seine Lage zu analysieren. Ihm sank das Herz, als er begriff, dass sie ziemlich hoffnungslos aussah.

Mit dem leeren Handy um Hilfe rufen konnte er nicht. Er hatte Oma zwar erzählt, dass er nach Welzheim fahren wollte, von seinen geheimen Plänen wusste sie aber nichts. Die Einzige, die im Moment eine Ahnung hatte, wo er steckte, war Lena, die Kellnerin. Und die hatte ihm gesagt, dass sie am nächsten Tag in den Urlaub wollte. Sie befand sich vermutlich gerade auf dem Flug nach Mallorca.

Was bedeutete, dass sie unmöglich mitbekommen haben konnte, dass er verschwunden war. Und schlimmer noch – sie konnte niemandem davon erzählen, wo sie ihn hingeschickt hatte. Im Moment blieb ihm nur, auf zwei Dinge zu hoffen … dass jemand von der Forstverwaltung entdeckte, dass der Bunker eingestürzt war, oder dass Andreas Bieber es tat, wenn er zu seiner geheimen Schmiede wollte und feststellte, dass er nicht mehr hineinkam. Aber würde er dann den Behörden Bescheid geben? Wohl eher nicht, denn dann bekam er mit Sicherheit Ärger.

Lukas ließ sich wieder auf den Boden sinken, schloss die Augen und kämpfte mit aller Kraft gegen die lähmende Angst an, die in ihm aufstieg. Panik war so ziemlich das Letzte, was er im Moment gebrauchen konnte. Er suchte in seiner rechten Hosentasche nach der Taschenlampe und atmete tief und erleichtert durch, als er feststellte, dass sie noch da war. Neben der kleinen Taschenlampe steckte ein weiterer Gegenstand in der Tasche – ein Feuerzeug. Er segnete die Tatsache, dass er immer eines bei sich trug; ein Pfadfinder musste in jeder Situation die Möglichkeit haben, Feuer zu machen. Selbst, wenn die Taschenlampe irgendwann den Geist aufgab, hier lag jede Menge Holz. Außerdem gab es eine Esse und irgendwo ganz bestimmt einen Blasebalg für den Ofen. Er musste ihn nur finden.

Wenige Minuten später hatte er im Schein der Lampe die Aschereste aus der Esse gefegt, ein paar kleine Holzstücke übereinandergeschichtet, und die ersten Flammen züngelten hoch. Der Raum wurde segensreich hell, und nun konnte sich Lukas weit besser umschauen. Zu seiner Freude entdeckte er neben der Esse einen Eimer, der fast bis zum Rand mit Wasser gefüllt war. Er war vermutlich dazu gedacht gewesen, das frisch geschmiedete Eisen zwischendurch zu kühlen oder zufällig entstandene Brände zu löschen. Er schöpfte eine Handvoll heraus und trank; es schmeckte etwas abgestanden, schien aber sauber zu sein. Verdursten würde er also nicht so schnell.

Seine anderen Aussichten waren allerdings alles andere als ermutigend. Zu essen hatte er nichts mehr; die beiden verbliebenen Müsliriegel befanden sich in seiner Satteltasche auf dem Fahrrad, und an das kam er nicht mehr heran. Mit sehr viel Glück stand es noch immer gut sichtbar draußen. Wenn es allerdings unter den herabgefallenen Gesteinsbrocken begraben lag, war damit auch der einzige Hinweis verschwunden, dass sich jemand im Bunker befunden hatte, als der Eingang eingestürzt war. Es sei denn, jemand kam zufällig vorbei und entdeckte den Rauch seines kleinen Feuers.

Er wandte den Blick von den Flammen in der Esse ab und hinauf zur Decke, wo das blasse Licht durch die Schlitze drang.

Lass schnell jemanden kommen und Alarm schlagen, dachte er. *Mach bitte, dass die mich finden, bevor es zu spät ist.*

GESTÄNDNISSE

Eine halbe Stunde, nachdem Jacobsen das Präsidium in Waiblingen fluchtartig verlassen hatte, parkte er seinen Wagen vor der Villa von Lukas' Großmutter. Er stellte den Motor ab, stieg aber nicht aus.

Wieso er ausgerechnet hierher gefahren war, wusste er nicht so genau. Was Finkbeiner zu ihm gesagt hatte, bereitete ihm immer noch Übelkeit, und der Zorn ballte sich in seiner Magengrube zusammen wie eine Faust.

Sie haben nicht erwähnt, dass Sie nach dem Essen in diesem Zelt übernachtet haben. Gemeinsam mit dem Jungen.

Es war verständlich, dass sich sein Vorgesetzter vor einem Skandal fürchtete; wenn die Presse dahinterkam, dass Jacobsen als alleinstehender Privatmann erst einen Abend mit einem Sechzehnjährigen verbracht und dann auch noch mit ihm in einem Zelt geschlafen hatte, *würde* es einen Skandal geben, so unvermeidlich wie die Tatsache, dass die Sonne im Osten aufging. Kein Vorwurf war so riskant wie der, dass ein Polizist – verdammt noch mal, eigentlich *jeder* Mann –, der mit Jugendlichen und Kindern zu tun hatte, sich an ihnen vergriff. Da spielte es überhaupt keine Rolle, wie gut er das fragliche Kind kannte, wie vertraut oder wie unverfänglich die Situation gewesen war. Das interessierte niemanden. Kein Mensch wollte die Wahrheit wissen, wenn das hässliche Gerücht oder die unverschämte Lüge so viel besser in das allgemeine Klischee passte.

Und trotzdem. Dass jemand diesen Abend und seinen vollkommen harmlosen, harmonischen Abschluss derart in den Dreck ziehen könnte, bereitete ihm geradezu körperliche Schmerzen. Und dass Klara von Weyen möglicherweise ebenfalls glaubte, es sei zwischen ihm und Lukas etwas Ungebührliches vorgefallen, wenn das Geschrei nur laut genug wurde … *nein.* Daran wollte er nicht denken.

Aber natürlich dachte er trotzdem daran, jede Sekunde seit dem schockierenden Gespräch im Präsidium. Und natürlich war genau das der Grund, wieso er hergefahren war.

Jetzt stieg er doch aus, ging langsam zur Tür und betätigte die Klingel. Es dauerte eine ganze Weile, bis jemand kam, und für einen kurzen Moment ertappte er sich bei der feigen Hoffnung, dass die Villa leer war. Doch dann näherten sich Schritte, die Tür wurde geöffnet, und Klara von Weyen stand vor ihm.

»Herr Jacobsen!«, sagte sie überrascht. Dann wurde sie jäh bleich. »Wissen Sie etwas Neues von Lukas? Ist er … er ist doch nicht …«

Jacobsen verfluchte seine Dummheit.

»Nein«, entgegnete er hastig. »Nein, wir wissen noch nichts. Bisher haben wir ihn zwar noch nicht gefunden, aber wir drehen wirklich jeden Stein in der fraglichen Gegend einzeln um. Ich bin sicher, es ist nur eine Frage der Zeit.«

Das klang selbst für ihn wie eine Aneinanderreihung ausgesprochen lahmer Floskeln – vor allem angesichts der Tatsache, dass Lukas jetzt schon seit fast drei Tagen verschwunden war. Aber es schien sie trotzdem ein wenig zu beruhigen.

»Verzeihen Sie bitte«, sagte sie leise. »Es ist ja nur … als im letzten Jahr ein Polizeibeamter vor der Tür stand, habe ich erfahren, dass mein Schwiegersohn ermordet worden ist. Und als ich sah, dass *Sie* es sind …«

»… da dachten Sie, dass manche Dinge die verhängnisvolle Tendenz haben, sich zu wiederholen«, antwortete er ebenso leise. »Das verstehe ich sehr gut. Es tut mir leid, dass ich Sie erschreckt habe. Darf ich hereinkommen oder soll ich lieber gehen?«

»Natürlich dürfen Sie hereinkommen, Herr Jacobsen.« Sie machte eine fahrige kleine Geste. »Frau Lämmle ist zwar eben nach Hause gegangen, aber ich bin sicher, ich kann Ihnen auch ohne ihre Hilfe einen Kaffee kochen. Wenn Sie mögen.«

»Gern.«

Er folgte ihr durch die elegante Eingangshalle, an die er sich so gut erinnerte, in das Wohnzimmer. Hier hatte er sie zum ersten Mal gesehen, vor ziemlich genau einem Jahr. Sie bat ihn, Platz zu nehmen, und verschwand für ein paar Minuten. Er sah sich in dem stillen, aufgeräumten Raum um und versuchte sich vorzustellen, wie es für sie sein mochte, hier allein zu leben, nur mit Lukas als Gesellschaft – ohne seine Eltern und ohne ihren Mann, den legendären Konrad. Ob sie abends allein durch das Museum im Seitenflügel wanderte und ihren Erinnerungen nachhing? *Reichlich melodramatischer Einfall,* dachte er und zog eine kleine Grimasse.

Klara von Weyen kam wieder herein und trug ein kleines Tablett vor sich her, mit einer Porzellankanne, zwei Tassen, Milch und Zucker und einem Kristallschälchen mit Gebäck. Er nahm es ihr ab und stellte es auf einen kleinen Beistelltisch. Sie füllte eine Tasse mit dem frischen Kaffee, reichte sie ihm und sah ihn an.

»Es ist schön, dass Sie gekommen sind«, sagte sie. »Im Moment traut sich keiner meiner Freunde, mich zu besuchen – sie wissen nicht so recht, wie sie mit mir reden sollen.«

»Manche Leute sind furchtbar unsicher, wenn sie sich

Sorgen machen«, erwiderte er. »Dann finden sie nicht die richtigen Worte und halten stattdessen lieber den Mund. Das geht mir selbst auch nicht viel anders.«

»An dem Abend, als Sie mit Lukas gekocht haben, sind Sie aber wohl nicht um Worte verlegen gewesen«, meinte Klara von Weyen. »Danke, dass Sie sich Zeit für ihn genommen haben. Das Gespräch mit Ihnen hat ihm sehr gutgetan, glaube ich.«

»Es freut mich, das zu hören«, sagte Jacobsen verbindlich. Er dachte erneut an das Gespräch mit Finkbeiner und hätte gern das Thema gewechselt.

»Hat er Ihnen erzählt, dass er bei seiner Mutter war?«

Er fuhr leicht zusammen. »Ja … ja, das hat er.«

Sie rührte in ihrer Tasse. »Am Donnerstag will ich zu ihr«, sagte sie. »Ich habe sie von Anfang an regelmäßig besucht.« Sie seufzte.

»Unser Verhältnis zueinander war den vergangenen Jahren nie so ganz einfach. Sie hat mir immer Vorwürfe gemacht, der Pfadfinderbund wäre mir wichtiger als sie … Aber das wissen Sie ja. Das hat nicht gestimmt. Und trotzdem habe ich sie im Stich gelassen, als sie mich am nötigsten brauchte. Diesen Fehler will ich nie wieder machen. Bei ihr nicht, und bei Lukas auch nicht.«

Sie stellte die Tasse weg und faltete die Hände im Schoß.

»Er hat mich bisher nur einmal begleitet, und sie war sehr glücklich darüber. Sie … sie wird sich wundern, dass er dieses Mal nicht mitkommt. Und ich kann sie doch nicht anlügen!«

Verlangte sie allen Ernstes, dass er ihr einen Rat gab?

Er brauchte eine ganze Weile, um sich zu einer Antwort zu entschließen.

»Das wäre auch keine gute Idee«, sagte er endlich.

»Wenn Sie wirklich von mir wissen wollen, was Sie tun sollen … sagen Sie ihr die Wahrheit. Es wäre sicher besser, nicht zu riskieren, dass sie durch die Medien oder irgendwelchen gedankenlosen Tratsch vom Verschwinden ihres Sohnes erfährt. Wenn es denn sein muss, sollte sie es besser von Ihnen hören, meinen Sie nicht?«

Klara von Weyen seufzte. »Sie haben recht, das sollte sie wohl.« Der Blick, mit dem sie ihn musterte, enthielt mehr als nur eine Spur Ironie. »Sie wird außer sich sein, fürchte ich. Trauen Sie mir zu, dass ich der Situation gewachsen bin?«

Trotz des unleugbaren Ernstes der Lage stellte er fest, dass er lächelte.

»Ich habe letztes Jahr erlebt, wie Sie mit der damaligen Situation umgegangen sind«, erwiderte er. »Und das mehr als einmal. Ich bin überzeugt, dass es nur sehr wenige Dinge gibt, denen Sie *nicht* gewachsen sind, Frau von Weyen.«

»Das ist sehr freundlich von Ihnen.« Sie schaute auf ihre Hände hinunter, dann hob sie jäh den Kopf. »Und sehr ermutigend außerdem. Deshalb möchte ich, dass Sie mir jetzt die Wahrheit sagen, Herr Jacobsen: Glauben Sie, dass Lukas noch lebt?«

Er starrte sie an und war für einen Moment außerstande zu sprechen. Aber gleichzeitig wusste er, dass sie nichts anderes verdiente als absolute Ehrlichkeit.

»Unsere Leute suchen überall nach ihm«, sagte er leise und nachdrücklich. »Ich glaube weiterhin daran, dass sie ihn wohlbehalten finden, und das hoffentlich bald. Ich weigere mich ganz entschieden, etwas anderes zu glauben.«

»Danke, Herr Jacobsen.« Sie nahm seine Hand und drückte sie fest. »Ich danke Ihnen.«

***

Lena Federer lag an der Playa de Formentor und gratulierte sich dazu, dass sie ihre Freundin losgeworden war. Wenigstens für heute.

Sie kannte Anna noch aus der Schule, und es war Annas Idee gewesen, nach Mallorca zu fliegen. Sie hatte auch ihre gemeinsame Unterkunft gebucht, sonst wären sie statt in der kleinen Ferienwohnung im Norden der Insel in einer der preiswerten Bettenburgen im Dunstkreis des Ballermann gelandet. Das wäre weit eher nach Lenas Geschmack gewesen; sie stürzte sich ausgesprochen gern ins Getümmel, und dem einen oder anderen Eimer voller Sangría mit Strohhalmen war sie ebenfalls nicht abgeneigt – vor allem dann, wenn nicht *sie* es war, die ihn servieren musste.

Dummerweise hatte sich Anna seit ihrer gemeinsamen Schulzeit – während der sie noch begeistert bei jedem Blödsinn mitgemacht hatte – sehr zu ihrem Nachteil verändert. Zu Lenas Bestürzung fand sie den Ballermann genauso zum Abgewöhnen wie die Schinkenstraße, und unter einem gelungenen Urlaubstag verstand sie eine Führung durch die Kathedrale von Palma, gefolgt von einem Besuch des Palau de l'Almudaina. Für ein Sonnenbad am Strand blieb dann nicht mehr viel Zeit übrig, und eine feuchtfröhliche Tour durch die Discos von El Arenal war so ziemlich das Letzte, was sie wollte. »Du bisch ja narret«, hatte sie gestern Abend gemault, als Lena den Fehler gemacht hatte, wenigstens einen Abstecher in den »Bierkönig« vorzuschlagen. »Lauter krebsrote, teutonische Trottel, die sich zusaufet … des kannsch au drhoim han, dafür brauchsch net nach Mallorca.«

Erschwerend kam hinzu, dass Anna für ihre zahlreichen kulturellen Ausflüge meist den kleinen Wagen nutzte, den sie gemeinsam gemietet hatten, und dass Lena, wenn sie nach einer durchfeierten Nacht wieder in die Ferienwohnung wollte, sie notgedrungen jedes Mal anrufen musste, um sich aufsammeln zu lassen. Nach drei Tagen auf der Insel hatte sie die Nase von Annas schnippischen Kommentaren, die bei jeder Rückfahrt so verlässlich kamen wie das Amen in der Kirche, gestrichen voll. Sie schwor sich, beim nächsten Mal lieber gleich ein Billigzimmer in El Arenal zu buchen und allein zu fliegen; teurer als ihr Anteil an Annas Feriendomizil war das bestimmt auch nicht, und anders als jetzt konnte sie dann so viel Spaß haben, wie sie wollte.

Heute hatte Anna beschlossen, sich eine Gemäldegalerie anzusehen, deren Namen Lena gleich wieder vergessen hatte; immerhin bedeutete das, dass sie die Chance bekam, sich von Kopf bis Fuß einzuölen und am Strand von mittags um zwölf bis abends um sieben die Bräune zu tanken, ohne die sie am kommenden Samstag keineswegs wieder nach Hause kommen wollte. Auch das fand Anna schrecklich einfallslos. »Faul romliega ond brutzla kannsch au bei ons am Aichschtrutsee«, hatte sie ironisch angemerkt, bevor sie sich zu ihrem sterbensöden Kulturprogramm aufmachte.

Lena tupfte sich einen Klecks Sonnencreme auf die Nase und warf den beiden Jungs unter dem Sonnenschirm rechts von ihr einen interessierten Blick zu. Der eine war höchstens eine Vier von Zehn, aber der andere mit der blonden Haartolle und dem coolen Tattoo auf dem Oberarm war echt niedlich. Irgendwie erinnerte er sie an den hübschen Knaben, mit dem sie sich letzten Samstag in Welzheim unterhalten hatte. Der war auch niedlich gewesen. Bloß viel zu jung – leider.

Ihr Handy gab einen trillernden Signalton von sich, und Lena seufzte. Das war bestimmt wieder Mama, die sich aus völlig rätselhaften Gründen mindestens zweimal pro Tag über WhatsApp nach ihrem Wohlergehen erkundigte und die, wenn Lena nicht sofort antwortete, prompt in nervöse Panik verfiel.

Also überflog sie so lustlos wie pflichtschuldigst die Aufzählung der Ereignisse, über die sie nach Meinung ihrer Mutter unbedingt Bescheid wissen musste. Tante Susi war beim Joggen unglücklich gestürzt und hatte sich ein Bein gebrochen. *Selber schuld*, dachte Lena mitleidlos, *was muss die au durch die Gegend saue mit ihre hondert Kilo Läbendgwicht.* In Welzheim hatte ein Haus gebrannt und ein Lehrer, von dem Lena noch nie gehört hatte, war ab sofort obdachlos. Sie gähnte gelangweilt.

Gleich darauf setzte sie sich kerzengerade auf und schnappte entsetzt nach Luft.

Im Keller der Hausruine hatte man eine Leiche gefunden. »Stell dir vor, Lena, das war der Andi«, stand da. Lena hätte das Handy fast in den Sand fallen lassen. Ihre enttäuschende Freundin Anna, der Ballermann und El Arenal verschwanden aus ihrem Kopf, als hätte diese grimmige Nachricht sie auf Nimmerwiedersehen weggeblasen.

Andi war tot?

Sie las weiter, diesmal mit gespannter Aufmerksamkeit. Offenbar ging die Polizei davon aus, dass Andi ermordet worden war. Ganz Welzheim befand sich in Aufruhr, und obendrein war auch noch ein Junge spurlos verschwunden, der sich zuletzt am Samstag dort aufgehalten hatte. Mama konnte sich an den Namen nicht mehr erinnern, wusste aber zu berichten, dass er seitdem fieberhaft in der Gegend rings um Welzheim und Schorndorf gesucht wurde.

Lena rief mit dem Handy die Suchmaschine auf und gab *mord, andreas bieber* und *welzheim* ein. Links zu einer ganzen Reihe von Artikeln wurden ihr angezeigt, und zwei oder drei davon studierte sie gründlich. Danach saß sie eine ganze Weile reglos im warmen Sand und versuchte, die Tatsache zu verdauen, dass der scheue Sonderling, den sie während ihrer Schulzeit und auch noch danach wirklich gern gehabt hatte, nicht mehr lebte. Und mehr noch – dass jemand ihn ermordet hatte. Einfach so.

Armer Andi. Das hatte er wirklich nicht verdient. So was verdiente niemand.

Sie nahm sich zusammen und tippte auf dem Display *suche, verschwunden* und *welzheim*. Diesmal entdeckte sie auf der Ergebnisseite ganz oben eine Meldung des Zeitungsverlags Waiblingen. Und dort sah sie ein Bild, auf dem der verschwundene Junge in einer Art Uniform mit Halstuch neben einem schwarzen Zelt stand und fröhlich in die Kamera lächelte.

Sie kannte ihn. Das war der Junge vom letzten Samstag. Absolut sicher.

Sie dachte kurz nach, dann tippte sie erneut rasend schnell auf das Display.

polizei waiblingen telefon.

***

Malte Jacobsen saß an seinem Schreibtisch, einmal mehr in die Unterlagen von Simon Adlersfeld vertieft. Inzwischen hatte er in der fast unübersichtlichen Menge aus

Notizen mehrere Anmerkungen gefunden, die sich auf kleinere Funde in Welzheim aus den vergangenen drei Jahren bezogen – ein kleines Schmuckstück aus Silber, das augenscheinlich aus dem ersten Jahrhundert nach Christus stammte, ein Dolchfragment mit verziertem Griff und eine ziselierte Gürtelschnalle. Sämtliche Artefakte befanden sich nicht in Welzheim, sondern im Rastatter Landesmuseum, wo sie restauriert wurden; er würde morgen hinfahren, um mit dem Restaurator Stefan Straubing zu reden und sie sich anzusehen.

Heute war Mittwoch; Lukas wurde jetzt seit mehr als drei Tagen vermisst. Obwohl Jacobsen sich – der Anweisung von Finkbeiner gemäß – intensiv dem Welzheimer Mordfall widmete, konnte er weder den Jungen noch dessen ungeklärtes Schicksal aus seinen Gedanken vertreiben. Melanie hatte es übernommen, sich in kurzen Abständen über die Suchaktion zu informieren. Die Kollegen hatten bisher einen Radius von zehn Kilometern rings um Schorndorf akribisch durchkämmt – aber noch immer fehlte von Klara von Weyens Enkel jede Spur.

Ich glaube weiterhin daran, dass sie ihn wohlbehalten finden, und das hoffentlich bald. Ich weigere mich ganz entschieden, etwas anderes zu glauben.

Es war keine Lüge gewesen, weil er gewusst hatte, dass er Klara von Weyen unter gar keinen Umständen anlügen durfte. Und trotzdem wusste er immer noch nicht, wem er mit dieser Aussage mehr Zuversicht hatte geben wollen – ihr oder sich selbst.

Das Telefon klingelte, und er hob ab.

»Hier isch Meyer«, sagte der Kollege am anderen Ende. »I han hier a jonge Frau, die will ebber schprecha, der mit dem Fall von dem verschwondana Jonga zom do hat.«

Zum Teufel mit Finkbeiner.

»Stellen Sie durch. – Jacobsen, hallo?«

»Hier isch Federer. Lena Federer. Sie suchet doch den Lukas, gell?«

»Lukas von Weyen, ja«, erwiderte Jacobsen. »Wissen Sie etwas über ihn?«

»I glaub scho.« Eine kurze Pause. »I han ihn nämlich troffa, letschten Samschtag. Da isch er bei ons em Café ›Mocca‹ g'wäse, da schaff i. Danach ben i in d'r Urlaub gfloga. Nach Mallorca … da ben i immer no.«

»Tatsächlich?« Jacobsen spürte, wie sein Herzschlag sich beschleunigte. »Danke, dass Sie sich melden, Frau Federer. Sie haben nicht zufällig eine Ahnung, wohin Lukas nach Ihrer Begegnung gegangen ist?«

»Des kennt scho sei«, sagte die junge Frau am anderen Ende. »Wisset Se, er hat mich nach Andreas Bieber ausgfragt. Nach 'm Andi.« Wieder eine Pause. »Der Andi … isch er wirklich tot? Hat en wirklich äbber ombracht?«

»Das ist richtig«, erwiderte Jacobsen.

Ein kummervolles Schnaufen kam von anderen Ende der Leitung. »I hab ghofft … Wer *macht* denn bloß so äbbes? Ond *warom?*«

»Das versuchen wir gerade herauszufinden«, erwiderte Jacobsen. Er musste sich zur Ruhe zwingen. *Was war mit Lukas?*

»Der Lukas … er hat mit dem Andi schwätza wella.« Zum Glück erinnerte sich seine Gesprächspartnerin wieder daran, weswegen sie sich eigentlich gemeldet hatte. »Weil er des so toll gfonda hat, wie der Andi schmieda hat kenna. Ond da … ond da hab ich ihm von seirer heimlicha Schmiede erzählt. Er hat hinfahra wella. Mit seim Fahrrad.«

»Andreas Bieber hatte eine heimliche Schmiede?« Jetzt spürte Jacobsen jeden einzelnen Herzschlag in den Fingerspitzen. »Wo genau ist die, Frau Federer?«

Lena Federer sagte es ihm.

***

Es dauerte nur wenige Minuten, den Kollegen zu erreichen, der die Suchaktion nach Lukas von Weyen leitete. Der schickte einen Mann zur fraglichen Stelle, der über Funk meldete, der Bunkereingang sei offensichtlich eingestürzt. Die daraufhin sofort alarmierte Freiwillige Feuerwehr in Gang zu setzen dauerte schon länger; die Männer mussten erst zusammengetrommelt werden, und der Bunker war nicht über eine mit Fahrzeugen befahrbare Straße erreichbar. Es dauerte fast eineinhalb Stunden, bis die Nachricht kam, dass die Männer vor Ort waren. Jacobsen verzichtete wohlweislich darauf, seinen Vorgesetzten erst um Erlaubnis zu fragen, bevor er gemeinsam mit Melanie nach Eselshalden und in Richtung des ehemaligen Bundeswehrdepots fuhr. Das letzte Stück des Weges legten sie im Laufschritt zu Fuß zurück und kamen eine Viertelstunde später auf die von Lena beschriebene Lichtung mit dem Bunker.

Der Anblick war erschreckend; große Gesteinsbrocken türmten sich dort, wo sich einmal der Eingang befunden hatte. Jacobsen hatte wider besseren Wissens wenigstens auf einen Bagger gehofft, aber stattdessen wurde ein Stein nach dem anderen mit Stahlseilen umwickelt und vorsichtig von einem kleinen, traktorähnlichen Fahrzeug mit Winde weggezogen, während die Männer gleichzeitig ebenso vorsichtig mit Schaufeln das lose Geröll abtrugen.

»Herr Jacobsen?« Einer der Feuerwehrmänner kam auf

ihn zu; es war der Brandmeister, dem er schon bei der Ruine von Frank Linckes Haus begegnet war.

»Grüß Gott, Herr Schmitz.« Jacobsens Blick wanderte wieder zu dem Steinhaufen vor dem Bunker. »Geht das nicht schneller? Wenn Lukas von Weyen tatsächlich da drin ist, dann sollten Sie sich vielleicht ein bisschen beeilen. Denn dann hält er jetzt schon mehr als drei Tage durch.«

»Des woiß i doch, Herr Jacobsen«, antwortete der Brandmeister. »Aber schwere Maschina bringet mir hier halt oifach net nuff … ond die würdet ons au net wirklich nütza. Wenn mir mit Kanona uff Schbatza schießet, no kommt da drenna mit Sicherheit älles andere au no ronder. Und damit isch dem Jonga net gholfa, oder?«

Jacobsen musste widerwillig zugeben, dass der Mann recht hatte.

Vom Bunkereingang kam ein lauter Ruf. Schmitz drehte ab und eilte dorthin, Jacobsen und Melanie dicht auf seinen Fersen. Als sie vor dem Steinhaufen stehenblieben, zogen zwei Feuerwehrmänner gerade ein eingestaubtes und stark verbogenes Fahrrad aus dem Schutt. Jacobsen beugte sich über den malträtierten Drahtesel und öffnete eine der Satteltaschen. Er zog zwei zerdrückte Müsliriegel heraus und fand noch mehr: eine Powerbank zum Aufladen von Handys und ein Portemonnaie mit etwas Kleingeld, einer EC-Karte und einem Personalausweis, von dessen Foto ihm ein vertrautes Gesicht entgegenblickte.

»Das gehört Lukas«, sagte er leise. »Also war er tatsächlich hier. Und er ist es wahrscheinlich immer noch.«

»Mir holet en da raus«, sagte Schmitz beruhigend. »Ganget Sie bitte mit Ihrer Kollegin wieder da nüber, ja? I geb Ihna sofort Bscheid, wenn mir en gfonda hend.«

»Danke.«

Jacobsen tat, wie ihm geheißen, aber die Angst begleitete ihn und ließ sich nicht abschütteln. *Was, wenn Lukas irgendwo unter diesen Trümmern begraben lag, genau wie sein Fahrrad? Oder wenn er irgendwo tief in dem Bunker umgekommen war, schwer verletzt durch den Einsturz, ohne Wasser und medizinische Versorgung?* Melanie verzichtete auf jeden Kommentar, warf ihm aber einen langen Seitenblick zu. Dann nahm sie – immer noch wortlos – seine Hand und hielt sie fest.

Sie warteten angespannt Minute für Minute, während die Feuerwehrleute sich weiter durch den Steinhaufen gruben. Irgendwann war oberhalb davon eine dunkle Öffnung zu sehen, die ganz langsam immer größer wurde. Der Brandmeister leuchtete mit einer starken Lampe hinein und kam dann dorthin, wo Jacobsen und Melanie sich inzwischen auf einem dicken, gefällten Baumstamm niedergelassen hatten.

»Hender dem Trümmerhaufa isch en Gang, ond der isch no frei«, meinte er. »Irgendäbber muss den mit Holzbalka abgschtützt han, von dene die meischte no schtandet. Trotzdem – mir müssdet die Decke von dem Bunker ganz neu sichern, bevor wir ons da durchwaget. Die isch wahrscheinlich so mürb ond löchrig wie an Schweizer Käs. Zu bled, dass mir net wisset, wo genau der Bua isch. Vielleicht krieagt er dr ganze Radau gar net mit.«

Jacobsen ließ Melanies Hand los und stand auf.

»Wenn der Junge nicht bei Bewusstsein ist, wird Ihnen kaum etwas anderes übrigbleiben, als jemanden da hineinzuschicken«, sagte er. »Aber vielleicht braucht er einfach nur eine Weile, um uns zu bemerken. Wir sollten versuchen, ihn auf uns aufmerksam zu machen.«

Er ging rasch zum Bunkereingang hinüber und blieb mit einem kleinen Sicherheitsabstand vor dem Geröllberg stehen.

»Lukas!«, rief er laut. »Lukas, hörst du mich? Hier ist Malte Jacobsen. Bist du da drin? Geht es dir gut?«

Sekundenlang herrschte völlige Stille. Dann kam eine müde, unsichere Stimme irgendwo aus der Schwärze.

»Herr ... Herr Jacobsen?«

»Ja, ich bin hier!«, erwiderte Jacobsen; er stellte fest, dass ihm vor Erleichterung die Knie zitterten. »Wir versuchen, dich da herauszuholen! Hast du uns nicht gehört?«

»Nicht gleich«, kam es zurück. »Ich ... ich glaube, ich war weggetreten. Das ist mir in den letzten Tagen ein paarmal passiert. Ich hab mir den Kopf angestoßen, als der Eingang zusammengekracht ist ... Ich hab bestimmt eine Gehirnerschütterung. Aber zum Glück bin ich von dem Lärm aufgewacht, gerade eben. Deswegen bin ich hier in den Gang gekommen.«

Schmitz trat neben Jacobsen.

»Langsam, Bua. Bleib, wo du bisch ... Mir gäbet dir glei a bissle meh Licht, okay?«

Seine Männer kamen herbeigerannt, und gleich darauf strahlten drei helle Scheinwerfer in den finsteren Gang hinein. Jetzt konnte Jacobsen die schmale Gestalt sehen, die etwa zehn Meter weiter hinten stand.

»Tut dir was weh, Bua – abgesehe von deim Kopf?«, erkundigte sich Schmitz. Er sprach so gelassen, als wäre die ganze Situation ohne jedes Risiko. »Hasch du dir vielleicht irgendäbbes brocha?«

»Nein ... sonst ist alles noch heil«, antwortete Lukas. »Glaube ich jedenfalls.«

»Kannsch du laufa oder willsch du, dass mir dich raustraga?«, erkundigte sich Schmitz. »I sag des, weil du, wenn du uff deine eigene Fiaß rauskommsch, besser net gegen die Balka renna solltesch. Die Decke isch nemme so schtabil, woisch?«

»Weiß ich«, kam es überraschend nüchtern zurück. »Ich hab einen von den Balken umgeworfen. Deswegen ist wahrscheinlich der Eingang eingestürzt.«

»Da könntesch recht han.«

Schmitz und Jacobsen wechselten einen besorgten Blick.

»Mir räumet jetzt dr Rescht von de Trümmer weg, Lukas«, sagte Schmitz. »Ond dann kannsch du ons entgegakomma. Aber bloß net hudla, gell? Wenn dir schlecht wird oder du dich nemme uff de Fiaß halda kannsch, sag's bitte glei. Dann kommet mir dich hola.«

»Ist gut.«

Wieder traten die Männer mit den Schaufeln in Aktion und machten den Weg von dem letzten Geröll frei. Jacobsen blieb, wo er war, und versuchte, Lukas im Auge zu behalten. Endlich warf Schmitz ihm einen aufmunternden Blick zu und nickte. Offenbar war jetzt er an der Reihe.

»Lukas? Komm raus!«, sagte Jacobsen. »Ganz langsam, hörst du? Und berühr keine der Stützen!«

Lukas machte erst einen Schritt, dann noch einen und einen weiteren; es sah aus, als ginge er auf rohen Eiern. Einige der Balken standen schräg, und jedes Mal, wenn er behutsam einen davon umrundete, hielt Jacobsen nervös den Atem an. Der Junge kam näher und näher, und schließlich war er kaum noch zwei Meter vom Eingang entfernt. Jacobsen streckte ihm die Hand entgegen.

»Gut gemacht!«, sagte er. »Auf geht's – den Rest schaffst du auch noch.«

Im nächsten Moment hatte der Junge den letzten kleinen Abstand überwunden und stand vor ihm. Er schwankte ganz leicht; Jacobsen hielt ihn am Arm fest, und auf der anderen Seite griff Schmitz zu und stützte ihn. Gleich darauf kam aus dem Gang ein unheilverkündendes Grollen.

»*Zurück!*«, brüllte Schmitz.

Sie stolperten hastig weg von dem Bunker, Lukas zwischen sich. Es donnerte und krachte, und diesmal brach der Gang in seiner ganzen Länge ein. Eine riesige Staubwolke schoss aus der Öffnung hervor; Jacobsen fand sich auf den Knien wieder und musste husten. Dann blickte er auf und sah erst Lukas, der neben ihm im Gras hockte und dann Schmitz, der sich einen Dreckschmierer aus dem Gesicht wischte und grinste.

»Da hemmir aber ordentlich Schwein ghet«, sagte der Brandmeister. »Des war ganz schee knapp. – Bisch du okay, Bua?«

»K… keine Ahnung.« Lukas musterte den Feuerwehrmann so verwirrt, als wüsste er nicht, wo er herkam und was er hier machte. Dann langte er zu Jacobsens Überraschung in seine Hosentasche, zog ein paar zusammengefaltete Blätter heraus und hielt sie ihm hin. »Hier, Herr Jacobsen – für Sie. Das hab ich da drin gefunden. Neben der Schmiede von Andreas Bieber.«

Er wandte den Kopf, betrachtete den frischen Trümmerhaufen und wurde noch ein bisschen blasser. Dann sank er plötzlich in sich zusammen. Schmitz beugte sich über ihn, kontrollierte rasch seine Atmung und fühlte seinen Puls.

»Koi Angscht, er isch bloß ohnmächtig«, sagte er. »Koi Wonder, nach dem ganze Drama. Jungs, kommet ihr mal?«

Zwei Feuerwehrmänner eilten herbei, der eine mit einem Koffer, wie ihn Rettungssanitäter im Einsatz benutzten. Der andere hatte eine faltbare Trage bei sich. In Windeseile wurde Lukas daraufgebettet und festgeschnallt. Schmitz zückte ein Handy, lauschte kurz und nickte Jacobsen zu.

»Der Rettungswaga mit dem Notarzt wartet scho onda an dr Schtroß«, sagte er. »Der bringt den Jonga in die Klinik – nach Schorndorf, denk i.«

Jetzt stand Melanie neben Jacobsen und half ihm auf die Beine.

»Gott sei Dank, dass euch nichts passiert ist!«, sagte sie mit einem tiefen Seufzer. »Ich dachte wirklich, mir bleibt das Herz stehen! – Was hat Lukas dir denn da gegeben?«

Jacobsen riss den Blick widerstrebend von der Trage los, die gerade vorsichtig den steilen Weg hinuntermanövriert wurde, der zur Straße führte. Er betrachtete die Blätter, die er immer noch in der Hand hielt, und faltete sie auseinander.

Das Papier war schmutzig und an den Rändern verkohlt. Auf jedem Blatt befand sich eine Zeichnung; jede stellte die römische Reitermaske dar, die Jacobsen bereits kannte – jeweils aus einer anderen Perspektive gezeichnet und mit sehr genauen Details.

Er atmete tief durch.

»Ich denke«, sagte er langsam, »das könnte sehr gut der Beweis dafür sein, dass die Maske in Welzheim gefälscht ist. Und wenn das stimmt, dann wissen wir jetzt auch, *wer* sie gefälscht hat.«

Er steckte die Blätter in seine Jacke und zog das Handy aus der Hosentasche. Er wählte Klara von Weyens Nummer, und sie ging schon nach dem ersten Klingeln ans Telefon – als hätte sie direkt danebengesessen und gewartet. Was vermutlich zutraf.

»Frau von Weyen? Jacobsen hier. Wir haben Lukas gefunden. Er war in einem alten Bunker verschüttet und ist leicht verletzt … aber er lebt.«

STREITHÄHNE

Die Tatsache, dass Lukas wohlbehalten aufgefunden worden war, sorgte dafür, dass Finkbeiner sich jeden Tadel über Jacobsens Teilnahme an der Rettungsaktion verkniff. Jacobsen hätte sein nächstes Gehalt darauf verwettet, dass der Chef bereits den positiven Presseberichten entgegenfieberte, in denen mit etwas Glück die Rede davon sein würde, dass ein wackerer Beamter des Präsidiums in Waiblingen an der Rettung des Jungen entscheidend beteiligt gewesen war. Und dass er sich bei dieser Aussicht zufrieden die Hände rieb.

Trotzdem war es Melanie, die in die Klinik nach Schorndorf fahren durfte, um Lukas zu befragen. Jacobsen hätte sie gern begleitet, verzichtete aber darauf, um sich weitere unangenehme Diskussionen mit seinem Vorgesetzten zu ersparen. Außerdem wollte er den Termin mit Stefan Straubing im Landesmuseum nicht absagen; morgens um acht fuhr er nach Rastatt.

Es dauerte eine Weile, bis das Navi ihn durch die elegante Residenzstadt geleitet und er in dem riesigen Museumskomplex den richtigen Eingang gefunden hatte. Dort wartete Straubing bereits auf ihn und führte ihn an seinen Arbeitsplatz.

Der Raum war groß und hell. In zahlreichen Regalen stapelten sich Kästen mit antiken Artefakten; auf einem Tisch stand ein Krug, der aus lauter Tonscherben wieder zusammengesetzt worden war, daneben befanden sich eine flache, mit Sand gefüllte Schale und eine Lampe.

»Wenn ich will, dass mir das Stück, an dem ich gerade arbeite, nicht umkippt, stecke ich es da hinein«, meinte

Straubing und deutete auf die Schale. »Simpel, aber sehr effektiv.«

Auf der linken Seite stand ein großer Glaskasten mit isolierten Eingrifflöchern, auf dessen Zweck sich Jacobsen keinen Reim machen konnte.

»Was ist das?«

»Sowas ähnliches wie unsere Waschmaschine«, erwiderte Straubing mit einem Lächeln. Er holte einen kleinen, dick verkrusteten Gegenstand aus einer Kunststoffkiste; an einigen blanken Stellen war ein kompliziert verschlungenes Muster zu erkennen. Er steckte beide Hände durch die Löcher. Dann nahm er mit der Rechten etwas, das aussah wie ein kleiner Lötkolben, schaltete es ein und führte es behutsam an dem Gegenstand entlang. Jacobsen sah, dass die Kruste sich löste und noch mehr glänzendes Metall freigab.

»Ein Sandstrahler«, erklärte Straubing. »Und das hier«, er nickte in Richtung des Gegenstandes, auf dem allmählich weitere Details des Musters zum Vorschein kamen, »ist die Gürtelschnalle, die man vor zwei Jahren in Welzheim gefunden hat. Kein römisches Produkt übrigens ... Das hat ein Kelte Anfang des ersten Jahrhunderts geschmiedet, irgendwo in Gallien. Die Römer haben nicht nur erobert, sondern auch Handel getrieben. Es gibt vergleichbare Grabfunde aus dieser Epoche, deswegen können wir das Ding ziemlich sicher zuordnen.«

»Sie haben hier auch noch einen Dolch und ein Schmuckstück aus dieser Zeit, oder? Adlersfeld hat beides in seinen Unterlagen erwähnt.«

»Richtig. Einen Ring aus Silber. Allerdings sind weder Dolch noch Ring auch nur annähernd so gut erhalten wie das hier, aber sie sind zweifellos authentisch. Alle drei.«

Straubing schaltete den Sandstrahler ab, zog die Hände

wieder aus dem Gerät und hielt ihm die Gürtelschnalle hin. Jacobsen nahm sie, betrachtete sie von allen Seiten und fuhr mit der Fingerspitze sachte über das Muster. Bei dem Gedanken, dass er etwas berührte, das annähernd zweitausend Jahre alt war, überlief ihn zu seiner Überraschung ein beinahe ehrfürchtiger Schauer.

Er legte die Schnalle vorsichtig in ihre Kiste zurück, wandte sich wieder der Gegenwart zu und holte die Kopien der Blätter aus der Tasche, die Lukas ihm gestern gegeben hatte.

»Ich hab auch ein Fundstück für Sie«, sagte er. »Es wurde zwar nicht in Welzheim entdeckt, aber ganz in der Nähe, in einem alten Bunker auf dem Gelände eines ehemaligen Bundeswehrdepots. Dort hatte sich ein junger Schmied einen heimlichen Arbeitsplatz eingerichtet, und wir haben inzwischen einen handfesten Verdacht, woran *genau* er da gearbeitet hat.«

Straubing musterte die Blätter, pfiff leise und verblüfft durch die Zähne und warf ihm einen scharfen Blick zu.

»Die berühmt-berüchtigte Maske? Er hat sie also tatsächlich selbst gemacht?«

»Der Schluss liegt immerhin nahe«, erwiderte Jacobsen. »In diesem Bunker befand sich – laut dem Jungen, der dort war – eine Schmiede. Genaueres wissen wir noch nicht – unser Zeuge war in dem Bunker mehrere Tage verschüttet und liegt jetzt mit einer saftigen Gehirnerschütterung im Krankenhaus. Meine Kollegin spricht gerade mit ihm. Aber er hat die Blätter dort gefunden. Wahrscheinlich hat der Schmied vergessen, sie rechtzeitig zu verbrennen, bevor er den Bunker das letzte Mal verließ.«

»Es wäre bestimmt interessant, mit ihm zu reden«,

meinte Straubing gedankenvoll. »Dabei würde ich liebend gern Mäuschen spielen.«

»Das werden Sie leider nicht mehr können«, antwortete Jacobsen. »Der besagte Schmied ist tot. Er wurde vergangenen Sonntag mit einem römischen *gladius* ermordet und ist im Keller eines Hauses in Welzheim verbrannt.«

Straubing starrte ihn an und atmete hörbar durch die Nase.

»Ach, du lieber Himmel«, sagte er. »Sorry für das miserable kleine Wortspiel, aber Sie haben echt einen mordsspannenden Beruf. Und ich dachte, *mein* Job wäre aufregend. – Gibt es schon Hinweise, wer es war?«

»Noch nicht genügend für eine Festnahme«, erwiderte Jacobsen ausweichend.

»Was glauben Sie – wenn der Schmied die Maske selbst gemacht hat, hat er das dann auf eigene Faust getan?« Straubing nahm vor seinem Arbeitstisch Platz und malte mit der Fingerspitze kleine Muster in den Sand. »Wenn jemand anderes ihn mit der Fälschung beauftragt hat, dann war er nicht nur ein Komplize, sondern auch ein Mitwisser. Ich kenne mich ja in Ihrem Metier nicht so gut aus, und wahrscheinlich lese ich in meiner Freizeit zu viele Krimis … aber das wäre doch bestimmt ein Grund gewesen, ihn zum Schweigen zu bringen. Falls zu befürchten war, dass er auspackt.«

»Gut möglich«, versetzte Jacobsen. »Allerdings werden Sie den Rest der Ermittlungen abwarten müssen, bevor es darauf eine Antwort gibt. Das muss ich auch.«

Straubing schwieg eine Weile, dann nahm er nochmals die Blätter in die Hand und betrachtete sie.

»Es ist ein Jammer«, sagte er unvermittelt. »Falls Ihr ermordeter Schmied bei der Maske die Finger im Spiel hatte, war das natürlich kriminell, vor allem, weil sie anschließend als antiker Sensationsfund ausgegeben wurde. Aber ich hab in Simons Unterlagen den Text seiner Expertise und sehr detaillierte Fotos von der Maske gesehen, und er hielt sie für ein Meisterwerk. Wenn der Junge sie in einer selbsterrichteten Schmiede hergestellt hat, womöglich mit relativ primitiven Mitteln, dann muss er unheimlich geschickt gewesen sein. An solchen Stücken haben sich schon erfahrene Profis die Zähne ausgebissen.«

»Das ist Ihr Metier, nicht meines«, erwiderte Jacobsen. »Und da kennen *Sie* sich besser aus als ich. Wenn er wirklich so begabt war, wie Sie glauben, dann hat er diese Begabung nicht lange nützen können. Sie haben recht – es ist wirklich ein Jammer.«

***

»Dieser Restaurator ist auch der Ansicht, dass die Maske von Bieber gefälscht worden ist?«, fragte Stefan Finkbeiner.

Jacobsen und Melanie saßen an dem großen Konferenztisch in seinem Büro. Mittlerweile war es ein Uhr mittags; Jacobsen war gerade aus Rastatt zurückgekommen und sofort zu seinem Vorgesetzten gerufen worden, um das weitere Vorgehen zu besprechen, gemeinsam mit seiner Kollegin, die kurz vor ihm aus der Klinik in Schorndorf eingetroffen war.

»Das hat Straubing nicht gesagt«, antwortete Jacobsen. »Was auch schwer möglich ist, denn er hat die Maske nur auf Fotos zu Gesicht bekommen, nie im Original. Aber er denkt, dass Bieber – wenn er es wirklich getan hat – außerordentlich geschickt gewesen sein muss, um sie dort in diesem Bunker zu schmieden. Er meint, Simon Adlersfeld hätte sie für ein Meisterwerk gehalten.«

»Lukas sagt, es gab in dem Raum, in dem er die letzten drei Tage eingeschlossen war, nicht nur eine Esse und einen Amboss, sondern auch einen selbstgebauten Ofen«, sagte Melanie. »Ich hab mich schlaugemacht, und nach der Beschreibung muss es sich um einen sogenannten Rennofen handeln. In solchen Öfen hat man aus Erz Stahl gewonnen, bevor die Technik im Mittelalter weiterentwickelt wurde. Laut Lukas hatte Bieber dort auch einen kräftigen Blasebalg, aber der dürfte als Belüftung nicht ausgereicht haben. Früher hat man solche Öfen oft auf Berghöhen errichtet, um den Wind zu nutzen. Aber um herauszufinden, wie genau er das angestellt hat – und wie es überhaupt möglich war, die Maske dort zu schmieden –, müssen wir erst einmal wieder an die Schmiede herankommen.«

»Das wird nicht gerade leicht sein«, meinte Jacobsen. »Der gesamte Gang, der zu dem Raum führt, in dem sie sich befindet, ist bei dem zweiten Einsturz in sich zusammengebrochen. Es wird Tage dauern, bis er wieder freigeräumt werden kann, und vielleicht hat auch die Schmiede einiges abbekommen. Dann sind viele Beweise zerstört.«

Finkbeiner musterte ihn kritisch. »Aber wir haben die Zeichnungen, oder? Das ist doch immerhin ein deutlicher Anhaltspunkt.«

»Ja, sicher«, sagte Jacobsen. »Aber nur dafür, dass Bieber der Fälscher war. Davon, dass er auch mit dem Mord an Adlersfeld zu tun hat, dürfen wir nicht so ohne weiteres ausgehen, zumal er inzwischen selbst ermordet worden ist. Wenn die Maske von ihm stammt, dann hat er sie mit ziemlicher Sicherheit für jemand anderen angefertigt. Und der wollte sich vermutlich einen lästigen Mitwisser vom Hals schaffen, bevor er irgendwann redet.«

»Womit Herbert Häger wieder ins Spiel kommt.« Finkbeiner klang fast triumphierend.

»Könnte stimmen«, warf Melanie ein. »Lena Federer – die Kellnerin aus Welzheim – hat Lukas erzählt, dass Andreas Bieber seinem Chef sehr ergeben war. Sie hat ihm gesagt, er hätte für seinen Chef ›einfach alles getan‹. Wörtlich.«

»Aber wäre er in seiner Ergebenheit so weit gegangen, auch Adlersfeld zu beseitigen?«, gab Jacobsen zu bedenken. »Dass er die Maske geschmiedet haben könnte, ist eine Sache. Aber für die Nacht des Mordes an dem Professor hat er ein Alibi. Er hat sich laut den Aussagen sämtlicher Mitglieder der LEGIO VIII und von Frank Lincke bis weit nach Mitternacht im Café ›Mocca‹ aufgehalten.«

»Nach dem, was ich in Ihrem Protokoll der Zeugenaussagen gelesen habe, war dieses Café an dem Abend brechend voll«, sagte Finkbeiner. »Da ist es doch immerhin möglich, dass er zwischendurch mal für kurze Zeit verschwunden und später ganz unauffällig wieder zurückgekommen ist. Wenn ich mich richtig erinnere, hat er weder Billard gespielt noch sonst irgendetwas Bemerkenswertes getan. Er hat stundenlang in einer Ecke gesessen, und jemanden, der nicht gerade im Mittelpunkt der Party steht, übersieht man leicht.«

Das war ganz klar ein Argument. Auch, wenn es Jacobsen außerordentlich schwerfiel, sich vorzustellen, dass Bieber zum Mörder geworden war – nicht einmal für Herbert Häger. Dem er den Mord an Simon Adlersfeld genauso wenig zutraute.

Aber wenn Finkbeiners Vermutung zutraf und Bieber das Café tatsächlich verlassen hatte, welchen anderen Grund konnte er dann dafür gehabt haben außer den Mord an Adlersfeld? Dummerweise konnte Jacobsen ihn nicht mehr danach fragen. Sein Bauchgefühl sprach ebenso dagegen, dass Häger den Mord begangen hatte. Aber die Indizien, die sie jetzt hatten, sprachen – vor allem zusammen mit Lukas' Aussage – dafür.

»Sie sollten Herbert Häger ins Präsidium bestellen«, sagte Finkbeiner. »Wir können ihm zwar nicht mit letzter Sicherheit beweisen, dass er in der Nacht von Adlersfelds Tod das Haus verlassen und den Mann getötet hat, aber er hatte auf jeden Fall ein starkes Motiv – eigentlich sogar *zwei*. Seine Frau hat ihn mit Adlersfeld betrogen, und auch wenn sie glaubt, dass Häger das nicht wusste, wäre das doch möglich. Und wenn er es war, der Bieber dazu angestiftet hat, die Maske zu fälschen, dann muss er furchtbare Angst gehabt haben, dass Adlersfeld als ausgewiesener Experte dahinterkam und die Fälschung öffentlich machte. Und dass Bieber sich – bei aller Ergebenheit – irgendwann aus Versehen doch mal verplappert und die Sache auffliegen lässt.«

»Ich überlege gerade ...«, sagte Melanie. »Was, wenn Adlersfeld im Nachhinein tatsächlich Zweifel gekommen sind und er angekündigt hat, seine positive Expertise zurückzunehmen? Das wäre doch absolut ein Grund gewesen, ihn zum Schweigen zu bringen! Zwar hat Adlersfeld laut der Verbindungsliste von seinem Handy-Provider an dem Tag nicht ein einziges Mal mit Häger telefoniert, aber das musste er ja auch gar nicht. Zu der Zeit war er noch in seinem Haus zu Gast.«

Jacobsen hatte plötzlich eine Idee.

»Haben wir eigentlich nachgeprüft, welche Anrufe kurz vor dem Mord an Adlersfeld von Hägers Festnetzanschluss geführt worden sind?«, fragte er. »Der Professor könnte Häger genauso gut von dort aus angerufen haben. Und Bieber auch. Die beiden waren vor den Römertagen hauptsächlich am Ostkastell unterwegs und möglicherweise nur auf dem Handy zu erreichen.«

»Ich kümmere mich darum«, sagte Melanie. »Aber glaubst du wirklich, dass der Professor eine solche Nachricht am Telefon mitgeteilt hätte? Gesetzt den Fall, Adlersfeld hat tatsächlich festgestellt, dass die Maske kein antikes Original war – hätte er es nicht eher vorgezogen, ihm direkt ins Gesicht zu sagen, dass sein Schwindel aufgeflogen ist?«

»Schon möglich«, erwiderte Jacobsen. »Aber herausfinden würde ich es gern trotzdem. Vielleicht hat er ja auch mit jemand anderem über seinen Verdacht gesprochen.«

»Holen Sie sich bitte den entsprechenden Beschluss und setzen Sie sich mit der Telefongesellschaft in Verbindung, bei der Häger seinen Vertrag hat, Frau Brendel«, entschied Finkbeiner. »Lassen Sie sich die Liste der Festnetzverbindungen geben. Und als Nächstes rufen Sie Häger an und sagen ihm, dass er herkommen soll.«

»Wird erledigt.« Melanie stand auf und ging rasch hinaus.

Jacobsen blieb – ebenso wie sein Vorgesetzter – am Konferenztisch sitzen. Eine Weile sagte keiner von beiden etwas. Dann räusperte sich Finkbeiner und warf Jacobsen einen Blick zu, in dem sich Ironie und leichte Ungeduld die Waage hielten.

»Na los, Herr Jacobsen«, sagte er. »Ich kenne Sie doch. Ich bin sicher, irgendwas passt Ihnen an der ganzen Sache nicht. Was ist es? Raus damit.«

»Kann ich nicht sagen«, erwiderte Jacobsen ehrlich. »Aber Sie haben recht. Irgendwas passt mir an der ganzen Sache nicht. Irgendwas fehlt … Ich weiß bloß nicht, was es ist.«

Finkbeiner seufzte.

»Sie begreifen hoffentlich, dass ich mich nach Lage der Dinge kaum ausschließlich auf Ihre berühmte Intuition verlassen darf«, meinte er. »Obwohl sie uns zugegebenermaßen schon öfter gute Dienste geleistet hat. Ich kann nicht darauf warten, dass Ihnen ein Licht aufgeht. Oder dass das fehlende Puzzleteil von allein auftaucht und an seinen Platz fällt. Reden Sie mit Häger – ich bin sicher, danach sind wir ein gutes Stück klüger.«

In diesem Moment öffnete sich die Tür und Melanie kam wieder herein.

»Die Welzheimer Kollegen haben sich gerade gemeldet«, sagte sie. Ihre Stimme war ebenso ernst wie ihr Gesicht. »Herbert Häger hat sein Auto heute Vormittag ein kleines Stück außerhalb von Welzheim gegen einen Baum gesetzt. Er wurde in das Krankenhaus nach Schorndorf gebracht. Es ist nicht ganz klar, ob es sich um einen Unfall gehandelt hat. Möglicherweise hat er versucht, sich das Leben zu nehmen.«

***

Knapp eine Stunde später war Jacobsen in Schorndorf.

»Ich denke nicht, dass Sie in absehbarer Zeit mit dem Patienten reden können«, sagte der Arzt, an den man ihn verwiesen hatte. »Dr. Arno Bechtold« stand auf dem Namensschild, das an seiner Brusttasche klemmte. »Er hat multiple Frakturen im Brustbereich erlitten, sein rechtes Bein ist gebrochen, und er hatte bereits viel Blut verloren, bevor der Wagen entdeckt wurde und er aus dem Wrack befreit werden konnte.«

»War er angeschnallt?«, fragte Jacobsen.

»Ja«, erwiderte der Arzt knapp. »Aber Rippen können auch bei einem angelegten Gurt brechen. Das Tempo muss nur hoch genug sein. Und die Feuerwehr sagt, das Auto ist mit ziemlich hoher Geschwindigkeit gegen den Baum gerast.«

»Dann war es wohl kein Selbstmordversuch.«

»Keine Ahnung.« Dr. Bechtold zuckte die Achseln. »Das werden wir wohl erst mit Sicherheit herausfinden können, wenn – oder besser: *falls* – der Mann wieder zu sich kommt. Er wäre beileibe nicht der erste, der einem suizidalen Impuls folgt und versucht, sich trotz Gurt umzubringen – sowas hat mit Vernunft und Logik nicht viel zu tun, wissen Sie?«

Er rückte seine dunkle Hornbrille zurecht.

»Außerdem gab es in dem Wagen keinen Airbag. Der Patient hat sich durch den heftigen Aufprall neben allem anderen auch noch eine Kopfverletzung zugezogen; die macht uns im Moment am meisten Sorgen. Wir wissen nicht, ob irreversible Schäden zurückbleiben.«

»Denken Sie, dass er durchkommt?«, wollte Jacobsen wissen.

»Es ist noch zu früh, das zu sagen«, antwortete der Arzt. »Wir tun, was wir können … und wenn ich mehr weiß, gebe ich Ihnen Bescheid.«

Jacobsen bedankte sich und fuhr mit dem Aufzug in das Klinikfoyer hinunter. Als er gerade ins Freie trat, vibrierte das Handy in seiner Hosentasche, und er holte es heraus.

»Jacobsen.«

»Hier isch Gottlieb, Polizeirevier Welzheim. Könntet Sie herkomma? I glaub, I han da ebbes rausgfonda.«

»Sicher. Ich fahr sofort los.«

***

Jacobsen parkte seinen Wagen auf dem oberen Marktplatz in Welzheim und fragte sich, was wohl passieren würde, wenn die Meldung über Hägers Unfall am nächsten Tag in der lokalen Zeitung erschien. Wahrscheinlich würde die ohnehin schon brodelnde Gerüchteküche dann endgültig überkochen. Er dachte an Ekaterina Häger und verspürte ehrliches Mitgefühl; die Frau war im Moment ebenso wenig zu beneiden wie ihr Mann.

In der Polizeiwache fand er Gottlieb vor und einen jüngeren Beamten, an den er sich nur noch dunkel erinnern konnte; er musste am Tag, als er Adlersfelds Leiche im Ostkastell gefunden hatte, mit Gottlieb dort gewesen sein. Er war schätzungsweise Mitte zwanzig, hochgewachsen und schlaksig, hatte einen Schopf karottenroter Haare und schaute beim Anblick des Kripobeamten ein wenig verlegen drein.

»Herr Jacobsen, des isch Polizeiobermeischter Markus Renger«, sagte Gottlieb. »Er isch die letschte drei Wocha net im Land gwäsa, weil er gheiratet hot.«

»I war uff Hochzeitsreise«, erklärte der junge Mann. »Drei Wochen im Caravan durch d' USA – davon hemmir immer scho träumt, mei Frau ond i.«

»Herzlichen Glückwunsch nachträglich«, sagte Jacobsen. »Aber das wird wohl kaum der Grund sein, wieso ich unbedingt herkommen sollte, oder?«

»Noi.« Die Verlegenheit in dem Gesicht des jungen Beamten verstärkte sich noch. »I muss a bissle aushola, um Ihna des zom erklära. Glei näba dem Haus von dem Lehrer Lincke em Römerweg – des, wo am Sonndich abbrannt isch –, da wohnt an alter Ma. Friedrich

Gabele hoißt der. Ond der isch für ons so äbbes wie en Dauerkunde.«

»Oiner, der dauernd rombruddlet«, ergänzte Gottlieb hilfreich. »Ond seine Nachber aschwärzt. Wäge jedem Muckaschiss. Wenn d' Katz von der Dame näbadran in sein Garta macht, oder wenn d' Kinder von gegaüber zu laut schpielet.«

»Des kennet mir scho«, fuhr Renger fort. »Deswäga höret mir ihm zwar emmer zu, wenn er wieder mit ebbes akommt, aber mir schreibet net jedes Mal a A'zeig. Schließlich hemmir au ohne des genug zom do. Eigentlich isch er ja ganz harmlos.«

»Aha«, sagte Jacobsen. »Und was hat der harmlose Herr Gabele jetzt mit unserem Fall zu tun?«

»Am Mondich nach dem Mord an dem Professor isch er hierher uff die Wach komma«, erklärte Renger. »Der Kollege Gottlieb war uff 'm Rathaus, ond I war alloi. Mittags wolltet mir zom Flughafa, mei Frau ond i. Mir hattet scho älles packt, ond i wollt bloß no a baar Schreibarbeita erlediga. Ond d'r Gabele kommt rei'platzt ond beschwert sich über zwoi Buaba, die ihm am Samschdich hender dem Zaun a lange Nas dreht hen … ond über an Lieferwaga, der in dr Nacht von Samschdich uff Sonndich sei Ausfahrt zuparkt hot.«

»Ein Lieferwagen?« Jacobsen dämmerte etwas. »Hat er genau gesehen, was für ein Lieferwagen das war?«

»Der war donkelblau, hat er gsagt … oder au schwarz«, meinte Renger. »Mehr hat er nemme gwisst. Ond dass a weiße Schrift uff dr Tür gschtanda hot, aber die hot er net so genau lesa kenna, dafür isch es zu dunkel gwäsa. Gega halb zwölf isch der Waga vor seirer Eifahrt gschtanda, ond irgendwann kurz nach Mitternacht isch er dann weggfahra.«

Ein dunkler Lieferwagen mit weißer Beschriftung auf der Tür. Das klang nach dem Lieferwagen von Herbert Häger. Was nur bedeuten konnte, dass Häger in der Mordnacht bei Lincke gewesen war. Und der hatte in keiner seiner Aussagen auch nur ein Wort davon erwähnt.

»I han au diesmal koi A'zeig uffgnomma«, sagte Renger. »Weil des genau desselbe gwäsa isch wie immer – ond weil i dr Kopf voll ghet hab. Mit Amerika. Außerdem hot der alde Hurgler es genauso eilig ghet wie i – er hat zu seirer Tochter nach Würzburg fahra wella, am selba Tag no ond für ganze *drei* Wocha … armes Mädle, die wird au froh gwäsa sei, wie er endlich wieder hoimganga isch.«

Er blickte kurz so verwirrt drein, als hätte er den Faden verloren, aber dann kehrte er energisch zu seiner eigentlichen Geschichte zurück.

»Wie i heut morga wieder zom Dienscht komma ben ond Herr Gottlieb mir vrzählt hot, was älles in dr Zwischazeit passiert isch … da isch mir die Sach wieder eigfalla. Des Ganze isch mir furchtbar peinlich.«

»Schon gut«, sagte Jacobsen. »Hauptsache, ich weiß *jetzt* Bescheid. – Herr Gottlieb, wo ist Frank Lincke im Augenblick?«

»Mir hen ihn in ra Ferienwohnung onderbracht, bis er ebbes Neues fendet«, sagte Gottlieb. »Da isch er wahrscheinlich jetzed au. Er hot sich beurlauba lassa. Immerhin sen älle seine Bücher ond Onderlaga in Rauch uffganga.«

Jacobsen ließ sich die Adresse der Wohnung geben und verabschiedete sich von Gottlieb und Renger. Er war den beiden mehr als dankbar, auch wenn dieses neue, unerwartete Puzzleteil den Fall möglicherweise in ein ganz neues Licht rückte. Aber das würde er erst nach dem Gespräch mit Lincke wissen.

Die Wohnung, in der der Lehrer nach dem Brand Zuflucht gefunden hatte, befand sich am Ortsrand von Welzheim, in einem einstöckigen Haus mit Garten. Die Besitzerin wohnte im Erdgeschoss und schickte ihn nach oben. Jacobsen klingelte, und gleich darauf stand Lincke vor ihm.

»Schau an, die Polizei!«, sagte er. »Kommen Sie, um mir zu sagen, wer eine Leiche in meinen Keller geschmuggelt und dann mein Haus angezündet hat?«

»So weit sind wir noch nicht«, erwiderte Jacobsen. »Kann ich reinkommen?«

»Bitte sehr.«

Er folgte Lincke in ein kleines, mit hellen Holzmöbeln eingerichtetes Wohnzimmer. Der Lehrer ließ sich auf einem bunt gepolsterten Sofa nieder und musterte ihn abwartend.

»Also – was führt Sie zu mir?«

»Die Tatsache, dass Sie mir ganz offensichtlich etwas Wichtiges verschwiegen haben«, erwiderte Jacobsen ruhig. »Warum haben Sie mir nicht erzählt, dass Herbert Häger in der Nacht, in der Simon Adlersfeld ermordet wurde, bei Ihnen gewesen ist?«

Ein Muskel zuckte in Linckes Wange. »Woher wollen Sie das wissen?«

»Einer Ihrer Nachbarn hat sich bei der Polizei beschwert, weil Hägers Lieferwagen seine Zufahrt versperrt hat.«

Frank Lincke schnaubte. »Das war unter Garantie der alte Gabele. Der beschwert sich über jede Fliege an der Wand. Er hat mich sogar mal anzeigen wollen, weil ich um elf Uhr abends in meinem Arbeitszimmer noch Musik gehört habe … bei Zimmerlautstärke. Schrecklicher alter Querulant. Das mit meinem Haus ist eine Katastrophe, aber auf so einen Nachbarn kann ich *wirklich* verzichten.«

»Also war Häger bei Ihnen? Was hat er gewollt?«

Lincke schwieg.

»Dann will *ich* mal versuchen, mir vorzustellen, was er wollte«, versetzte Jacobsen. »Ich habe Ihre Leserbriefe in der ›Welzheimer Zeitung‹ gelesen. In einem davon haben Sie Häger als selbsternannten ›einzig wahren Vertreter des Römertums in Welzheim‹ bezeichnet. Mir haben Sie übrigens genau dasselbe gesagt, als wir uns auf den Römertagen begegnet sind. Und in dem Brief nannten Sie ihn obendrein ›eine von sämtlicher akademischen Bildung unbeleckte Koryphäe‹. Das muss ihn sehr gekränkt haben. Vermutlich hat er an diesem Abend spontan beschlossen, die Sache endgültig mit Ihnen zu klären. Sozusagen eine Konfrontation von Mann zu Mann, bevor die Römermaske vor großem Publikum präsentiert wird und Ihnen womöglich in aller Öffentlichkeit noch mehr Bosheiten zu dem Thema einfallen.«

Eine Erinnerung schoss ihm durch den Kopf.

»Als ich Sie das erste Mal gesehen habe, war Ihr Gesicht ganz schön lädiert, Herr Lincke.« Er sah dem Lehrer direkt in die Augen. »Was ist passiert? Sind Sie wirklich gegen einen Türrahmen gerannt – oder hat Häger Ihnen an dem Abend eine reingehauen?«

Lincke atmete tief ein.

»Ja, verdammt noch mal«, sagte er. »Steht mitten in der Nacht vor meiner Tür, um ›reinen Tisch zu machen‹. Hat er genau so gesagt. Und mir vorgeworfen, ich würde durch meine persönlichen Angriffe in der Zeitung ›seinen Ruf schädigen‹. Was für einen Ruf denn? Als ob er plötzlich zum Experten mutiert, bloß weil er mit ein paar als

Legionäre kostümierten Simpeln durch die Gegend marschiert und eine alte Maske aus dem Schlamm buddelt. So ein aufgeblasener Idiot. Er wollte, dass ich meine Vorwürfe ›richtigstelle‹. Was hat er sich denn eingebildet – dass ich eine Kampagne zu seiner Ehrenrettung starte, oder was?«

»Sie haben sich geweigert, nehme ich an.«

»Und wie ich das hab.« Lincke schnaubte wieder. »Da hat er plötzlich zugeschlagen … und er hat einen ordentlichen Wumms, muss ich sagen. Danach hab ich ihn natürlich rausgeschmissen.«

»Wann war das?«

»Irgendwann kurz nach Mitternacht. Ich bin ein paar Minuten nach halb zwölf aus dem Café ›Mocca‹ nach Hause gekommen, da stand sein Lieferwagen schon da.«

»Sie müssen mir etwas erklären«, sagte Jacobsen. »Ich weiß, dass vor ein paar Tagen in der Zeitung erwähnt worden ist, dass Adlersfeld ziemlich genau um Viertel vor zwölf in der Nacht starb, weil seine Uhr beim Sturz nach dem Stich mit dem Speer zerbrach und stehen blieb. Das hätten wir eigentlich gern noch eine Weile für uns behalten, weil es eigentlich Täterwissen ist, aber durchgesickert ist es trotzdem. Haben Sie das gelesen?«

Lincke nickte.

»Aber dann«, fuhr Jacobsen fort, »muss Ihnen doch klar gewesen sein, dass Häger den Professor gar nicht getötet haben *kann* … genauso wenig wie Sie, übrigens. Ihr blaues Auge hat Ihnen beiden ein bombensicheres Alibi verschafft. Trotzdem haben Sie diese Tatsache für sich behalten, auch noch, nachdem Andreas Bieber in Ihrem Haus ums Leben gekommen ist. Sie müssen doch mitgekriegt haben, dass sich inzwischen halb Welzheim über Häger das Maul zerreißt und dass ihn sogar viele für den Mörder halten, von Bieber *und* von Adlersfeld. Sie hätten ihn und sich selbst mühelos entlasten können. Wieso haben Sie nichts gesagt?«

Lincke zögerte. »Weiß ich nicht so genau. Herrgott – die Geschichte war mir eben furchtbar peinlich! Ein Veilchen von diesem Trottel verpasst zu bekommen, das ist ja nun wirklich kein Ruhmesblatt. Und nachdem klar war, dass ich mit dem Tod von Hägers Gesellen und mit der Brandstiftung nichts zu tun hab, weil ich gar nicht da war, als mein Haus angezündet wurde, da dachte ich …« Er brach ab.

»Da dachten Sie, Sie sind aus der Sache raus«, beendete Jacobsen den Satz für ihn. »Aber Häger war es nicht. Er hat die hässlichen Gerüchte unter Garantie mitbekommen, und sie müssen sich für ihn angefühlt haben wie der Weltuntergang. Mir ist schon klar, dass Sie den Mann nicht ausstehen können, aber ich werde den Eindruck nicht los, Sie haben es genossen, dass Hägers persönliches *Imperium Romanum* langsam unterging. Wahrscheinlich gefällt es Ihnen noch besser, dass sich die Maske, der Häger seinen Ruhm verdankt, inzwischen mit großer Wahrscheinlichkeit als Fälschung herausstellen wird.«

Lincke richtete sich auf und starrte ihn an. »Ehrlich jetzt? Die Maske ist nicht echt?«

»Es könnte durchaus sein, dass Andreas Bieber die Maske angefertigt hat. Ob er auf die Idee kam, um seinem Lehrmeister zu helfen, oder ob Häger ihn dazu angestiftet hat, wissen wir noch nicht. Aber da Häger nun nachgewiesenermaßen mit dem Tod von Adlersfeld nichts zu tun hat, bestehen jetzt doch erhebliche Zweifel daran … jedenfalls für mich.«

»Als er bei mir war, hat er ganz bestimmt noch geglaubt, dass sie echt war«, sagte Lincke. Es klang ausgesprochen mürrisch. »Er hat mir vorgeworfen, ich würde ihm nicht gönnen, dass er diesen Fund gemacht hat. Ausgerechnet. – Aber wieso fragen Sie nicht ihn danach?«

»Kann ich nicht«, sagte Jacobsen leise. »Er hat heute Morgen seinen Wagen gegen einen Baum gefahren und liegt schwerverletzt und ohne Bewusstsein im Krankenhaus.«

Lincke wurde bleich. »War … war das ein Unfall?«

»Möglich«, erwiderte Jacobsen. »Es könnte aber auch gut sein, dass er versucht hat, sich umzubringen. Und wenn Sie eher den Mund aufgemacht hätten, Herr Lincke, dann wäre es vielleicht nie so weit gekommen. Wissen Sie was? Wenn wir schon von Ruhmesblättern reden – das ist ganz bestimmt keins. Schon gar nicht für Sie.«

ERKENNTNISSE

Jacobsen fuhr in die Innenstadt zurück, parkte seinen Wagen auf dem Kirchplatz und kaufte sich in einer der Bäckereien auf der Wilhelmstraße einen Becher Kaffee. Dann setzte er sich auf eine der Bänke an der Seitenwand der St.-Gallus-Kirche und dachte gründlich nach.

Nach dem Fund der Zeichnungen hatte es so ausgesehen, als stünde der Fall kurz vor der Aufklärung – jedenfalls für Finkbeiner. Herbert Häger hatte sich als Täter geradezu angeboten, auch wenn – zumindest nach Ansicht von Jacobsen – nicht zweifelsfrei bewiesen werden konnte, dass er in der Nacht des Mordes überhaupt sein Haus verlassen hatte. Genauso wenig, ob Ekaterina in derselben Nacht das Nitrazepam genommen und den »Ausflug« ihres Mannes einfach verschlafen hatte.

Jetzt aber war klar, dass Häger zumindest als Mörder von Adlersfeld nicht in Frage kam. Genau genommen stand noch nicht einmal fest, dass er versucht hatte, sich das Leben zu nehmen; der Crash mit dem Wagen konnte ebenso gut ein tragischer Unfall gewesen sein. Schlimmer noch: Wenn Bieber die Maske doch nicht selbst geschmiedet hatte, standen sie wieder ganz am Anfang. Diese Aussicht war niederschmetternd, und die Reaktion von Finkbeiner auf Hägers hieb- und stichfestes Alibi wollte Jacobsen sich gar nicht erst ausmalen.

Er fragte sich flüchtig, wieso Häger eigentlich nie auf die Idee gekommen war, der Polizei von seiner handfesten Auseinandersetzung mit Lincke zu erzählen, und gab sich gleich selbst die Antwort darauf. Ganz einfach – er hatte es nicht für nötig gehalten. Weder Jacobsen noch Melanie hatten ihm in aller Deutlichkeit klargemacht, dass man ihn verdächtigte, und seine Frau hatte ihm ein Alibi gegeben. Außerdem war es ihm wahrscheinlich ähnlich gegangen wie Lincke. Niemand gab gern so ohne weiteres zu, dass er sich als respektabler Bürger geprügelt hatte wie ein unreifer Schuljunge.

Trotzdem nahm Jacobsen dem Lehrer nach wie vor übel, dass er sich mit der Wahrheit so lange Zeit gelassen hatte. Er war sich nicht einmal sicher, ob der Mann von allein mit der Geschichte herausgerückt wäre, sobald er von Hägers Unfall erfahren hatte. Wahrscheinlich wäre er der Ansicht gewesen, dass »Herbert der Allmächtige« es mehr als verdient hatte, vom Thron gestürzt zu werden, und hätte weiter geschwiegen.

Jacobsen trank den Kaffee aus und seufzte.

Nachdem er schon einmal in Welzheim war, konnte er sich genauso gut bei der Feuerwehr erkundigen, ob es inzwischen über den Brand in Linckes Haus noch mehr Fakten gab. Nach dem Drama am Bunker hatte Feuerwehrkommandant Schmitz ihm seine Handynummer gegeben. Wenn er nicht die Feuerwehruniform trug, arbeitete er als Finanzbuchhalter. Als Jacobsen ihn anrief, stellte es sich heraus, dass der Feuerwehrmann Feierabend hatte und in einem Biergarten am Stadtpark saß; Jacobsen fand ihn zehn Minuten später an einem der Holztische unter den dichtbelaubten Bäumen, wo er sich einen Imbiss aus Holzofenbrot und Ochsenmaulsalat gönnte.

»Kommissar Jacobsen!«, sagte er. »Kann i Ihna irgendwie helfa?«

»Das hoffe ich«, meinte Jacobsen. »Ich wüsste gern, ob Sie mir inzwischen noch etwas mehr über den Brand bei Frank Lincke mitteilen können. Immerhin ist derjenige, der das Haus angesteckt hat, mit einiger Wahrscheinlichkeit auch der Mörder von Andreas Bieber.«

Und vielleicht auch der Mörder von Simon Adlersfeld, dachte er, aber er sagte es nicht laut. Er wollte nicht schon wieder in einer Sackgasse landen.

»Net arg viel«, sagte Schmitz bedauernd. »Dass des Feuer mit ner Zigarett ausglöst worda isch, wisset Sie ja scho. Die Gutachter send seit geschtern in der Ruine zugange, aber viel gfonda hen se bisher net. Vielleicht hen se ja heut irgendäbbes entdeckt. Die Flamma hen ganze Arbeit gleischtet. Mir hen wirklich Mordsschwein ghet, dass es die andere Haushälfte net glei mit vrwischt hot. Als der Brand ausbrocha isch, sen mir da nei, om zu überprüfa, ob's no Glutneschter hot. Es hot zom Glück koine gäba, weil in dem Keller bloß oin, zwoi Metallregale romgschtanda send, ond die waret fascht leer. Jädafalls en der oina Hälfte, die andere war abgschperrt. Die Tür war aus Stahl ond so massiv, da wäret mir nur mit ganz schwere Gschütz neikomma, ond des Feuer mit Sicherheit au. Also hemmir uff älle Fäll oin Ma als Brandwache daglassa, sen wieder raus ond hen uns um die Bescherung uff der andere Seite kümmert.«

»Wem gehört eigentlich diese Haushälfte, die noch steht?«, wollte Jacobsen wissen. »Für den Besitzer muss die ganze Sache doch auch ein ordentlicher Schock gewesen sein.«

»Der isch gar net em Land«, erwiderte Schmitz. »Er heißt Simon Weller ond isch seit em halbe Johr in Auschtralien. Sei Vaddr hot mir gsagt, er kommt erscht Weihnachta wieder hoim.«

»Dann darf er rechtzeitig zum Fest seine Bude gleich wieder renovieren?« Jacobsen grinste schwach.

»Dafür sorget die alta Wellers«, erwiderte Schmitz. »Die sen auch schon seit geschtern da ond machet Inventur, was sie demnächscht erscht mal älles zahla derfet, bevor des Geld vo dr Versicherung kommt. I muss glei nomol nüber in der Römerweg ond mit de Gutachter schwätza, bevor die wieder fahret – mechtet Sie mitkomma?«

»Gern.«

***

Die Straße vor dem abgebrannten Haus war leer, in den kleinen Gärten rechts und links saß niemand, obwohl das Wetter perfekt war für einen Grillabend. Vermutlich hatte keiner von Linckes ehemaligen Nachbarn Lust auf die deprimierende Aussicht, auch wenn die inzwischen von einem Bauzaun aus Metallgittern wenigstens teilweise versperrt wurde.

Seit Sonntag hatte man den Großteil der rußgeschwärzten Außenmauern und Zwischendecken bereits vorsichtig abgetragen; die Gutachter durchkämmten das Kellergeschoss, das jetzt größtenteils freilag, hatten aber – ganz, wie Schmitz gesagt hatte – bisher nichts Nennenswertes gefunden, auch nicht an diesem Tag. Als die Gutachter sich auf den Weg gemacht hatten, verabschiedete sich auch Schmitz – nicht ohne vorher anzubieten, den Kommissar zu seinem Wagen zurückzubringen. Jacobsen lehnte ab und blieb allein vor dem Haus stehen. Irgendeinen Beweis musste es doch geben. *Es war zum Auswachsen, verdammt noch mal.*

In der Haushälfte, die vom Feuer verschont geblieben war, öffnete sich ein Fenster, und eine ältere Frau blickte zu ihm hinunter.

»Sen Sie au von der Feuerwehr?«, fragte sie.

»Nein, von der Kripo«, gab Jacobsen zurück. »Sind Sie Frau Weller? Die Mutter von Simon Weller?«

»Ja, ben i. Aber mei Sohn isch net da. Der isch ...«

»... in Australien, ich weiß. Das wird keine schöne Überraschung für ihn, wenn er wieder nach Hause kommt, was?«

»Noi, ganz gwieß net.« Frau Weller schüttelte den Kopf. »Ond mir hen des Haus erscht vor em Johr kauft. Des isch a rächde Kataschtroph, isch des.«

»Weiß Ihr Sohn denn schon Bescheid?«

»Mir hen ihn no net erreicht. Er isch irgendwo im Outback onderwägs.«

Ein älterer Mann trat neben sie ans Fenster. »Med wem schwätscht du denn da, Bärbel? – *Oh.* Grüß Gott.«

»Er isch vo dr Polizei« informierte ihn seine Frau. Dann wandte sie sich wieder an Jacobsen. »Mechtet Sie kurz reikomma?«

Eigentlich gab es keinen Grund dafür. Die beiden waren am Tag des Feuers nicht im Haus gewesen, konnten also auch nichts gesehen haben, was ihm weiterhalf. Aber vielleicht waren sie ja öfter hier, um nach dem Rechten zu sehen. Vielleicht hatten sie ja mitbekommen, wer vorher auf Linckes Seite des Hauses ein- und ausgegangen war. Falls die Leiche von Bieber erst nach seiner Ermordung in Linckes Keller geschafft worden war, musste sich der Mörder dort wenigstens einigermaßen ausgekannt haben.

Natürlich war es vor allem wichtig, Lincke danach zu fragen – und das würde er auch tun –, aber er wusste inzwischen, dass der Lehrer es mit der Wahrheit nicht immer allzu genau nahm. Und eine Aussage von unvoreingenommenen Zeugen konnte nie schaden.

»Wenn ich Sie nicht störe …«

»Koi bissle«, sagte Frau Weller freundlich. »I komm ronder ond lass Sie nei. Horscht, machsch du uns mal en Kaffee?«

Kurze Zeit später saß Jacobsen in Simon Wellers Wohnzimmer. Die Räume hier im Haus hatten bemerkenswert wenig von dem Feuer abgekriegt; wenn man nicht wusste, wie die andere Seite des Gebäudes aussah, wäre man hier drin kaum von allein darauf gekommen.

Jacobsen nippte an dem – sehr guten – Kaffee, den »Horscht« gemacht hatte, und schaute sich um. Es war deutlich zu erkennen, dass der Bewohner hier allein lebte und dass er ausgesprochen reiselustig war. Die Wände waren mit großen Postern mit Fotomotiven aus Australien, Afrika und Amerika gepflastert, und über dem kleinen Esstisch hing hinter einer Glasscheibe eine Collage aus lauter bunten Postkarten. Auf einer Kommode neben einem der beiden Fenster waren kleine Holzskulpturen aufgereiht, die aussahen, als hätte Simon Weller sie von einer Urlaubsreise auf den Schwarzen Kontinent mitgebracht.

»Die ganze Fassad werdet mir neu macha lasse müsse«, meinte Horst Weller, dessen Gedanken höchst begreiflicherweise um die Kosten kreisten, die auf ihn zukamen. »A rächds Vermöga werdet mir dafür hinblättere derfa, bis die Versicherung sich entschieda hot, ob sie au älles übernemmt. A Schand isch des. Des Haus war frisch verbutzt, wie mir des em letschta Sommer übernomma hend. Ond von dem Schada von dem ganza Löschschaum em Keller fang i erscht gar net a. Den hen die vo dr Feuerwähr bloß zom Schutz romgschprüht, aber da isch jetzed älles zugsaut. Zom Glück hat der Herr Sandmann gsagt, dass er des zahlt.«

Jacobsen ließ seine Tasse sinken und runzelte die Stirn. »Herr Sandmann? *Johannes* Sandmann? Der zweite Vorsitzende der LEGIO VIII?«

»Nadierlich.« Weller senior beäugte ihn so verwundert, als wäre diese Tatsache Allgemeingut. »Des Haus hot doch vorher ihm ghört. Er hot es für sich selbscht baut. Oi Hälfte hot er an den Lincke verkauft, in der hier hot er eigentlich wohna wella. Aber dann hat er sich irgendwie mit dr Finanzierung verkalkuliert, ond die Schulda sen ihm über dr Kopf gwachsa. Da hot er sich halt a kleine Wohnung zur Miete gsucht, ond mir hen die andere Hälfte kauft – für dr Simon.«

»Aha.«

Jacobsen stellte behutsam seine Tasse ab. *War es möglich, dass …* Aber bevor er sich genügend gesammelt hatte, um das Dutzend Fragen zu stellen, die ihm plötzlich auf der Zunge lagen, fuhr Herr Weller bereits fort.

»Des mit dem Keller han i nadierlich erscht a bissle komisch gfonda. Aber dr Simon war eiverschtanda, dass dr Sandmann die oine Hälfte für sei Zeugs bhält. In dr neie Wohnung hat er's wohl net onderbringa kenna. Fuchzig Euro hat er onserm Bua dafür jeden Monat gäbba, ond em Simon war der ganze Platz sowieso zu viel.«

Der Keller mit der verriegelten Stahltür. Der sich Wand an Wand mit dem Keller befand, in dem Andreas Bieber verbrannt war.

»War Herr Sandmann oft da unten?«, fragte Jacobsen.

»Net arg oft.« Herr Weller schüttelte den Kopf. »Des hot mi am Anfang au gwondert, aber wahrscheinlich hot er die Sacha da dren net oft braucht.«

»Können Sie mir sagen, wann er das letzte Mal da war?«

Herr Weller überlegte. »Koi Ahnung – Bärbel, weisch du des?«

»Kurz bevor dr Simon nach Australien gfloga isch«, entgegnete seine Frau, die das Reden bisher ganz ihrem »Horscht« überlassen hatte. »Danach nemme. Solang der Simon weg isch, muss er ja emmer vorher bei ons arufa, wenn er hier neiwill. Seit des Haus ons ghört, hot er koin Schlüssel meh. Genauso wenig, wie mir en Schlüssel zu seim Teil vom Keller hen. Mir würdet da aber eh nie neiganga.«

Das glaubte Jacobsen ihr aufs Wort. Er glaubte allerdings keineswegs, dass Sandmann nicht in dieses Haus konnte, wenn er es für nötig hielt. Jede Wette, dass er noch einen Schlüssel zurückbehalten hatte. Und er wusste, dass es eine Verbindungstür auf die andere Seite gab, auch wenn sie verriegelt war. Schmitz hatte sie erwähnt, und einer der Gutachter hatte sie ihm gezeigt.

»Horscht, mir müsset hoim«, sagte Frau Weller jetzt. Sie warf Jacobsen einen entschuldigenden Blick zu. »A Nachbarin von ons kommt demnächscht vorbei; mir quiltet zusamma im Verein. Mir nähet Patchworkdecka«, fügte sie hinzu, als sie seinen verständnislosen Gesichtsausdruck bemerkte.

»Lassen Sie sich von mir nicht aufhalten«, sagte er rasch. »Eine Frage noch: Haben Sie nach dem Brand schon wieder mit Herrn Sandmann gesprochen?«

»Klar hemmir des«, sagte ihr Mann. »Deswäga wisset mir ja auch, dass er den Schada em Keller zahlt. Er hat ons au verschprocha, dass er die Sach mit der Versicherung für ons räglet; des isch mir ganz rächd, mir hen scho genug om die Ohra.«

Jacobsen verließ mit den beiden das Haus und verabschiedete sich. Nachdem die Wellers davongefahren waren, ging er langsam den Römerweg hinunter. Zu seinem

Wagen war es ein gutes Stück zu laufen; genügend Gelegenheit, den Fall ganz neu zu überdenken. Was er da gerade erfahren hatte, stellte alles, was er bisher zu wissen geglaubt hatte, auf den Kopf.

Johannes Sandmann.

Was wusste er über ihn? Er rief sich die wenigen Gelegenheiten ins Gedächtnis, als er ihm begegnet war. Er hatte er ihn kurz vor den Römertagen kennengelernt, bei der Exerzierübung der LEGIO VIII am Ostkastell. Er stammte nicht aus Welzheim, lebte aber schon seit zwanzig Jahren in der Limesstadt und hatte in Frankfurt studiert. Und für die Nacht des Mordes an Adlersfeld hatte er ein Alibi – was der Hauptgrund war, weswegen er als Täter bisher nie in Frage gekommen war. Die Lichtmaschine seines Wagens hatte gestreikt, und er hatte mitten in dem tobenden Unwetter außerhalb von Welzheim zwei Stunden auf den Pannendienst warten müssen. Zwei Stunden zwischen elf Uhr nachts und eins.

Wenn die Leute vom ADAC ihm gesagt hatten, dass sie bei den desolaten Wetterverhältnissen zwei Stunden brauchten, bis sie ihm behilflich sein konnten, dann war es durchaus denkbar, dass Sandmann diese zwei Stunden gar nicht bei seinem defekten Auto verbracht hatte. Er hätte nur rechtzeitig wieder zurück sein müssen, um den gelben Engel in Empfang zu nehmen. Ihm wäre genügend Zeit geblieben, Adlersfeld zu ermorden. Fehlte bloß das Motiv, und bis jetzt wäre Jacobsen nicht im Traum darauf gekommen, dass er eins haben könnte.

Er ging jetzt fast im Laufschritt und segnete die eigene Angewohnheit, sämtliche Notizen über den Fall, an dem er gerade arbeitete, ständig bei sich zu haben. Sie lagen im Handschuhfach seines Wagens – und da musste er jetzt hin, so schnell wie möglich.

Als er den Parkplatz am Biergarten erreicht hatte, war es auf seiner Armbanduhr schon fast halb acht. Er stieg ins Auto, holte die Unterlagen heraus und fing an, sie durchzublättern.

Zu Anfang der Ermittlungen hatte er für jeden, der in irgendeiner Weise in den Fall involviert war, jeweils ein Blatt angelegt. Er zog das heraus, auf dem alles stand, was er über Johannes Sandmann wusste; allzu viel war es nicht, aber die wenigen Fakten, die festzuhalten er für nötig befunden hatte, waren durch Recherchen von Melanie ergänzt worden.

Sandmann hatte sich tatsächlich bis etwa um Viertel vor elf bei Freunden in Alfdorf aufgehalten. Der ADAC hatte auf Nachfrage bestätigt, dass Sandmanns Hilferuf wegen der defekten Lichtmaschine gegen elf Uhr abends eingegangen war. In dieser Nacht hatte es zahlreiche Pannen gegeben, und durch das Unwetter waren einige Straßen wegen umgestürzter Bäume nicht befahrbar gewesen. Deswegen hatte der zuständige Kollege Sandmann erst gegen ein Uhr nachts auf der Straße bei Fritzhof erreicht und einen Abschleppwagen gerufen, weil sein Auto nicht mehr fahrtüchtig war.

Jacobsen gab »Fritzhof« in sein Handy ein, dazu »Goethestraße Welzheim«. Dort lebte Sandmann laut seinen Notizen in einer Zweizimmerwohnung. Auf dem Display baute sich eine Karte auf, die aussah wie eine Luftaufnahme. Er pfiff durch die Zähne. Die Goethestraße war, selbst wenn man es nicht allzu eilig hatte, höchstens zehn Minuten zu Fuß vom Gelände des Ostkastells entfernt, und Fritzhof (das schon zum Nachbarort Alfdorf gehörte) lag auch nicht viel weiter weg, auf der anderen Seite der Lein. Wenn Sandmann von dort aus zum Ostkastell gelaufen wäre, hätte er ein kleines Waldgebiet und das Leintal durchqueren müssen. Was bei dem Gewitter in der Nacht ganz bestimmt kein Spaziergang gewesen war, aber es war zu schaffen. Selbst unter diesen ungünstigen Umständen könnte er unmöglich länger als eine halbe Stunde gebraucht haben.

Jacobsen studierte das Blatt und entdeckte noch etwas. Sandmann hatte tatsächlich in Frankfurt studiert, von 1990 bis 1995. Und zwar nicht etwa Maschinenbau – was angesichts seiner Arbeitsstelle logisch gewesen wäre –, sondern Archäologie. Er hatte offenbar erst später umgesattelt, vielleicht weil die Berufsaussichten nach dem Studium nicht so rosig gewesen waren wie ursprünglich gedacht.

Was bedeutete, dass der zweite Vorsitzende der LEGIO VIII sich mit den Römern am Limes möglicherweise deutlich besser auskannte als der Gründer des Vereins. Und dass er genau den akademischen Hintergrund besaß, der Häger fehlte. Trotzdem hatte er sich seit der Vereinsgründung der LEGIO VIII – er war Gründungsmitglied, erinnerte sich Jacobsen, das hatte Häger ihm bei ihrem ersten Gespräch erzählt – stets damit begnügt, die zweite Geige zu spielen.

Und wenn ihm das irgendwann nicht mehr gereicht hatte? Wenn ihm irgendwann die Allüren von »Herbert dem Allmächtigen« genauso auf die Nerven gegangen waren wie Frank Lincke?

Jacobsen starrte ins Leere, das Blatt in der Hand, während sich in seinem Kopf ein ganz neues, verblüffendes Bild des Dramas entwickelte, das sich hier abgespielt hatte.

Wenn man davon ausging, dass die Maske kein antikes Original war – und das tat Jacobsen nach wie vor –, dann war das Ganze ja vielleicht Sandmanns Idee gewesen. Vielleicht hatte *er* Bieber dazu gebracht, sie anzufertigen. Häger hatte bei dem ersten Gespräch mit Jacobsen auch erwähnt, dass Sandmann bei der Auffindung der Maske dabei gewesen war.

Hatte er sie eigentlich selbst entdecken wollen und Häger nur als Zeugen mitgenommen? Und dann hatte Häger sich sozusagen vorgedrängt, wie er es immer tat, und Sandmann war leer ausgegangen? Oder hatte Sandmann *gewollt*, dass Häger die Maske fand und sich im Glanz des unerwarteten Ruhmes sonnte – nur, um später gezielt Zweifel an der Authentizität des kostbaren Stückes zu streuen und Häger damit bloßzustellen?

Jacobsen schüttelte den Kopf und knurrte ärgerlich in sich hinein.

Wenn Letzteres stimmte, dann hätte er kein Motiv gehabt, Adlersfeld zu ermorden. Denn wenn der Experte dahintergekommen wäre, dass die Maske nicht echt war, dann hätte er Sandmann damit direkt in die Hände gespielt. Allerdings hatte der Professor die Maske nicht nur für authentisch gehalten, sondern geradezu für ein Meisterwerk. Und damit war Sandmanns Intrige – wenn es sie denn gab – nach hinten losgegangen.

Wie auch immer – das alles war bisher nichts als eine interessante Theorie. Im Moment konnte Jacobsen Sandmann höchstens mit der Brandstiftung und mit dem Mord an Andreas Bieber in Verbindung bringen, und das auch nur, weil er von dem gemieteten Keller in dem von ihm selbst erbauten Haus aus Zugang zu Linckes Keller hatte.

Er musste unbedingt mehr wissen. Er musste Beweise finden. Vielleicht ja in diesem Keller, und dann am besten sofort, bevor Sandmann sich bei der nächsten Gelegenheit wieder ins Haus schlich und alles beseitigte, was ihn verdächtig machte.

Jacobsen nahm das Handy und wählte Melanies Nummer. Es klingelte zweimal, dreimal ... dann schaltete sich die Mailbox ein. *Mist.*

Er wartete ungeduldig den Signalton ab und sprach rasch.

»Melanie, Malte hier. Ich bin in Welzheim, und ich habe gerade herausgefunden, dass Johannes Sandmann das ganze Doppelhaus gebaut hat, in dem Lincke auf der einen Seite gewohnt hat. Lincke hat seine Hälfte von Sandmann gekauft, und in der anderen wollte Sandmann selbst wohnen, aber ihm ist das Geld ausgegangen. Deshalb hat er auch den verbliebenen Teil des Hauses verkauft, an einen gewissen Simon Weller. Er hat aber darum gebeten, einen Teil des Kellers weiter nutzen zu dürfen, zur Miete. Und der liegt Wand an Wand mit dem Keller, in dem die Leiche von Andreas Bieber gefunden worden ist. Es gibt sogar eine Verbindungstür, und ich wette, Sandmann besitzt noch immer einen Schlüssel dafür. Möglicherweise hat er sowohl mit der Brandstiftung als auch mit dem Mord an dem Jungen zu tun, aber ob das stimmt, weiß ich erst, wenn ich mir den Keller von innen angesehen habe. Das mach ich heute Abend noch, eh Sandmann auf die Idee kommt, irgendwelche Beweise zu beseitigen. Und ja, ich weiß, vielleicht lieg ich total daneben, und nein, ich habe natürlich keinen Durchsuchungsbeschluss. Du kannst mir später den Kopf waschen. Melde dich bitte, sobald du das abgehört hast, ja?«

Noch war es zu früh, die offizielle Kavallerie in Gang zu setzen, und es konnte immerhin wirklich sein, dass er total danebenlag. Aufgrund einer bloßen Ahnung würde Finkbeiner ihm auch mit Sicherheit keinen Durchsuchungsbeschluss verschaffen. Aber Jacobsens innerer Spürhund hob witternd die Nase, und zum ersten Mal seit Wochen hatte er das Gefühl, bei diesem vermaledeiten Fall endlich auf der richtigen Fährte zu sein.

Er glaubte nicht, dass er sich irrte.

***

Inzwischen war es acht Uhr. Um diese Jahreszeit ging die Sonne erst gegen halb zehn unter, und wenn er schon vorher – noch bei Tageslicht – versuchte, sich Zugang zu verschaffen, rief möglicherweise einer der Nachbarn die Polizei. Jacobsen verspürte nicht die geringste Lust, den Welzheimer Kollegen zu erklären, wieso er sich ohne jede rechtliche Absicherung auf die Suche nach Beweisen machte.

Also beschloss er, die Zeit zu nutzen und sich für seine leicht illegale Unternehmung zu stärken. Er erinnerte sich an das griechische Restaurant, das er heute Mittag bei seinem Besuch auf der Polizeiwache entdeckt hatte. Er setzte sich an einen der Holztische, die davor im Freien standen, bestellte sich ein Wasser und einen großen griechischen Salat. Als er beides intus hatte, war es neun. Er ließ sich einen Espresso bringen und zündete sich eine Zigarette an. Halb und halb wartete er darauf, dass Melanie sich zurückmeldete und ihm den Kopf wusch, bevor die ganze Sache wirklich losging. Aber das Handy blieb stumm.

Bei der dritten Zigarette und dem dritten Blick auf die Uhr war es fünf vor halb zehn. Jacobsen zahlte, ging zurück zu seinem Wagen und fuhr Richtung Römerweg. Als er aufbrach, war der Himmel im Westen feurig rot, aber die Farbe verwandelte sich schnell in ein immer dunkler werdendes Grau. Jacobsen parkte sein Auto in der Heckenstraße. Von dort war es nur ein sehr kurzer Fußweg zu dem, was von Linckes Haus übrig geblieben war, und die Karte, die er vorhin auf dem Handy gesehen hatte, fiel ihm wieder ein. Sandmanns neue Wohnung in der Goethestraße lag ebenfalls nur einen Steinwurf von hier entfernt.

Er wartete, bis es ganz dunkel war, dann stieg er aus und ging das letzte Stück zu Linckes Haus. Die Verbotsschilder an dem Bauzaun ignorierte er geflissentlich und umrundete rasch das Ende des Zaunes, das sich genau am Übergang von der Ruine zu der intakten Hälfte des Doppelhauses befand. Er zog die Taschenlampe heraus, die er aus dem Auto mitgenommen hatte, schaltete sie ein und schirmte sie nach oben mit der flachen Hand ab. Schritt für Schritt suchte er sich den Weg in die schwarzen Überreste von Linckes Keller hinein; einer der Gutachter hatte ihn vorhin im Beisein von Brandmeister Schmitz hindurchgeführt und ihm gezeigt, wo der Schreibtisch gestanden hatte, unter dem die verkohlte Leiche von Bieber entdeckt worden war.

An der Wand, auf deren Rückseite sich in der anderen Haushälfte Sandmanns Privatkeller befinden musste, hatte ein Holzschrank gestanden, vollgestopft mit Plastikeimern voller Farbreste, Putzlappen und Terpentin. »Echt dumm gelaufen«, hatte der Gutachter ihm erklärt. »Wissen Sie, normalerweise wäre wahrscheinlich nur der Keller ausgebrannt. Die Wände sind massiver Beton, die Tür aus Metall und ziemlich dicht, und es gibt kein Fenster. Irgendwann wäre den Flammen ganz einfach der Sauerstoff ausgegangen. Aber als sie diesen Schrank erreicht haben, da sind das Terpentin und das ganze andere Zeugs hochgegangen wie eine Bombe. Die Decke brach ein, und damit war diese Seite des Hauses im Prinzip kaum noch zu retten.«

Jetzt war von dem Holzschrank natürlich nichts mehr übrig, und die Überreste seines Inhalts hatte man weggeräumt. Jacobsen zog die dünnen Latexhandschuhe an, die er vorhin aus seinem Handschuhfach mitgenommen hatte, und richtete die Taschenlampe auf die vom Feuer geschwärzte, aber noch intakte Verbindungstür. Dann fingerte er den Schlagschlüssel aus der Jacke, den er seit vergangenem Jahr nach einer Fortbildung zum Thema »Einbruchsdelikte« besaß und der zum Glück ebenfalls immer in seinem Handschuhfach lag. Den Teilnehmern war damals von einem Experten gezeigt worden, wie man als Profi auch mit komplizierten Sicherheitsschlössern fertigwurde. Er hatte Jacobsen ein erstaunliches Talent bescheinigt, und jetzt konnte der nur hoffen, dass er sich an die Details noch gut genug erinnerte.

Er nahm das Einbruchswerkzeug, steckte es in das Schloss, bewegte es sachte hin und her und klopfte dagegen. »Nicht mit Gewalt«, hatte der Kursleiter von damals ihn angewiesen, »ganz behutsam. Als wollten Sie das Schloss überreden, Sie hereinzulassen. Eine Frau würden Sie doch auch nicht anbrüllen, oder?« Leicht nach rechts und nach links, ein sanfter Ruck nach oben – und dann ertönte ein leises Knacken. Jacobsen drückte die Klinke hinunter, und die Tür öffnete sich ohne jeden Widerstand.

Jacobsen trat ein und zog die Tür wieder hinter sich zu. Er wusste nicht, ob die Elektroleitungen auf dieser Seite bei dem Brand etwas abbekommen hatten, und zog es vor, erst einmal die Taschenlampe zu benutzen. Aus der Dunkelheit tauchte eine ganze Wand mit Metallregalen auf, gefüllt mit Büchern und sorgsam beschrifteten Leitz-Ordnern. »Römische Kunst am Limes« las er und »Die Römer in Germanien«. Auf einem der Ordner hieß es »Waffengattungen und Waffenschmuck der Legion, 0 bis 350 n. Chr.«.

Jacobsen zog ihn heraus, schaute sich um und entdeckte rechts von der Regalwand einen Schreibtisch. Darüber war an die weiße Betonmauer das Symbol der LEGIO VIII gemalt, das Jacobsen schon aus Hägers Haus kannte. Er legte den Ordner auf den Tisch und blätterte darin, die Taschenlampe zwischen den Zähnen. Darin waren Zeichnungen und Fotos von Schwertern abgeheftet, in Klarsichthüllen sortiert, von den Kurzschwertern der Legionäre bis zu den langen Waffen der Reiterei. Er sah die Skizze eines Speers, der sehr dem ähnelte, der Adlersfeld getötet haben musste, und als er die nächste Klarsichthülle umwendete, schaute er auf eine Zeichnung, die er schon kannte. *Die Maske.*

Als er das Blatt aus der Hülle ziehen wollte, stellte er fest, dass noch mehr Blätter darin steckten. Weitere Zeichnungen der Maske, und zwar genau die gleichen, die Lukas aus dem Bunker mitgebracht hatte. Er holte sein Handy aus der Tasche, breitete die Zeichnungen auf dem Tisch aus und fotografierte sie mitsamt dem Ordner, bevor er sie wieder darin verstaute und ihn in das Regal zurückstellte. Das Regal fotografierte er ebenfalls.

Er schaute sich weiter in dem Raum um, und dann blitzte im Schein der Taschenlampe etwas auf. Rechts in der Ecke hinter der Regalen lehnte ein schmaler Gegenstand an der Wand, halb von einem Tuch verdeckt. Er zog das Tuch herunter und sah, was es war. Ein *gladius*. Sicher eine Replik, aber die sah sehr funktionstüchtig aus. Er nahm das

Schwert am Knauf und fuhr mit der Fingerspitze vorsichtig über den Rand der Klinge. *Rasiermesserscharf.*

Er ließ den Lichtstrahl der Taschenlampe an der ganzen Klinge entlanggleiten. Der Stahl war sauber und makellos, wie frisch poliert, aber ganz oben am Heft entdeckte er eine schmale, bräunliche Linie, dünn wie ein Faden. Jacobsen wusste, wie schwer es war, Blutspuren komplett zu entfernen. Und etwas Luminol würde vielleicht den Rest in den winzigen Unebenheiten auf der Oberfläche sichtbar machen. Seine Finger schlossen sich noch etwas fester um den Griff; das konnte die Waffe sein, mit der Andreas Bieber ermordet worden war.

Sein Triumph war von kurzer Dauer; plötzlich wurde ihm bewusst, dass draußen Schritte näher kamen. Und sie kamen von der Seite der Ruine. *Verdammt.* Blitzschnell schaltete er die Taschenlampe aus und wich in die Ecke hinter der Tür zurück, das Schwert inzwischen in der Linken. Im nächsten Moment ging die Tür auf, ein Klicken ertönte, und auf einmal flammte eine helle Lampe an der Decke auf. Es gab hier unten also doch noch Strom.

Der Mann, der mit dem Rücken zu ihm stand, blickte sich in dem Keller um, als suchte er etwas. Dann bückte er sich nach dem Tuch, das auf dem Boden lag. Jacobsen tastete hastig und so lautlos wie möglich nach der Waffe in seinem Schulterhalfter; dabei zuckte sein linker Arm unwillkürlich und die Schwertklinge schlug mit einem leisen Klirren gegen die Tür.

Der andere drehte sich um. Er hielt eine Pistole in der Hand – eine Walther PPK, die aussah, als stammte sie noch aus dem Zweiten Weltkrieg. Die Mündung zielte genau auf Jacobsens Brust.

»Dachte ich's mir doch, dass Sie hier unten sind!«, sagte

Johannes Sandmann liebenswürdig. »Frau Weller war so nett, mich anzurufen und mir zu erzählen, dass Sie bei ihr gewesen sind und Fragen nach meinem Keller gestellt haben. Ich kann Ihnen leider nicht gestatten, den *gladius* mitzunehmen. Und wo wir gerade dabei sind: Würden Sie mir bitte Ihre Dienstwaffe geben, Herr Kommissar?«

KATZ UND MAUS

»Am besten legen Sie sie auf den Boden, mit dem Griff zu mir. Jetzt schieben Sie sie mit dem Fuß in meine Richtung. Schön langsam. Und dasselbe machen Sie mit dem *gladius.*«

Jacobsen bückte sich und tat, wie ihm geheißen. Er wusste, dass ihm keine andere Wahl blieb. Sandmann bückte sich ebenfalls, hob die Dienstwaffe auf und steckte sie ein. Die Mündung seiner Pistole zielte unverändert weiter auf Jacobsens Brust. Hoffentlich hatte Melanie die Nachricht auf ihrer Mailbox inzwischen abgehört. Jetzt hatte er die Kavallerie wirklich nötig.

»Wieso darf ich den *gladius* nicht mitnehmen?«, fragte er ruhig. »Haben Sie ein Problem damit, dass ich ihn im Kriminallabor untersuchen lasse?«

»Ohne Durchsuchungsbeschluss?« Sandmann lächelte. »Da sehe ich eher Probleme auf *Sie* zukommen, Herr Kommissar. Ihr Vorgesetzter wird von solchen eigenmächtigen Extratouren alles andere als entzückt sein.«

»Mein Vorgesetzter will, dass ich den Mord an Simon Adlersfeld aufkläre«, erwiderte Jacobsen. »Und den an Andreas Bieber, nicht zu vergessen. Außerdem wird er noch viel weniger entzückt darüber sein, dass Sie einen Polizeibeamten mit der Waffe bedrohen. Das ist wirklich keine gute Idee, Herr Sandmann.«

»Ihr Einbruch hier unten auch nicht«, versetzte Sandmann gelassen. »Sie bringen mich damit in eine wirklich schwierige Lage.«

»Warum?«Jacobsen beschloss, alles auf eine Karte zu

setzen. »Weil dieser *gladius* das Schwert ist, mit dem Sie Andreas Bieber ermordet haben?«

»Wie kommen Sie darauf?« Sandmann zeigte weder Empörung noch Abwehr. Stattdessen betrachtete er ihn aufmerksam und mit einem Anflug von Belustigung. Als wäre das hier ein Spiel, bei dem er sich sicher war, dass er gewann. Ein Spiel von Katz und Maus. In diesem Moment wusste Jacobsen ohne jeden Zweifel, dass er recht gehabt hatte. Vor ihm stand ein Mörder.

»Das kann ich Ihnen sagen«, antwortete er. »Ich glaube, Andreas Bieber hat die Maske geschmiedet, die in Welzheim für den ganzen Trubel gesorgt hat. Und wissen Sie, was ich außerdem glaube? Dass das *Ihre* Idee gewesen ist, Herr Sandmann. Das Einzige, was ich noch nicht ganz verstehe, ist der Grund dafür. Wollten Sie die Belohnung für den Fund ernten – und dann hat es nicht geklappt, weil Häger den ganzen Ruhm für sich allein wollte?«

Sandmann ging zu dem Stuhl hinüber, der vor dem Schreibtisch stand und setzte sich, nicht ohne darauf zu achten, dass seine Pistole weiterhin in die richtige Richtung zielte.

»Häger!«, sagte er mit einem kleinen, amüsierten Glucksen. »Der hat sein ganzes Leben darauf gewartet, endlich nicht bloß eine Lokalberühmtheit zu sein. Und als er die Maske gefunden hat, war es endlich soweit. Ich habe genauso begeistert applaudiert wie ganz Welzheim.«

»Hat es Ihnen Spaß gemacht, zu wissen, dass Ihr Erster Vorsitzender einem Schwindel aufgesessen war, genau wie die ganze Stadt?«

Sandmann lachte. »Ach, Herr Kommissar … Sie wollen unbedingt Ihr Geständnis haben, oder? Na schön, dann will ich Ihnen den Gefallen tun. Ja, es hat mir Spaß gemacht. Unbeschreiblichen Spaß. Und der Spaß wurde noch viel größer, als Adlersfeld ins Spiel kam.«

»Weil Sie gehofft haben, dass er den Schwindel auffliegen lässt, nehme ich an.«

»Ganz genau.« Sandmann zog eine ironische kleine Grimasse. »Und was tut dieser sogenannte ›Experte‹? Er fällt genauso auf das bisschen Eisenblech und Silber herein wie alle anderen. Das war natürlich nicht ganz das, was ich geplant hatte. Ich muss zugeben, ich hatte keine Ahnung, wie gut der Andi als Schmied wirklich war.«

»Also haben Sie den Dingen notgedrungen ihren Lauf gelassen?«

»Bis auf weiteres ja.« Sandmann schnaubte leise. »Ich gebe zu, ich hatte ein paar … äh … Kleinigkeiten nicht einkalkuliert. Ich bin davon ausgegangen, dass Andi genauso wenig daran interessiert ist wie ich, dass jemand die Wahrheit herausfindet. Schließlich hatte er ja bereitwillig mitgemacht, nicht wahr? Und er hat sich so rührend darüber gefreut, dass Adlersfeld die Maske für echt hielt. Vor allem, weil sein heißgeliebter Herbert plötzlich der Held von Welzheim war. Darüber war er sogar noch glücklicher als darüber, dass man sein Werk für eine antike Kostbarkeit hielt. Komischer Kauz.«

»Sein Chef hat ihm immer sehr geholfen«, sagte Jacobsen leise. »Wahrscheinlich mehr als seine Eltern. Aber ich dachte mir schon, dass Sie das nicht verstehen. – Was ist schiefgegangen, Herr Sandmann? Eine von den ›Kleinigkeiten‹, die Sie nicht einkalkuliert hatten?«

»Ja. Und eine besonders lästige.« Sandmann schüttelte den Kopf, als sei er immer noch fassungslos. »Stellen Sie sich vor – auf einmal entwickelt dieser dumme Junge ein Gewissen! Ausgerechnet ganz kurz vor den Römertagen, auf denen die Maske präsentiert werden und die Expertise mit großem Brimborium gefeiert werden soll! Von einem Moment zum anderen packt ihn die Panik, und der kleine Idiot hat nichts Besseres zu tun, als sich aus dem Café ›Mocca‹ zu schleichen und Adlersfeld anzurufen, bei Häger im Haus. Die beiden haben sich am Ostkastell getroffen, kurz bevor das Gewitter losging, und Andi hat die große Beichte abgelegt.«

Jacobsen musterte ihn gespannt. »Woher wissen Sie das?«

»Weil er danach *mich* angerufen hat, natürlich!« Sandmann schlug mit der Faust auf den Schreibtisch. »Ich wollte eigentlich von Alfdorf nach Hause, stand am Fritzhof mit meiner nutzlosen Karre und dachte, mich trifft der Schlag. So hatte ich mir die Sache nun wirklich nicht vorgestellt. Und kaum ist dieses Gespräch vorbei, meldet sich Adlersfeld. Auf meinem Handy, weil er Häger nirgendwo erreichen kann. Und erzählt *mir*, was Andi gerade *ihm* erzählt hat. Ich hab mich natürlich blöd gestellt und so getan, als sei das alles ein Hirngespinst. Ich hab ihn inständig gebeten, beim Ostkastell zu bleiben und auf mich zu warten – ich würde sofort kommen und die Angelegenheit klären.«

»Und das haben Sie dann gemacht«, sagte Jacobsen still. »Sie sind zum Ostkastell und haben die Angelegenheit geklärt – mit einem Speer. Wo haben Sie den eigentlich so schnell aufgetrieben?«

»In einem der Wachtürme.« Sandmann lächelte selbstzufrieden. »Da sind immer welche, für Hägers Paraden. Ich hab natürlich einen Schlüssel. Also hab ich mich bedient. Der ahnungslose Herr Professor wartete unter dem Durchgang und hat mich nicht kommen sehen … sehr verständlich, denn zu dem Zeitpunkt hat es schon wie aus Kübeln gegossen.«

»Aha. Nur aus Neugier – wie wollten Sie die Leiche eigentlich abtransportieren, Herr Sandmann? Sie hatten doch keinen fahrtüchtigen Wagen.«

»Raten Sie mal.« In Sandmanns Augen glitzerte es. »Ich bin sicher, Sie kommen von selbst drauf.«

Jacobsen dachte nach. Die auf ihn gerichtete Waffe machte es ihm zugegebenermaßen schwer, sich zu konzentrieren. Außerdem lauschte er ständig nach hinten, in der Hoffnung, irgendein Geräusch zu hören, das darauf hindeutete, dass Hilfe nahte. Irgendwann musste Melanie doch endlich seine Nachricht abhören und etwas unternehmen!

Plötzlich ging ihm ein Licht auf.

»Sie haben sich das Auto von dieser alten Lehrerin geholt«, sagte er. »Tante Margret. Das haben ja sowieso immer Sie gefahren.«

Sandmann klatschte spöttisch Beifall.

»Bravo, Herr Kommissar. Vor Ihnen muss man sich wirklich in Acht nehmen. – Dummerweise hat mir die Karre nicht viel genützt. Als ich Adlersfeld gerade in den Kofferraum laden wollte, kam ein Spaziergänger mit seinem Köter vorbei – bei dem Wetter! Ich gebe zu, da hab ich mal kurz die Nerven verloren. Zum Glück hatte einer der Jungs von Linckes neuem, lächerlichen Verein das Gitter von dem Brunnen entfernt und den ganzen Mist rausgeschaufelt, den die Leute da immer reinschmeißen. Da war gerade genug Platz, um ihn hineinzustopfen, abzudecken und den Brunnen wieder zuzumachen. Ich dachte, ich kann ihn in der nächsten Nacht wieder herausholen … aber das ging leider auch schief. Diesmal haben *Sie* mir einen Strich durch die Rechnung gemacht, Herr Jacobsen. Sie sind wirklich eine Nervensäge, wissen Sie das?«

Er beschrieb mit der Pistolenmündung einen lässigen kleinen Kreis.

»Aber die Zeit vergeht, und ich sollte mich ein bisschen beeilen, nur für den Fall, dass Sie vor Ihrer kleinen Aktion hier Ihren Kollegen Bescheid gesagt haben.«

»Hab ich nicht«, log Jacobsen. »Und dafür könnte ich mich jetzt in den Hintern beißen, glauben Sie mir.«

»Ich weiß nicht, ob ich Ihnen glauben soll.« Sandmann fixierte ihn wie ein Raubtier die Beute. »Das wäre ziemlich unklug, fürchte ich. Ich sollte Sie wahrscheinlich besser gleich erledigen.«

Verdammt, Melanie, wo bleibst du?

»Dann bin ich also demnächst Ihr drittes Opfer, nehme ich an«, meinte Jacobsen, selbst verblüfft darüber, wie ruhig seine Stimme klang. »Dabei haben wir noch gar nicht über Ihr zweites Opfer geredet. Wenn Sie mich schon töten, wüsste ich vorher wenigstens noch gern, wieso Andreas Bieber sterben musste.«

»Weil dieser kleine Dummkopf erstaunlicherweise einmal etwas Kluges getan hat«, sagte Sandmann. Zum ersten Mal klang er missmutig. »Und dabei dachte ich, ich hätte ihm wirkungsvoll das Maul gestopft. Er meinte nämlich, die Polizei hätte ihn für den Mord an Adlersfeld in Verdacht, immerhin war er bei ihm am Ostkastell gewesen. Ich sagte ihm, das sähe natürlich übel aus für ihn, aber dass ich ihn nie verraten und ihm selbstverständlich glauben würde, dass er unschuldig wäre.« Er grinste. »Ich musste nicht einmal lügen.«

Deswegen war Bieber auf den Römertagen so nervös

gewesen, als er Jacobsen zu Gesicht bekommen hatte. Kein Wunder.

»Was ist schiefgegangen?«, fragte Jacobsen. Er fand die Lage, in der er war, zunehmend surreal. Aber seine Neugier war noch stärker als die Furcht. »Wollte Bieber trotz allem zur Polizei?«

»Erst nicht.« Sandmann blickte verdrießlich drein. »Aber dann hat er ausgerechnet den Artikel gelesen, in dem stand, wann genau Simon Adlersfeld gestorben war.«

»Um Viertel vor zwölf.« Jacobsen atmete tief. *Zur Hölle mit der Presse.*

»Sie sagen es.« Sandmann schüttelte kummervoll den Kopf. »Und ich hatte immer gedacht, mit seiner Leseschwäche lässt er die Finger von allem, worauf man Buchstaben druckt. So kann man sich irren. Jetzt war sogar diesem Schwachkopf klar, dass er als Täter nicht mehr in Frage kam. Zu meinem ausgesprochenen Dusel war er nicht gewitzt genug, sofort mit seinem Wissen zur Polizei zu gehen. Er kam erst zu mir, um mir freudestrahlend mitzuteilen, dass er aus dem Schneider wäre.«

»Und Sie haben auch ihn getötet.«

Jacobsen spürte die wachsende Gewissheit in sich aufsteigen, dass Opfer Nr. 3 nicht mehr zu verhindern war. *Na schön,* dachte er mit grimmigem Fatalismus. *Aber dann will ich wenigstens noch den Rest herausfinden, bevor ich abtrete.*

»Ja, zum Donnerwetter.« Sandmann seufzte. »Dummerweise war das in meiner Wohnung, und ich hatte schon wieder eine Leiche, die ich nicht gleich loswerden konnte. Bei Ihnen passiert mir das nicht noch mal, das kann ich Ihnen versichern.«

Jacobsen tat sein Bestes, den erneuten Hinweis auf sein unmittelbar bevorstehendes Ende zu ignorieren. »Dann haben Sie ihn also bei Nacht und Nebel in den Keller von Lincke geschafft.«

»Guter Witz, oder?« Sandmann schien seinen Humor wiedergefunden zu haben. »Die perfekte Gelegenheit, diesem unerträglichen Besserwisser eins auszuwischen. Das wollte ich immer schon mal machen, und ich dachte, wenn ich seinen Keller in Brand setze, dann geht das Feuer rechtzeitig wieder aus. Stabil genug war er ja, ich muss es wissen, schließlich habe ich ihn selbst bauen lassen.«

»Den Schrank mit den Farben und dem Terpentin haben Sie wohl übersehen«, versetzte Jacobsen milde.

»Konnte ich ahnen, wie kriminell schlampig der Kerl ist? Farbreste und brennbare Flüssigkeiten gehören hinter feuerfestes Metall, nicht in ein Holzmöbel, das sofort in Flammen aufgeht.« Sandmann betrachtete ihn forschend. »Habe ich Ihren professionellen Wissensdurst jetzt ausreichend befriedigt? Ich denke nämlich, es wird allerhöchste Zeit, diese Sache zum Abschluss zu bringen.«

»Wenn Sie meinen.« Jacobsen erwiderte seinen Blick unverwandt; merkwürdigerweise fühlte er sich vollkommen gelassen. »Darf ich wenigstens noch erfahren, was Sie mit *meiner* Leiche vorhaben?«

»Ich werde ein bisschen improvisieren müssen.« Sandmann seufzte. »Aber das bin ich in letzter Zeit ja schon gewohnt. Ihr Wagen parkt doch sicher irgendwo in der Nähe, nicht wahr? Ich werde Sie in den Kofferraum laden und an ein stilles Plätzchen kutschieren, wo ich Sie vergrabe … tief genug, dass man Sie nicht so bald findet. Und dann bringe ich Ihren fahrbaren Untersatz schön weit weg. Vielleicht nach Hamburg – da kommen Sie doch her, oder?«

Jacobsen nickte stumm.

Sandmann stand auf und blieb nach zwei Schritten vor

ihm stehen. Die Mündung der Walther PPK zeigte genau auf Jacobsens Stirn. Der schloss die Augen.

Ein leises, trockenes Klicken, das Jacobsen durch und durch ging. *Aber kein Schuss.*

Er riss die Augen wieder auf – gerade rechtzeitig, um zu sehen, wie Sandmann mit einem Ausdruck fast komischer Verblüffung auf die alte Pistole in seiner Hand starrte. Ihre Blicke begegneten sich – und dann ließ Sandmann das nutzlose Mordwerkzeug fallen und tastete hastig nach Jacobsens Dienstwaffe in seiner Jackentasche.

Jetzt oder nie.

Mit einem langen Satz stürzte sich Jacobsen auf den Mann, der schon zwei Menschen umgebracht hatte und jetzt auch ihn töten wollte. Sandmann gab ein verblüfftes Grunzen von sich, als Jacobsen ihn zu Fall brachte, reagierte aber sehr rasch. Und er war um einiges kräftiger, als Jacobsen erwartet hatte.

Sie wälzten sich auf dem Boden hin und her. Jacobsen bekam seine Waffe zu fassen, aber Sandmann versetzte ihm einen wütenden Hieb gegen den Arm. Die Waffe flog ihm aus der Hand, schlitterte über den Betonboden davon und verschwand unerreichbar unter einem der Regale. Jacobsen kam zuerst auf die Beine, während sich Sandmann noch an dem Bürostuhl hochzog, und landete einen Schwinger gegen Sandmanns Brust. Er registrierte befriedigt das Pfeifen, mit dem die Luft aus dessen Lunge entwich, und trat ihm mit aller Kraft gegen die Hüfte. Sandmann stolperte rückwärts und landete zum zweiten Mal auf dem Boden. Jacobsen warf sich auf ihn – und merkte zu spät, dass sein Gegner den Griff des Schwertes umklammert hielt, das die ganze Zeit neben dem Schreibtisch gelegen hatte. Die Spitze bohrte sich in seine Schulter, und der Schmerz ließ ihn laut aufschreien. Sandmann zog die Klinge mit einem Ruck zurück, rollte sich unter ihm weg und stand auf. Er holte mit dem *gladius* aus, das Gesicht eine verzerrte, hasserfüllte Maske.

»*Hände hoch!* Sie lasset jetzt des Schwert falla, aber sofort!«

Sandmann erstarrte. Jacobsen hob mühsam den Kopf, um zu sehen, wem er seine Rettung in letzter Sekunde zu verdanken hatte. Franz Gottlieb stand in der weit geöffneten Tür und hielt die Dienstwaffe auf Sandmann gerichtet. Seine Augen sprühten Feuer; aus seinem runden Gesicht war jede Gutmütigkeit spurlos verschwunden.

»Des Schwert weg ond Hände hoch! Sen Sie taub?«

Der *gladius* klirrte dicht neben Jacobsens Kopf auf den Beton.

»Handschella, Markus«, sagte Gottlieb. Der junge Polizist schob sich rasch an ihm vorbei, stieg mit einem langen Schritt über Jacobsen hinweg und zog Sandmanns Arme nach hinten. Das Klicken, mit dem die Handschellen zuschnappten, war das schönste Geräusch, das Jacobsen je gehört hatte.

»Das Schwert muss in die KTU«, murmelte er. Ihm war schwindelig und übel. »Es ist eine Tatwaffe. Andreas Bieber wurde damit ermordet.«

»Mir kümmeret ons drom, ond om den Kerl da au.« Gottlieb hockte sich schwerfällig neben ihn und inspizierte seine Schulter. »Heilandsack, des schaut übel aus – was hen Sie sich bloß dabei denkt? Ganz allein hierherzomkomma – sen Sie narret?«

»Kann gut sein.« Jacobsen lächelte erschöpft. Er wusste, dass er den Tadel mehr als verdient hatte. »Aber immerhin haben wir den Fall jetzt aufgeklärt. Sandmann hat nämlich nicht nur Bieber auf dem Gewissen. Er hat auch Simon Adlersfeld umgebracht.«

»Ond Sie beinah glei no drzu.« Gottlieb schüttelte den Kopf. »Zom Glück sen mir grad rechtzeitig komma. – Markus?«

Sein Kollege, der Sandmann in sicherem Griff hielt und ihn eben zur Tür hinausschob, drehte sich um. »Ja?«

»Ruf die Rettung a. Ond dann wartesch du em Streifawaga mit dem saubere Vertreter da, bis i komm.«

»Mach i, Chef.« Markus Renger verschwand.

Seine und die Schritte von Sandmann verklangen in der Ruine – und dann war plötzlich das rasche Klackern von Absätzen zu hören. Im nächsten Moment stand Melanie in der Tür, das offene Haar zerzaust und das Gesicht bleich.

»Malte – um Gottes willen!«

Sie sank neben ihm auf die Knie, sah den Schaden, den das Schwert angerichtet hatte, und verlor auch noch den letzten Rest Farbe.

»Das muss versorgt werden«, sagte sie scharf. »Er verliert sonst zu viel Blut.« Sie nahm das Baumwolltuch ab, dass sie locker um den Hals geschlungen trug, faltete es geschickt zu einer behelfsmäßigen Kompresse und drückte es auf die Wunde. Jacobsen stöhnte leise und biss die Zähne zusammen.

»Koi Sorg«, meinte Gottlieb beruhigend. »I han an Erschte-Hilfe-Kaschta em Streifawaga, den hol i sofort. Ond die Ambulanz kommt au glei.« Er ging nach draußen.

Jacobsen schaffte es irgendwie, seinen Arm zu heben – er fühlte sich erstaunlich schwer an – und tastete nach Melanies Hand. Ihre Finger verschränkten sich.

»Das hat ja ganz schön gedauert«, flüsterte er. »Wo warst du denn so lange?«

»Erklär ich dir später«, sagte sie. »Jetzt bringen wir dich erst einmal ins Krankenhaus.«

»Wie … wie viel Uhr ist es eigentlich?«

»Halb elf.«

Jacobsen konnte kaum fassen, dass sich das ganze Drama in weniger als einer Stunde abgespielt hatte. Er wollte ihr liebend gern davon erzählen, entschied sich aber angesichts der Tatsache, dass seine Umgebung sich immer mehr in einen grauen Nebel auflöste, auch das lieber auf später zu verschieben.

Er spürte, wie sie seinen Kopf anhob und auf ihr Knie bettete, und hatte Mühe, wach zu bleiben. *Schlafen*, dachte er, *jetzt würde ich wirklich sehr gern schlafen.*

Sie beugte sich über ihn. Ihre Haselnussaugen waren ganz nahe, und er roch den vertrauten Duft von Vanille und Zeder.

»Wie sagen die alten Römer?«, murmelte er. *»Morituri te salutant?«*

»Du bist alles andere als ›todgeweiht‹«, sagte sie sanft. »Gib nicht so an, du Bachel. Und *morituri* ist die Mehrzahl. Du bist kein ganzer Trupp Gladiatoren – auch wenn du versucht hast, dich so aufzuführen. Für dich allein heißt es eigentlich *Moriturus te salutat.*«

»Wer gibt hier an …?«

Der Duft nach Vanille und Zeder verstärkte sich und hüllte ihn ein wie eine tröstliche Wolke. Jacobsen spürte eine zarte Berührung auf der Stirn. Er lächelte voller Staunen – und verlor das Bewusstsein.

***

Als Jacobsen in der Klinik in Schorndorf wieder zu sich kam, war es schon wieder Tag. Er fand nicht Melanie an seinem Bett vor – wie er klammheimlich gehofft hatte –, sondern seinen Vorgesetzten.

»Da sind Sie ja wieder«, sagte Finkbeiner. »Wie fühlen Sie sich?«

»Lausig.« Jacobsen versuchte, sich aufzusetzen und zuckte zusammen. *Autsch.* Aus der linken Armbeuge führte ein Schlauch zu einer durchsichtigen Flasche, die an einem Infusionsgalgen baumelte. Seine rechte Schulter steckte in einem dicken, weißen Verband … oder vielleicht in einem Gips. Es spielte keine Rolle; er konnte sich sowieso nicht bewegen.

»Die Ärzte haben die Wunde genäht«, bemerkte Finkbeiner. »Sie war ziemlich tief, und vom Schlüsselbein ist ein kleines Stück abgesplittert, aber sie meinen, das wird wieder. Höchstwahrscheinlich können Sie Ihren Arm nach der Heilung und mit etwas Krankengymnastik ganz normal gebrauchen. – Bevor hier der nächste Schwarm Schwestern einfällt, würde ich gern kurz mit Ihnen über den Fall reden. Fühlen Sie sich dazu in der Lage?«

»Ich kann ja wohl kaum abhauen. Schießen Sie los.«

»Sandmann hat gestanden«, sagte sein Chef. »Nachdem Sie seinen Mordversuch überlebt haben, blieb ihm auch kaum etwas anderes übrig. Mich würde interessieren, wie Sie auf ihn gekommen sind.«

Jacobsen brachte ein Grinsen zustande. »Wenn ich Ihnen sage, dass das reine Intuition war, würden Sie mir dann glauben?«

»Vielleicht.« Finkbeiner schürzte die Lippen. »Aber das ist natürlich ein bisschen wenig … vor allem für den Staatsanwalt.«

Also stürzte sich Jacobsen in die Schilderung der Ereignisse des vergangenen Tages. Wie er auf der Polizeiwache in Welzheim gewesen war und anschließend die Geschichte über den Streit mit Häger aus Lincke herausgeholt hatte. Wie er die Wellers kennengelernt und erfahren hatte, dass ihr Haus zuvor Sandmann gehört hatte, und dass der darin immer noch einen Keller zur Miete besaß.

»Ich hab die Verbindungstür in der Ruine gesehen«, sagte er. »Das hieß, dass Sandmann ohne viel Mühe Zugang zu der anderen Haushälfte hatte, was ihn im Mordfall Bieber zum Verdächtigen machte, und damit auch im Mordfall Adlersfeld. Ich war davon überzeugt, dass die Maske nicht authentisch ist, und dass Bieber sie geschmiedet hatte. Adlersfeld musste wegen der Maske sterben – alle anderen Motive haben wir ausgeschlossen. Damit hingen die beiden Mordfälle ziemlich eindeutig zusammen. Aber Häger *konnte* den Professor nicht umgebracht haben. Lincke wünscht ihm zwar die Pest an den Hals, aber das Alibi, das er ihm gegeben hat, ist ohne Fehl und Tadel. Danach führte eine Erkenntnis zur anderen, sozusagen.«

»Und Sie waren so überzeugt davon, dass Sie mutterseelenallein zu diesem Himmelfahrtskommando aufgebrochen sind.« Finkbeiner verdrehte die Augen zum Himmel. »Ohne Durchsuchungsbeschluss in diesem Keller herumzustöbern ... Eigentlich wären Sie reif für ein Disziplinarverfahren. Und wenn der Mann nicht so offensichtlich das Bedürfnis gehabt hätte, seine Untaten vor Ihnen auszubreiten, dann könnten wir uns jetzt wahrscheinlich mit seinem Anwalt über die Rechtmäßigkeit der Beweise herumstreiten.«

»Tut mir leid.« Jacobsen spürte, dass er wieder müde

wurde. Außerdem fing die Schulter an zu schmerzen, obwohl er sich nicht bewegte. »Ich hatte das Gefühl, die Zeit läuft uns davon.«

Die Tür öffnete sich, und eine Schwester kam herein. Sie warf Finkbeiner einen missbilligenden Blick zu, kontrollierte die Infusion und steckte Jacobsen ein Fieberthermometer ins Ohr.

»37,3«, verkündete sie. »Das ist ja schon mal fein. Auf einer Skala von eins bis zehn – wie stark sind Ihre Schmerzen?«

»Sieben«, sagte Jacobsen ehrlich.

»Dann wird es Zeit, dass Sie gehen.« Wieder ein Blick Richtung Finkbeiner, diesmal noch missbilligender. »Herr Jacobsen muss sich ausruhen, und gleich ist Visite.«

»Na schön.« Finkbeiner stand auf. »Machen Sie sich keine Gedanken wegen Ihrer Eigenmächtigkeiten; ich denke, angesichts der Tatsache, dass der Mörder in Gewahrsam und geständig ist, können wir etwaige Konsequenzen unter den Tisch fallen lassen. Bis später, Herr Jacobsen … und trotz allem: gute Arbeit.«

Er ging hinaus. Jacobsen brachte die Visite noch im Wachzustand hinter sich und registrierte dankbar, dass der Chefarzt die Dosis des Schmerzmittels, das in seine Vene tropfte, hinaufsetzen ließ. Dann dämmerte er wieder weg.

***

Am nächsten Morgen brachte er tatsächlich etwas von dem Frühstück hinunter, das die Schwester ihm hinstellte. Sogar der Kaffee war ganz annehmbar. Aber er verspürte trotzdem Lust auf einen ordentlichen Espresso – und auf eine Zigarette. Offenbar ging es wirklich aufwärts.

Als die Schwester mit dem Frühstückstablett verschwand, kam Melanie herein.

»Hallo, Malte!«, sagte sie. »Gott sei Dank siehst du schon viel besser aus als vorgestern. Lieber Gott, hast du mir einen Schrecken eingejagt! Zum Glück hast du Sandmann zum Reden gebracht, und er hat sich gerade genügend Zeit damit gelassen. – In der Vernehmung hat er behauptet, du hättest schon alles gewusst.«

»Nicht alles.« Jacobsen schüttelte den Kopf; dank dem Plus an Schmerzmittel funktionierte das, ohne dass die Schulter protestierte. »Aber zum Glück wollte er unbedingt die typische Schurkenrede für mich halten. Er hat es genossen, mit seinen kriminellen Großtaten zu prahlen, bevor er mich erledigt. Kein Mitleid mit seinen Opfern, keine Reue, nichts. Der Typ ist ein reinrassiger Soziopath.«

»Aber eins war wirklich genial«, meinte Melanie. »Der Coup mit der Maske war von langer Hand geplant. Bieber hat sie nämlich schon vor vier Jahren geschmiedet. Sandmann hat das Ding an seinem späteren Fundort platziert, immer wieder ausgegraben und dann heimlich wieder dort versenkt … damit es korrodiert und so möglichst überzeugend ›altert‹. Die Bodenbeschaffenheit war an der Stelle genau richtig, fast wie in einem Moor; da drin halten sich antike Artefakte deutlich länger. Außerdem hat er die einschlägigen Welzheimer Fundstellen in den drei Jahren darauf ganz gezielt mit römischen Stücken aus dem ersten Jahrhundert geimpft.«

»Die Gürtelschnalle«, sagte Jacobsen. »Der Ring aus Silber …«

»… und der Dolch.« Melanie nickte. »Hat er alles bei einem Urlaub unweit von Carnuntum selbst entdeckt, aber knapp hinter der ungarischen Grenze. Er hat die Sachen in seinem Gepäck nach Hause geschmuggelt. Als studierter Archäologe kannte er sich genügend aus, um sie zu klassifizieren und der richtigen Epoche zuzuordnen. Da es sich um eine bis dato unbekannte Grabungsstelle handelte, waren sie zuvor noch nirgendwo aufgetaucht. Und natürlich waren sie echt.«

»Schlauer Hund.« Jacobsen war wider Willen beeindruckt. »Er hatte nicht zufällig auch noch bei Hägers Unfall die Hände im Spiel? Das frage ich bloß, weil er die Angewohnheit hatte, jeden aus dem Weg zu räumen, der ihm lästig fiel. Irgendwann wäre Häger seinem Größenwahn vielleicht auch noch zum Opfer gefallen.«

»Nein.« Melanie lächelte. »Das ist tatsächlich ein Unfall gewesen. Häger war ziemlich angeschlagen durch den bösen Klatsch, der ihm zu Ohren kam. Er hatte hinter dem Steuer einen leichten Anfall von *Angina Pectoris* und trat dabei ein bisschen zu fest aufs Gaspedal. Inzwischen ist er übrigens aufgewacht. Es geht ihm ganz langsam besser, und Ekaterina weicht nicht von seiner Seite. Die beiden sind wieder ein Herz und eine Seele.«

»Wie schön.«

»Lukas war übrigens gestern Abend hier«, sagte sie. »Genau wie ich. Du hast geschlafen, und er wollte dich nicht wecken. Er meint, du neigst offenbar genauso zu riskanten Alleingängen wie er.«

Jacobsen zog eine ironische Grimasse. »Ich kann mir gar nicht vorstellen, warum.«

Melanie grinste, wurde aber fast sofort wieder ernst. »Außerdem zerbricht er sich den Kopf darüber, ob er für den Tod von Andreas Bieber verantwortlich ist.«

»Wieso das denn?«

»Er meint, wenn er vor seinem Ausflug in den Bunker bei uns angerufen hätte, dann könnte Bieber vielleicht noch leben.«

»Blödsinn«, sagte Jacobsen sehr entschieden. »Zu dem Zeitpunkt hatten wir noch keinen blassen Schimmer, wer hinter der ganzen Sache steckte, und ich war noch nicht einmal vor Ort. Wenn irgendjemand Schuld an dem Tod des armen Jungen hat, dann bin das wohl eher ich. Ich hätte viel eher mit Andreas Bieber reden müssen.«

»Vielleicht solltest du das Lukas genauso erklären wie mir«, meinte Melanie.

»Worauf du dich verlassen kannst. Sobald ich aus diesem Bett wieder heraus bin. Ist er denn inzwischen wieder zu Hause?«

»Seit gestern Mittag.«

»Gut.« Jacobsen sah sie an. »Melanie … was genau ist vorgestern eigentlich passiert? Hatte dein Handy keinen Saft mehr?«

»Ach, *Malte.*« Sie seufzte. »Wirklich, es tut mir entsetzlich leid. Ich war bei meinen Eltern. Mein Vater … Er ist in letzter Zeit ziemlich verwirrt gewesen. Er hat dauernd alles Mögliche vergessen – sogar seine heißgeliebten Vereinstreffen, und das ist ihm vorher noch nie passiert. Meine Mutter hat sich langsam Sorgen gemacht. Nachdem sie ihn endlich für ein paar Tests zum Arzt geschleift hatte, hat er vorgestern die Diagnose bekommen. Es ist Alzheimer.«

»Oh nein.« Jacobsen nahm ihre Hand.

»Danach ist er Hals über Kopf aus der Praxis verschwunden, und meine Mutter konnte ihn nirgendwo finden. Die Polizei hat ihn drei Stunden später aufgesammelt; da war er beinahe in ein Auto gelaufen und völlig orientierungslos. Ich hab ihn abgeholt und nach Hause gebracht.

Dann bin ich bei ihm geblieben, bis der Arzt da war und ihm ein Beruhigungsmittel gespritzt hat. Das Handy hatte ich ausgeschaltet; ich weiß, das hätte ich nicht tun dürfen. Ich wollte ganz für ihn da sein … und du wärst deswegen beinahe ums Leben gekommen.«

»Keine Sorge, ich bin ja noch da«, sagte er sanft. »Du hast die Nachricht rechtzeitig abgehört, und dank dir ist Franz Gottlieb wahrscheinlich jetzt in Welzheim der Held des Tages. – Du sagst mir doch, wenn ich dir irgendwie helfen kann, ja?«

»Versprochen. Aber jetzt musst du erst mal wieder gesund werden.« Sie lächelte schwach. »Ohne dich macht mir die Arbeit keinen Spaß.«

»Geht mir genauso.« Er betrachtete sie aufmerksam. Sie sah müde aus … und wunderschön. »Darf ich dich was fragen?«

»Was denn?«

»Bevor ich vorgestern da in dem Keller weggetreten bin … hast du mich da zufällig geküsst, oder hab ich mir das bloß eingebildet?«

»Das«, sagte Melanie, »musst du dir eingebildet haben. Mach dir nichts draus. Du warst nicht gerade in Hochform.« Sie zog die Hand hastig zurück und blickte auf ihre Uhr. »Oh – ich fürchte, ich muss weg, ich hab nachher noch einen Termin. Mach's gut, Malte. Ich schau morgen wieder rein, okay?«

Dann stand sie auf und verschwand so rasch aus dem Zimmer, als hätte sie es plötzlich sehr eilig.

Jacobsen lehnte sich in seinem Kissen zurück. Ein Lächeln breitete sich langsam auf seinem Gesicht aus.

Sie war rot geworden. Er hatte es genau gesehen.

EPILOG

Knapp drei Stunden später parkte Melanie ihren Wagen in Pliezhausen vor dem Haus von Matthias Wieland. Sie hatte sich vorher telefonisch vergewissert, dass er daheim war, und seine Frau schickte sie genau wie beim letzten Mal in die Werkstatt. Er kam ihr schon entgegen.

»Frau Brendel!«, sagte er überrascht. »Was führt Sie denn heute zu mir? Irgendetwas wegen Ihrem Fall?«

»Der ist zum Glück aufgeklärt«, erwiderte sie. »Aber deswegen bin ich nicht gekommen. Ich hab hier etwas für Sie. Herbert Häger hat es mir mitgegeben, der Vorsitzende der LEGIO VIII in Welzheim. Er liegt im Moment im Krankenhaus, aber seine Frau hat es extra aus dem Haus geholt.«

Sie befreite den Gegenstand, der während der Fahrt neben ihr auf dem Beifahrersitz gelegen hatte, aus dem dicken Tuch, in das er eingeschlagen gewesen war.

Es war ein *gladius,* die Klinge makellos und glänzend hell, der Griff mit Lederriemen umwickelt. Wieland nahm ihn entgegen und betrachtete ihn staunend.

»Wunderbares Stück«, sagte er. »Wie komme ich zu der Ehre?«

»Das war meine Idee«, antwortete Melanie mit einem Lächeln. »Ich weiß doch, dass Sie Repliken antiker Schwerter nicht nur selbst anfertigen, sondern auch sammeln. Und Herr Häger war sofort einverstanden, dass Sie es bekommen. Es stammt aus der Schmiede von Andreas Bieber – und der hat auch die Welzheimer Maske angefertigt.«

»Was denn – tatsächlich?« Die Augenbrauen des Schmieds schossen in die Höhe. »Dann war sie also *kein* Original.«

»Nein. Aber sie war so gut gemacht, dass sogar der Experte vom Landesdenkmalamt sie für echt gehalten hat.«

»Simon Adlersfeld. Der Mann, der ermordet wurde.«

Melanie nickte.

Wieland strich mit der flachen Hand über die Klinge; es war eine fast zärtliche Geste.

»Schauen Sie sich das an«, sagte er. »Sehen Sie diese welligen Strukturen in der Oberfläche, die fast so aussehen wie Jahresringe? Das bedeutet, dass er das Metall gefaltet hat, und so was bringen nur echte Könner so ausgezeichnet hin. Das ist so ziemlich die beste Replik, die ich je zu Gesicht bekommen habe. Ein Meisterwerk.«

»Das hat auch Professor Adlersfeld über die Maske gesagt«, erwiderte Melanie.

Der Schmied warf ihr einen scharfen, fragenden Blick zu. »Dieser Bieber muss doch bestimmt mit juristischen Konsequenzen rechnen. Die Maske als Original auszugeben, das ist Betrug. Aber wenn er deswegen im Knast landet, dann wäre das die pure Verschwendung. Man braucht jahrelange Erfahrung, um es so weit zu bringen; der Mann ist ein echter Künstler.«

»Es hätte ihm bestimmt sehr gefallen, das von Ihnen zu hören.«

Ein weiterer scharfer Blick. »*Hätte?*«

»Er ist tot. Bevor die Maske auf den Römertagen öffentlich präsentiert werden konnte, hatte er sich dazu entschlossen, Professor Adlersfeld die Wahrheit zu sagen. Der Mann, von dem der Plan stammte, die Maske anzufertigen, musste befürchten, dass seine Beteiligung an dem Betrug aufflog, und ermordete Adlersfeld. Und um zu verhindern, dass Bieber anschließend zur Polizei ging, hat er ihn ebenfalls umgebracht.«

»Um Himmels willen.« Wielands Stimme klang so fassungslos wie entsetzt.

Melanie dachte an den scheuen Jungen, der in der Schmiedekunst seine Berufung entdeckt und seine Erfüllung gefunden hatte, und verspürte plötzlich einen Stich tiefer Trauer.

»Er war erst dreiundzwanzig, als er starb«, sagte sie leise.

»Dann war er ein seltenes Naturtalent«, erwiderte Wieland betrübt. »Was für eine Tragödie.«

»Er wäre bestimmt glücklich gewesen, dass Sie ein Schwert von ihm in Ihrem Archiv haben«, meinte Melanie. »Ich glaube, Sie hätten sich gut verstanden.«

»Da bin ich sicher. Danke, dass Sie es mir gebracht haben.«

»Das hab ich sehr gern getan.«

Sie nickte ihm zu und machte sich wieder auf den Weg zum Auto. Nach ein paar Schritten merkte sie, dass sie ganz vergessen hatte, sich zu verabschieden, und drehte sich noch einmal um. Der Schmied stand genau dort, wo sie ihn zurückgelassen hatte, den *gladius* in der Hand.

»*Valete, domina!*«, sagte Wieland. Er verneigte sich ganz leicht und hielt das Schwert hoch, wie zu einem feierlichen Gruß. Die Klinge leuchtete hell im Sonnenlicht.

»*Valete, magister!*«, erwiderte Melanie lächelnd. Dann wandte sie sich ab und ging davon.

Anmerkungen und Dank

Die Römertage, in deren Vorfeld der Mord stattfindet, der in diesem Krimi aufgeklärt wird, wurden ab 2003 in Welzheim viermal veranstaltet: 2003, 2007, 2011 und 2014. 2017 (als ich anfing, das Buch zu schreiben) gab es keine Römertage mehr – was ich erst im Laufe der Recherche herausfand. Die Stadt hatte leider festgestellt, dass die Kosten die Einnahmen überstiegen; ich hoffe trotzdem, dass es eines Tages wieder Römertage in Welzheim gibt. Sie waren jedes Mal ein spannendes, aufregendes Spektakel.

Zwar gibt es europaweit viele LEGIO-8-Römervereine, aber der in Welzheim ist fiktiv, ebenso wie der »Konkurrenzverein«. Auch der Bunker, der im Buch eine dramatische Rolle spielt, existiert nicht; das ehemalige Bundeswehrdepot gibt es allerdings wirklich.

Bei den historischen Fakten für dieses Buch haben mir einige Leute ganz entscheidend geholfen. Ich danke vor allem …

… Hartmut Frey, der mehr über die alten Römer vergessen hat, als ich je gewusst habe. (Er ist übrigens Schuhmachermeister, Museumspädagoge und fertigt wunderbar originalgetreue Römersandalen.)

… Dr. Martin Kemkes und Marion Riebschläger vom Landesmuseum Rastatt, die mir einen Einblick in ihre Arbeit gewährt und mit mir darüber debattiert haben, wie man am besten antike Artefakte fälscht. (Oder auch nicht.)

… dem Schmied Martin Becker, der mir zwar nicht verraten hat, wie man aus antikem Eisenmaterial auch heute noch Waffen oder Kunstwerke herstellen kann, aber der mir glaubhaft versichert hat, dass es funktioniert.

… und Alexander Zimmermann, der für meinen Schmied »Matthias Wieland« Pate gestanden hat. Der Besuch bei ihm war ein echtes Erlebnis, und ich habe eine Kopie der Maske aus Kalkriese genauso vor mein Gesicht gehalten wie meine Ermittlerin Melanie Brendel.

Außerdem danke ich Michael Raffel, der für Römermaske das Lektorat übernommen hat. Die Zusammenarbeit mit ihm war das reine Vergnügen. Ich danke Bettina Kimpel vom Silberburg-Verlag für ihre unermüdliche Unterstützung, meiner Freundin und Autorenkollegin Ingrid Zellner für ihr scharfes Auge und meinem Mann Kai, dass er nach wie vor der beste Gradmesser dafür ist, ob es sich lohnt, eine Geschichte zu erzählen.

Die Linsen mit Spätzle im »Grünen Baum« in Welzheim sind übrigens wirklich ein Genuss, genau wie das Zitroneneis im »Nuovo Gelato«.

Und sollten sich doch trotz aller Vorsicht ein paar kleine lokale Irrtümer eingeschlichen haben, bitte ich die Welzheimer, mir das zu verzeihen.